4 सिंगल मदर्स

4 सिंगल मदर्स

आशुतोष गर्ग

प्रभात
प्रकाशन

प्रकाशक
प्रभात प्रकाशन प्रा. लि.
4/19 आसफ अली रोड, नई दिल्ली–110002
फोन : 011–23289777 • हेल्पलाइन नं. : 7827007777
इ–मेल : prabhatbooks@gmail.com ❖ वेब ठिकाना : www.prabhatbooks.com

संस्करण
प्रथम, 2024

पेपरबैक मूल्य
तीन सौ पचास रुपए

मुद्रक
आर–टेक ऑफसेट प्रिंटर्स, दिल्ली

———— ★ ————

4 SINGLE MOTHERS
Novel by Shri Ashutosh Garg

Published by **PRABHAT PRAKASHAN PVT. LTD.**
4/19 Asaf Ali Road, New Delhi-110002

ISBN 978-93-5562-850-3

₹ 350.00 (PB)

साहस और सामर्थ्य के प्रेरणा–स्त्रोत

मम्मी–पापा

के लिए

लेखकीय

"पुरुष तेज-प्रधान जीव है और अहंकार में यह समझकर कि वह ज्ञान का पुतला है, सीधा ईश्वर में लीन होने की कल्पना किया करता है। स्त्री, पृथ्वी की भाँति धैर्यवान् है, शांति-संपन्न है, सहिष्णु है। पुरुष में नारी के गुण आ जाते हैं तो वह महात्मा बन जाता है। नारी में पुरुष के गुण आ जाते हैं तो वह कुलटा हो जाती है!"

सुप्रसिद्ध रचनाकार प्रेमचंद के उपन्यास 'गोदान' का यह उद्धरण स्त्री और पुरुष के स्वभाव में मूल अंतर बताने के लिए पर्याप्त है। स्त्री के सद्गुणों के सामने पुरुष कहीं नहीं ठहरता फिर भी उसे भ्रम है कि वह स्त्री का स्वामी है। 'स्वामी' शब्द का एक पर्याय 'पति' है। संभव है, इसी कारण पति बन जाने के बाद पुरुष खुद को पत्नी का स्वामी मानने की भूल कर बैठता है। भूल तो स्त्रियों से भी होती है, लेकिन एक ही भूल को दोहराने की मूर्खता अधिकतर मामलों में पुरुष ही करता है। उसकी इस मूढ़ प्रवृत्ति ने समाज में अनेक विकारों को जन्म दिया है, जिनमें से कई तो आज तक स्त्री के संताप का कारण बने हुए हैं।

आमतौर पर स्त्री की अपेक्षा पुरुष अधिक महत्त्वाकांक्षी होता है। उसकी महत्त्वाकांक्षा से यों तो किसी को कष्ट नहीं है, लेकिन परेशानी तब होती है जब पुरुष की अनंत महत्त्वाकांक्षा और असीम अभिलाषाओं के सामने उसकी पत्नी, परिवार और बच्चे तक गौण हो जाते हैं और वह उन्हें जीवन-पथ पर पीछे छोड़कर स्वयं आगे निकल जाता है। कई बार तो यह भी देखने में आता है कि पत्नी गर्भवती होती है और पुरुष के चले जाने के उपरांत अपनी और बच्चों की देखभाल का सारा बोझ स्त्री पर आ पड़ता है। अकेले अपने दम पर परिवार का पालन-पोषण करने वाली ऐसी परित्यक्त स्त्री को समाज 'सिंगल मदर' कहकर संबोधित करता है। यह

उपन्यास ऐसी ही चार स्त्रियों की कहानी है, जिनके पति, उन्हें गर्भावस्था के दौरान छोड़कर चले गए, जिसके बाद वे स्त्रियाँ 'सिंगल मदर' बनकर जीने को विवश हो गईं। आपको जानकर आश्चर्य होगा कि उपन्यास की इन चार परित्यक्त स्त्रियों में से तीन के पति कोई सामान्य पुरुष नहीं, अपितु महाभारत-काल के सबसे विलक्षण योद्धा, भीम और अर्जुन थे!

भीम और अर्जुन की छवि लोगों के मन में इतनी उदात्त है कि उनकी कमियों और चारित्रिक दुर्बलताओं पर आज तक किसी का ध्यान नहीं गया, परंतु यह पूर्ण रूप से सत्य है कि भीम अपनी पत्नी हिडिंबा को तथा अर्जुन अपनी दो पत्नियों, उलूपी और चित्रांगदा को ऐसे समय पर अकेला, असहाय छोड़ गए थे, जब उनकी पत्नियाँ गर्भवती थीं। बाद में, हिडिंबा से घटोत्कच, उलूपी से इरावान और चित्रांगदा से बभ्रुवाहन का जन्म हुआ। भीम और अर्जुन ने कई वर्षों तक अपनी इन पत्नियों और बच्चों की सुध तक नहीं ली, परंतु महाभारत-युद्ध में दोनों भाई, अपने वीर पुत्रों घटोत्कच और इरावान का योगदान लेने से नहीं हिचकिचाए। दुर्भाग्य से, दोनों ही युवक वीरगति को प्राप्त हो गए थे। अर्जुन की दूसरी पत्नी चित्रांगदा से अर्जुन के संबंध इतने बिगड़ गए कि उसके पुत्र बभ्रुवाहन ने अपने ही पिता अर्जुन से युद्ध करके उसे मार डाला था। ये सब घटनाएँ दर्शाती हैं कि भीम और अर्जुन में भी साधारण मनुष्यों जैसी दुर्बलताएँ मौजूद थीं। इसलिए उनके व्यक्तित्व का महिमा-मंडन करते समय उनके व्यवहार के इस पक्ष की उपेक्षा नहीं की जा सकती।

भीम और अर्जुन युद्ध-कौशल में भले ही महामानव रहे हों, किंतु कोई योद्धा केवल योद्धा ही तो नहीं होता! वह किसी का भाई, पुत्र, पति तो किसी का पिता भी होता है। हर संबंध का महत्त्व बराबर है, इसलिए एक संबंध को निभाने की आड़ में शेष की अवहेलना करने की छूट किसी को नहीं है, परंतु भीम एवं अर्जुन ने यह छूट भी ली!

कहते हैं, सत्य को देखना हो तो पूर्वग्रह के चश्मे को उतारकर देखना चाहिए, अन्यथा सत्य धुँधला दिखाई देता है। भीम और अर्जुन जैसे महारथियों की कमियाँ भी आज तक इसलिए दिखाई नहीं पड़ीं, क्योंकि व्यक्ति जो देखता है, उसी को सत्य मानता है और दुर्भाग्य से, दिखता वही है, जो दिखाया जाता है। अर्जुन और भीम की गलतियों पर सदियों से उनकी शौर्य-गाथाओं के परदे पड़े रहे, जिसके चलते उनकी गलतियाँ आज तक समाज से छिपी रहीं, परंतु इसमें कोई संदेह नहीं है कि भीम एवं अर्जुन के हाथों तीन स्त्रियाँ—हिडिंबा, उलूपी और चित्रांगदा—अवहेलना की शिकार हुईं और उन्हें 'सिंगल मदर' बनकर जीने के लिए विवश किया गया।

इस उपन्यास में एक चौथी सिंगल मदर भी है—नयनतारा। वह हिडिंबा, उलूपी और चित्रांगदा की कहानी की न केवल सूत्रधार है, अपितु आधुनिक समाज की प्रत्येक 'सिंगल मदर' का प्रतिनिधित्व भी करती है।

उपन्यास की पृष्ठभूमि महाभारतकालीन है, परंतु इसके पात्रों के आचरण से मिली सीख आज भी प्रासंगिक है। युग बदल गया, लेकिन मनुष्य की मूल प्रवृत्ति नहीं बदली और उसके स्वभाव की दुर्बलताएँ भी जस की तस हैं। शायद इसी कारण समाज में अकेले रहने वाली स्त्रियों की संख्या लगातार बढ़ रही है। आज देश में लगभग सवा करोड़ महिलाएँ 'सिंगल मदर' हैं और पूरी दुनिया में ऐसी महिलाओं की संख्या दस करोड़ से अधिक है। परंतु समाज में किसी की गलती की सजा किसी और मिले तो यह व्यवस्था का दोष है। जिस प्रकार रोग को स्वीकार किए बिना उसका निदान संभव नहीं है, उसी तरह व्यवस्थात्मक दोष को उजागर करने के उपरांत ही उसका समाधान हो सकता है।

इस संदर्भ में पुरुष को समझना होगा कि स्त्री, गृहस्थी की नींव है, उसका केंद्र है। यदि नींव हिल गई तो इमारत को ढहने में देर नहीं लगती। पुरुष बलपूर्वक स्त्री को झुकने पर विवश करता है अन्यथा परिस्थितियों के सामने झुकना स्त्री का स्वभाव नहीं है। यदि 'सिगल मदर्स' के प्रति दुर्व्यवहार को रोकना है तो पहले यह स्वीकार करना होगा कि स्त्री के साथ अन्याय होता है। यह उपन्यास उसी अन्याय की स्वीकृति है।

'सिंगल मदर्स' समाज की वे गुमनाम नायिकाएँ हैं, जो साहस और धैर्य की पतवार हाथ में लेकर जीवन के अशांत महासागर को पार करती हैं। यह कथा उनके चरित्र और आत्मा के असाधारण सामर्थ्य का गान है तथा जीवन-यात्रा की चुनौतियों पर उनकी विजय का जयघोष है। इस कहानी में केवल स्त्री का संघर्ष ही नहीं, अपितु उसके प्रेम, साहस, त्याग और उम्मीद की झलक भी है। सिंगल मदर्स का जीवन प्रतिकूल परिस्थितियों को आंतरिक शक्ति के स्रोत में बदलने का तरीका सिखाता है तथा शारीरिक—मानसिक और भावनात्मक चुनौतियों पर विजय प्राप्त करने के रहस्य को उजागर करता है।

यह उपन्यास प्रत्येक स्त्री—विशेषकर सिंगल मदर्स—की अदम्य जिजीविषा को श्रद्धांजलि है और विषमताओं के सामने हार चुकी स्त्रियों में फिर से आशा जगाने का एक विनम्र प्रयास है। जहाँ यह निर्मोही और गैर-जिम्मेदार पुरुषों के लिए एक सबक है तो वहीं इसमें पिता के प्रेम से वंचित बच्चों के प्रति प्रेम की अभिव्यक्ति भी है।

मुझे आशा है कि इस उपन्यास की चारों नायिकाओं ने अपने-अपने जीवन के अरण्य में चिंतन और दर्शन द्वारा जो पगडंडियाँ तैयार की हैं, वे भविष्य में इस अरण्य में अकेली छोड़ दी गई स्त्रियों का मार्गदर्शन करेंगी और उन्हें भटकने से बचाएँगी।

—आशुतोष गर्ग

अनुक्रम

1

कहानी से पहले की कहानी

"अर्जुन मारा गया!" बभ्रुवाहन ने कहा। "मेरी प्रतिज्ञा पूर्ण हुई!"

"यह तुमने क्या किया?" चित्रांगदा ने रोते हुए कहा। "मैंने तुमसे अर्जुन को केवल परास्त करने को कहा था। बभ्रु, तुम नहीं जानते, तुमने अर्जुन को मारकर कितना बड़ा अनर्थ कर डाला है!"

बभ्रुवाहन उदास हो गया। उसने हाथ में पकड़ा धनुष नीचे रखा और अपनी माँ के साथ संसार के सर्वश्रेष्ठ धनुर्धर अर्जुन के खून से लथपथ पड़े शरीर के पास जा बैठा। उसका बाण अब भी अर्जुन की छाती में धँसा हुआ था और अर्जुन की खुली निष्प्राण, किंतु अचरज से भरी आँखें आकाश को ताक रही थीं मानो वह अपनी मृत्यु पर चकित था!

चित्रांगदा नीचे बैठ गई। वह सुबक रही थी। उसके पास बैठा मायूस बभ्रुवाहन, दुविधा-भरी दृष्टि से अपनी माँ को देख रहा था। वह अभी तक समझ नहीं पाया था कि अर्जुन को मारकर उससे आखिर क्या भूल हो गई थी··

पुस्तक से इतना अंश पढ़कर दिल्ली के प्रसिद्ध फोर्ट ऑडिटोरियम के भव्य डायस पर स्वर्णिम बॉर्डर की लाल झिलमिलाती साड़ी पहने खड़ी युवती ने हाथ में पकड़ी पुस्तक उलटकर रख दी और सामने देखने लगी। इसी के साथ युवती की मीठी आवाज हॉल में छाई खामोशी में गुम हो गई। फिर उसने ऑडिटोरियम में आगे से पीछे तक बैठे लोगों पर नजर डाली और धीरे से मुसकराई।

युवती ने माइक को बाएँ हाथ से नीचे झुकाया और बोली, "देवियो और सज्जनो! आपमें से अधिकतर लोग अर्जुन की मृत्यु से जुड़े इस प्रकरण से शायद अनजान होंगे और इसलिए मैंने उत्सुकता जगाने के लिए इस पुस्तक से यह अंश पढ़कर सुनाया। मैं सौदामिनी, देश में हिंदी के सबसे चर्चित प्रकाशक, 'सर्वश्रेष्ठ

पब्लिशर्स' की ओर से नयनताराजी के उपन्यास के लोकार्पण पर आप सबका हार्दिक अभिनंदन करती हूँ। अर्जुन की मृत्यु का जो अंश अभी आपने सुना, वह नयनताराजी के इसी उपन्यास से लिया गया है।

"आपमें बहुत से लोग जानते होंगे कि नयनताराजी का संबंध भारत के एक अत्यंत सफल उद्यमी परिवार से रहा है, परंतु आज उनकी पहचान यहीं तक सीमित नहीं है, क्योंकि उन्होंने परिवार से हटकर अपनी अलग पहचान बनाई है। आज वे नारी संबंधी मुद्दों पर बात करती हैं, पत्र-पत्रिकाओं में नियमित रूप से स्त्री-विमर्श पर लिखती हैं और आपने इन्हें महिलाओं के हक में मुखरता से बोलते भी सुना होगा। आज नयनताराजी ने अपने उपन्यास के द्वारा इस यात्रा में एक पड़ाव जोड़ा है तथा समाज में स्त्री की बदलती हुई स्थिति को उजागर करने की दिशा में एक बड़ा और सकारात्मक कदम उठाया है। उन्होंने इस पुस्तक से सिद्ध कर दिया है कि वह अत्याधुनिक समाज का हिस्सा होते हुए भी अपनी सांस्कृतिक पृष्ठभूमि और परंपरागत मूल्यों से गहराई से जुड़ी हैं। अब मैं नयनताराजी से अनुरोध करती हूँ कि वे मंच पर आएँ और इस संबंध में अपनी बात रखें। जोरदार तालियों के स्वागत कीजिए···आपके बीच हैं नयनतारा!"

सौदामिनी के इतना कहते ही हॉल तालियों की गड़गड़ाहट से गूँज उठा।

दर्शकों की पहली पंक्ति में से लगभग पैंतालीस वर्ष की एक दुबली-पतली महिला उठी और मंच की ओर चल पड़ी। काले-सफेद खिचड़ी बाल, नारंगी रंग की सूती साड़ी, बाईं कलाई पर पतले पट्टे की घड़ी और दाईं कलाई में दो साधारण-सी चूड़ियाँ पहनकर आई नयनतारा को देखकर कोई नहीं कह सकता था कि किसी समय पर उसके पिता भारत के प्रभुत्वशाली उद्योगपतियों में से एक थे। नयनतारा का रहन-सहन साधारण, लेकिन चाल अत्यंत सधी हुई और प्रभावशाली थी। नयनतारा सीढ़ियाँ चढ़कर मंच पर पहुँच गई। फिर वह सामने की ओर मुड़ी और उसने हलका-सा सिर झुकाया और हाथ जोड़कर दर्शकों का अभिवादन किया। नयनतारा के चेहरे से उसकी मनोदशा का अनुमान लगा पाना कठिन था। उसके होंठों पर मंद मुसकान थी, लेकिन आँखों में अपेक्षित हर्ष गायब था। नयनतारा धीरे से मंच पर रखी दो कुरसियों में से एक पर बैठ गई और सामने बैठे जन-समूह के पार देखने लगी।

"बहुत शुक्रिया, नयनताराजी!" सौदामिनी ने मुसकराते हुए कहा। "अब मैं 'सर्वश्रेष्ठ पब्लिशर्स' के मैनेजिंग डायरेक्टर श्री बृजभूषण अग्रवालजी से अनुरोध करती हूँ कि वे मंच पर आएँ और नयनताराजी का स्वागत करके उनकी पुस्तक का विमोचन करें···जोरदार तालियों से स्वागत कीजिए, श्री बृजभूषण अग्रवाल का!"

सौदामिनी के इतना कहते ही सामने वाली पंक्ति से लगभग साठ वर्ष का ऊँचे कद का एक व्यक्ति उठा और मंच की ओर चल पड़ा। उसके बाल सफेद थे, लेकिन चेहरे पर ज्ञान और संयम का तेज झलक रहा था। वृद्धावस्था का आकर्षण अलग ही होता है और उसका सम्मान किया जाए तो वह यौवन से कहीं अधिक अनमोल है। बृजभूषण अग्रवाल का व्यक्तित्व उसी आकर्षण का जीता-जागता प्रमाण था।

बृजभूषणजी को मंच पर आता देख नयनतारा कुरसी छोड़कर उठ खड़ी हुई। हॉल में बैठे लोगों ने भी तालियों से अग्रवालजी का स्वागत किया। बृजभूषण अग्रवाल ने मंच पर से दर्शकों का अभिनंदन करने के बाद नयनतारा का गुलदस्ते से स्वागत किया। फिर बृजभूषण और नयनतारा अपनी-अपनी कुरसी पर बैठ गए। सामने एक मेज पर लाल-पीले रंग के चमकीले कागज में लिपटी कुछ पुस्तकें रखी थीं।

सौदामिनी ने पुन: माइक पकड़ा और अग्रवालजी की ओर देखते हुए बोली, "मैं श्री अग्रवाल से आग्रह करती हूँ कि अब वे नयनताराजी के उपन्यास का लोकार्पण करें।"

बृजभूषण और नयनतारा ने मेज पर रखा एक-एक पैकेट उठाया और उन पर चढ़ा कागज उतार दिया। उसके भीतर से उपन्यास की प्रतियाँ निकल आईं। फिर उन्होंने पुस्तक का सामने वाला कवर दर्शकों की ओर घुमा दिया। 'सर्वश्रेष्ठ पब्लिशर्स' के कुछ कर्मचारी तथा प्रेस से आए फोटोग्राफर खटाखट फोटो खींचने लगे।

"···और अब आपके सामने प्रस्तुत है नयनताराजी का उपन्यास—'4 सिंगल मदर्स'!" सौदामिनी ने घोषणा के स्वर में कहा और तालियाँ बजाने लगी।

सौदामिनी के स्वर में स्वाभाविक हर्ष था। उपन्यास का नाम सुनते ही हॉल में शोरगुल होने लगा। लोगों ने हिंदी उपन्यास का ऐसा नाम पहले नहीं सुना था— '4 सिंगल मदर्स'। हॉल एक बार फिर तालियों से गूँज उठा।

भारत के सबसे चर्चित प्रकाशन संस्थान 'सर्वश्रेष्ठ पब्लिशर्स' द्वारा प्रकाशित होने वाली सभी विशेष पुस्तकों का लोकार्पण इसी धूमधाम से होता था और अगले दिन अखबारों में उनकी खूब चर्चा होती थी। बृजभूषण अग्रवाल अपनी पुस्तकों को घर-घर पहुँचाने और उन्हें बेचने की कला में पारंगत थे।

तालियाँ थमने का नाम नहीं ले रही थीं। नयनतारा और बृजभूषणजी होंठों पर मुसकान और हाथ में उपन्यास लिए लगभग तीन मिनट तक मंच पर खड़े रहे। लोगों

का उत्साह बता रहा था कि '4 सिंगल मदर्स' हिंदी का अगला बेस्टसेलर उपन्यास होने वाला था!

नयनतारा और बृजभूषणजी ने हाथ में पकड़ी पुस्तकें मेज पर रख दीं और अपनी-अपनी कुरसी पर बैठ गए। तालियों की गूँज थम चुकी थी। लोग कभी नयनतारा को, कभी बृजभूषणजी को और कभी सौदामिनी को देख रहे थे। पुस्तक के नए किस्म के नाम ने दर्शकों के मन में अजीब-सा कौतूहल पैदा कर दिया था। वे नयनतारा को सुनने और पुस्तक के विषय में जानने को उत्सुक थे। सौदामिनी ने उस व्याकुलता पर विराम लगा दिया।

"इस उत्साह के लिए आप सबका बहुत-बहुत धन्यवाद!" सौदामिनी ने मधुर आवाज में कहा। "मैं आपका और अधिक समय न लेते हुए नयनताराजी से अनुरोध करती हूँ कि वे अपने उपन्यास '4 सिंगल मदर्स' के बारे में कुछ बताएँ··· श्रीमती नयनतारा!"

हॉल में फिर से तालियाँ बजने लगीं।

सौदामिनी अब तक कई बार नयनतारा का नाम ले चुकी थी, लेकिन उसने पहली बार नयनतारा के नाम से पहले 'श्रीमती' जोड़ा था।

सौदामिनी का वाक्य समाप्त होने से पहले ही नयनतारा कुरसी से उठकर डायस के पास पहुँच चुकी थी, परंतु सहसा अपने नाम से पहले 'श्रीमती' सुनकर नयनतारा के पैर थम गए। वह ठिठककर खड़ी हो गई। उस एक शब्द 'श्रीमती' ने नयनतारा के मन-मस्तिष्क में जैसे एक चक्रवात पैदा कर दिया, जो नयनतारा को अपने साथ उड़ाकर सत्रह साल पीछे ले गया जहाँ से यह कहानी शुरू हुई थी···

□

2

नयनतारा

नयनतारा के पिता राजेश्वर बजाज कपड़ों के विख्यात व्यापारी थे। 'बजाज क्लॉथ मिल्स' यानी 'बी.सी.एम.' के नाम से उनकी देश भर में कई मिलें और फैक्टरियाँ थीं, देश के हर छोटे-बड़े शहर में शोरूम थे। राजेश्वर बजाज के पिता ने राजेश्वर की शादी अपने एक पुराने दोस्त महेंद्र प्रताप की बेटी सरला से कर दी। हालाँकि सरला एक अत्यंत साधारण परिवार से थी, फिर भी राजेश्वर जैसे बड़े और सफल व्यापारी के साथ रहकर उसने व्यापार का सारा काम-काज समझ लिया था। वह अपने पति के व्यापार में पूरा हाथ बँटाती थी। शादी के दो साल बाद सरला ने एक प्यारी-सी बेटी को जन्म दिया। राजेश्वर ने उसका नाम रखा—नयनतारा बजाज।

राजेश्वर और सरला अपनी लाड़ली बेटी को प्यार से 'नैना' बुलाते थे। बजाज दंपती को व्यापार के काम से न चाहते हुए भी कई बार दिल्ली से बाहर दूसरे शहरों में जाना पड़ता था, परंतु उन्होंने कभी रात बाहर नहीं बिताई। वे सुबह निकलते और हर हालत में रात होने से पहले घर लौट आते थे। इस बीच नैना घर में नौकरों के साथ रहती। राजेश्वर और सरला लौटते समय नैना के लिए खाने और खेलने की ढेरों चीजें लेकर आते थे। राजेश्वर बजाज की अथाह दौलत, सरला के असीम प्रेम और ऐशो-आराम की जिंदगी ने नन्ही नैना को हठी और दुराग्रही बना दिया।

एक बार व्यापार के सिलसिले में चंडीगढ़ जाते समय हाईवे पर बजाज दंपती की कार एक ट्रक से जा टकराई, जिसमें राजेश्वर को तो गंभीर चोटें आईं, लेकिन नियति ने उनकी भली एवं मेहनती पत्नी सरला को उनसे छीन लिया। राजेश्वर के पास अब उनकी अथाह संपत्ति और सात साल की इकलौती नैना के अलावा कोई नहीं था। वह दूसरी शादी करके अपनी संपत्ति और नैना को संकट में नहीं डालना

चाहते थे। अत: उन्होंने नैना को अकेले ही बड़ा करने का फैसला किया। लेकिन व्यापार फैल चुका था और राजेश्वर के पास नयनतारा के साथ बिताने को समय नहीं था। इसका परिणाम यह हुआ कि बिन माँ की नैना पिता के स्नेह से भी वंचित हो गई और उसे अपने काम स्वयं ही करने पड़ते थे। कम उम्र में जीवन के छोटे-बड़े निर्णय खुद लेने से नैना के बाल-मन पर धीरे-धीरे कठोरता की परत चढ़ने लगी और उसके हौसलों को जैसे पंख लग गए। भोली-भाली, अल्हड़ नैना को पता ही नहीं लगा कि वह कब दुस्साहसी हो गई!

समय बीता। नयनतारा बड़ी हो गई और सुंदर भी। राजेश्वर की उम्र बढ़ी तो व्यापार को अकेले सँभालना मुश्किल होने लगा। वे नयनतारा को समझा-बुझाकर अपने साथ फैक्टरियों में ले जाने और काम समझाने लगे। धीरे-धीरे नैना को काम में मजा आने लगा। इस तरह राजेश्वर को बुढ़ापे का सहारा मिल गया और 'बजाज क्लॉथ मिल्स' को उसकी नई मालकिन।

नयनतारा को व्यापार और धन जैसी भौतिक वस्तुएँ तो पिता से विरासत में मिल गईं, परंतु कम उम्र में माँ के स्नेह और पिता की देखभाल से वंचित नयनतारा के उदास हृदय को अब प्रेम की तलाश थी। नैना ऊपर से कठोर बनकर रहती, इसलिए लोग उससे बात करने में संकोच करते थे। ऊपर से कठोर दिखने वाली नयनतारा के कोमल और मायूस दिल में अपने लिए किसी की आँखों में प्रेम देखने की चाहत बढ़ती जा रही थी। रातों को नयनतारा का क्षुब्ध यौवन उसे सोने नहीं देता था, लेकिन दिन के समय वह औपचारिकता और दिखावे का मुखौटा लगाए घूमती थी।

एक दिन नयनतारा अचानक अपनी एक मिल में निरीक्षण के इरादे से पहुँच गई। राजेश्वर ने नैना को बताया था कि मजदूरों पर भरोसा करने से उनकी निष्ठा कायम रहती है, लेकिन राजेश्वर ने उस निष्ठा की बीच-बीच में जाँच करने की भी सलाह दी थी। औचक निरीक्षण इसका सबसे आसान तरीका था।

बादामी रंग के सूट पर गुलाबी रेशमी दुपट्टा डाल, अपनी बड़ी और सुंदर आँखों में हलका सा काजल लगाकर नयनतारा बजाज मिल का निरीक्षण कर रही थी। विलासिता और वैभव में सिक्त नैना हवा के झोंके की तरह लहराती हुई चल रही थी। वह धागे का गोला बनाने वाली एक मशीन के पास से गुजरी तो उसे कुछ महसूस हुआ। यों तो ज्ञानेंद्रियाँ पाँच ही होती हैं, लेकिन कहते हैं, भगवान् ने स्त्रियों को एक अतिरिक्त इंद्रिय भी दी है, जो आसपास की उन चीजों का आभास करवाती है, जो साधारण रूप से दिखाई नहीं देतीं।

नयनतारा को चलते-चलते लगा जैसे कोई पास खड़ा उसे बहुत ध्यान से देख रहा था। नैना के कदम थम गए। उसने बाईं ओर पलटकर देखा। उसका अनुमान सही था। दुबला और ऊँचे कद का एक युवक उसे निहार रहा था। उसका रंग सर्दी की धूप-सा साफ और सुंदर था। हलके आसमानी रंग के कुरते और नीली जींस में खड़ा वह युवक मिल के वरदीवाले मजदूरों से बिल्कुल अलग दिख रहा था।

नयनतारा ने युवक को नजरअंदाज करके आगे बढ़ जाना चाहा, लेकिन युवक की आँखों की चमक और उसके व्यक्तित्व के सहज आकर्षण ने नयनतारा को बाँध लिया था। दोनों टकटकी लगाए एक-दूसरे को देखते रहे। नयनतारा को जिस प्रेम की तलाश थी, उसकी एक मद्धिम झलक उस युवक की आँखों में दिख रही थी। नयनतारा स्वयं को रोक नहीं पाई और धीरे से चलकर युवक के पास पहुँच गई।

"तुम कौन?" नयनतारा ने युवक से सीधा सवाल किया। "मिल वर्कर तो नहीं हो! पूछ सकती हूँ कि कौन हो और यहाँ क्या कर रहे हो?"

"आर्टिस्ट हूँ! पेंटिंग्स बनाता हूँ," युवक ने मुसकराते हुए नयनतारा की ओर हाथ बढ़ा दिया, "हाय, आई एम नागेश!"

नयनतारा की फैक्टरी में उसी के मजदूरों के सामने एक अजनबी ने उसकी ओर आत्म-विश्वास और स्नेह से भरा दोस्ती का हाथ बढ़ा दिया था। नयनतारा इसके लिए तैयार नहीं थी। वह सकपका गई। उसका मन दो हिस्सों में बँट गया। एक मन नागेश की उपेक्षा करके आगे निकल जाना चाहता था, लेकिन दूसरा मन राजी नहीं हुआ। नागेश की नजर, मुसकान और सौम्य आवाज ने नैना के दिल के तारों को ऐसा झंकृत किया कि उसकी धड़कनें थमने लगीं।

आखिर, दो क्षण संकोच करने के बाद नयनतारा ने नागेश की ओर हाथ बढ़ा ही दिया। नैना के लिए यह किसी अजनबी पुरुष का पहला स्पर्श था। नागेश का हाथ गुनगुना और नरम था। नैना रोमांचित हो उठी।

"आर्टिस्ट का कपड़े की मिल में क्या काम?" नैना ने तिरछी नजर से मुसकराते हुए पूछा।

नागेश ने अब तक नैना का हाथ पकड़ा हुआ था। नैना ने भी हाथ छुड़ाने की कोशिश नहीं की। "सुंदरता आर्टिस्ट को कहीं भी खींच लाती है," नागेश ने नयनतारा की आँखों में देखते हुए उत्तर दिया। फिर वह थोड़ा संयमित होकर बोला, "दरअसल, मेरा दोस्त रघु, आपकी मिल में सुपरवाइजर है। मैं यहाँ से गुजर रहा था तो सोचा उससे मिलता चलूँ। पता लगा कि रघु छुट्टी पर है; शायद आज किस्मत

आपसे मिलवाने ही यहाँ लाई है!" यह कहकर नागेश ने अदा के साथ नैना का हाथ खुद ही छोड़ दिया।

हाथ क्यों छोड़ दिया, नैना सोचने लगी। फिर उसे खयाल आया कि मिल के लोग उसे देख रहे थे। वह झेंप गई, लेकिन उसकी आँखें देखकर कोई भी बता सकता था कि नैना पर नागेश का जादू चल चुका था।

नयनतारा पहली बार किसी कलाकार से मिली थी। पता नहीं क्यों, उसे नागेश का मिलने और बात करने का अंदाज बहुत पसंद आया। *काश, तुम यों ही मुझसे बात करते रहो!* नैना के मन में विचार उठा, लेकिन उसने वह मन में ही दबा लिया।

"आइए, बात ही करनी है तो बाहर चलते हैं," नागेश ने कहा मानो उसने नैना का मन पढ़ लिया था। बातों-बातों में नैना भूल ही गई कि वह निरीक्षण करने आई थी। दोनों टहलते हुए मिल से बाहर निकल गए।

"क्या पेंट करते हैं आप?" नयनतारा नागेश के बारे में जानने को उत्सुक थी।

"पेंट करने लायक कुछ भी!"

"पोर्ट्रेट्स भी?"

"पोर्ट्रेट के मामले में थोड़ा सेलेक्टिव हूँ। मॉडल्स जल्दी पसंद नहीं आते मुझे!" नागेश ने शरारती स्वर में कहा। उसके लंबे, घुँघराले बाल हवा में लहरा रहे थे।

तुम खुद किसी मॉडल से कम हो क्या! नयनतारा ने नागेश से कहना चाहा, लेकिन वह फिर चुप रह गई, परंतु नागेश को उसके मन की बात समझते देर नहीं लगी।

नागेश ने अवसर का लाभ उठाते हुए पूछा, "मेरा मॉडल बनना चाहेंगी?" अब तक नागेश जान चुका था कि नैना के लिए उसकी किसी बात से इनकार कर पाना सहज नहीं था।

"सोचूँगी!" नैना ने 'हाँ' कहने से खुद को किसी तरह रोक लिया। लेकिन नागेश को पता था कि नैना केवल मॉडल बनकर संतुष्ट नहीं होगी, इसलिए उसने जानबूझकर बात को अधूरा छोड़ दिया।

नयनतारा और नागेश बातें करते, हँसते-बोलते काफी दूर निकल आए। इस बीच नागेश ने दो बार अपनी घड़ी में टाइम देखा, लेकिन नैना का मन बातों से भर ही नहीं रहा था। 'बजाज क्लॉथ मिल्स' की मालकिन नयनतारा बजाज उर्फ नैना को जैसे उसके सपनों का राजकुमार मिल गया था। धीरे-धीरे नागेश और नैना की मुलाकातें बढ़ने लगीं और अंतरंगता भी। साथ घूमना, कॉफी पीना, हाथ में हाथ

डालकर बाग-बगीचों में टहलना उनकी दिनचर्या का सहज और जरूरी हिस्सा हो गया था।

नागेश ने नयनतारा को बताया कि उसके माता-पिता की कुछ साल पहले मृत्यु हो चुकी थी। वह इससे पहले कई शहरों में रह चुका था। कुछ अपनी घुमक्कड़ प्रवृत्ति और कुछ काम की वजह से नागेश का कोई स्थायी ठिकाना नहीं था। वह जिस शहर में जाता, वहीं किराए के मकान में रहने लगता था। जरूरतें सीमित थीं, इसलिए पेंटिंग बनाकर गुजारा चल जाता था। कुल मिलाकर, नागेश की आर्थिक दशा बहुत अच्छी नहीं थी, परंतु 'बी.सी.एम.' की इकलौती वारिस नयनतारा के मन को यह फक्कड़ नागेश पसंद आ गया। नयनतारा का हृदय, जो बचपन से प्यार की कमी के चलते सूखे पत्ते सा पपड़ा चुका था, नागेश की मीठी और जादू भरी बातों तथा उसके प्रेम की फुहार से भीगकर कुछ ही दिनों में हरा-भरा हो उठा।

एक दिन अचानक नागेश ने नैना के सामने शादी का प्रस्ताव रख दिया। हालाँकि नागेश के प्रेम-भँवर ने नैना को पूरी तरह अपने आगोश में ले लिया था, फिर भी नैना के लिए नागेश के प्रस्ताव को तत्काल स्वीकार करना सरल नहीं था। इसका कारण थे उसके पिता राजेश्वर बजाज। बजाज साहब को नैना से बहुत-सी अपेक्षाएँ थीं, किंतु नागेश का कोई स्थायी ठौर-ठिकाना नहीं था, इसलिए नैना दुविधा में थी कि शादी के बाद नागेश के साथ कहाँ रहेगी।

एक ओर नैना के हृदय को पंछी की भाँति उड़ने के लिए नागेश के प्रेम का उन्मुक्त आकाश मिल गया था तो दूसरी ओर राजेश्वर बजाज की उम्मीदों की बेड़ियों ने नैना की आत्मा को बंधक बना रखा था। नैना के लिए दोनों स्थितियों में संतुलन बना पाना लगभग असंभव हो गया। उसने नागेश को अपनी दुविधा बता दी।

नागेश ने सुना तो वह सहजता से बोला, "तुम साथ हो तो क्या गम है ? कुछ-न-कुछ बन ही जाएगा!"

नैना को नागेश की बातों से हमेशा यही लगा कि वह स्वाभिमानी और आत्म-निर्भर किस्म का व्यक्ति था, परंतु नागेश का यह 'कुछ-न-कुछ' आखिर क्या था, यह नैना अंत तक नहीं जान पाई। नागेश ने नयनतारा को भरोसा दिलाया कि शादी के बाद पेंटिंग बनाने के अलावा वह कोई पार्ट-टाइम काम करके घर की व्यवस्था कर लेगा।

"और 'बजाज क्लॉथ मिल' की मालकिन नयनतारा बजाज को आर्थिक असुरक्षा का भय क्यों!" नागेश ने धीरे से जोड़ दिया।

नैना को लगा कि नागेश कह तो ठीक ही रहा था। राजेश्वर बजाज का वैभव, उनकी धन-संपत्ति आदि सबकुछ नैना को ही तो मिलने वाला था! आखिर नैना ने नागेश का तर्क मान लिया।

कुछ ही दिन बाद नागेश नैना पर शादी का दबाव डालने लगा। लेकिन नैना के लिए अपने पिता से बात करना सरल नहीं था। वह जानती थी कि उसके करोड़पति पिता राजेश्वर बजाज, किराए के मकान में रहने वाले एक आर्टिस्ट से अपनी इकलौती बेटी की शादी के लिए तैयार नहीं होंगे। नैना चाहती थी कि नागेश काम-काज और रहने का स्थायी प्रबंध कर ले तभी शादी की बात करना ठीक रहेगा, परंतु काम-काज की बात को नागेश हवा में उड़ा देता था। इस बात पर नैना और नागेश की कई बार बहस भी हो चुकी थी।

फिर एक दिन नागेश ने हताशा भरे स्वर में नयनतारा से कहा, "नैना, हमारे बीच आर्थिक और सामाजिक दूरियाँ बहुत अधिक हैं। मेरे लिए अचानक नौकरी खोजना कठिन है और नौकरी के बिना हमारी शादी हो नहीं सकती, इसलिए मुझे अपने इस रिश्ते का भविष्य उज्ज्वल नहीं दिखाई पड़ता। बेहतर होगा कि तुम मुझे भूल जाओ!" नागेश जानता था कि नयनतारा कुछ भी कर लेगी, लेकिन उसे छोड़ने को राजी नहीं होगी। "मैं तुमसे यह भी नहीं कह सकता कि तुम अपने पिता की इच्छा के खिलाफ मुझसे शादी कर लो। तुम्हारी जिंदगी पर उनका भी तो अधिकार है!" नागेश ने अधिकार की बात कहकर चतुराई से नैना के दुस्साहसी मन को चुनौती दे डाली। नागेश का तीर निशाने पर लगा।

नागेश का साथ छूट जाने की कल्पना से ही नयनतारा का दिल डूबने लगा और उसकी आँखों में आँसू आ गए। ठाठ-बाट से पली और स्वभाव से हठी नैना का जोर नागेश पर नहीं चल पाया तो उसने अपने पिता के संयम को परखने का इरादा कर लिया। इतनी सरलता से अपने पिता की इच्छा के सामने घुटने टेक दिए तो करोड़पति पिता की इकलौती संतान होने का क्या फायदा! नैना के मन में यह विचार आया तो उसने तय कर लिया कि कुछ भी हो जाए, वह नागेश का साथ नहीं छोड़ेगी। फिर भी वह अपने पिता से बात करने का साहस नहीं जुटा पाई और आखिर, नैना ने बिना पिता की सहमति के ही नागेश से कोर्ट में शादी कर ली।

हिंदी फिल्मों की शौकीन नैना को लगा कि असल जिंदगी में भी फिल्मों की तरह होता होगा कि पहले उसके पिता गुस्सा करेंगे, कुछ दिन नाराज रहेंगे और आखिर, बेटी की इच्छा के सामने हार मान लेंगे और सब ठीक हो जाएगा। नागेश ने नैना को पिता के खिलाफ कदम न उठाने की सलाह देने का दिखावा भी किया,

किंतु नयनतारा ने नागेश के दिखावे को सच मान लिया। उसने बचपन में ही किसी की नहीं सुनी तो अब क्या सुनती!

नागेश के दो दोस्त रघु और मोहित गवाह बने और आखिर नयनतारा ने राजेश्वर बजाज को बिना बताए नागेश से कोर्ट में शादी कर ली। नागेश के चेहरे पर जो उत्साह पहले दिखता था, वह नदारद था। शादी तो किसी तरह हो गई, लेकिन अभी एक काम बाकी था। नैना नागेश को साथ लेकर अपने पिता राजेश्वर से आशीर्वाद लेने पहुँची।

नयनतारा ने घर की घंटी बजाई। नैना को लगा था कि घर का नौकर दरवाजा खोलेगा और वह नागेश के साथ घर के भीतर चली जाएगी, परंतु प्रायः जीवन में जिस बात का डर होता है, वह हो ही जाती है। नैना को जिस बात का डर था, वही हुआ। घर का दरवाजा नौकर ने नहीं, बल्कि खुद नैना के पिता राजेश्वर बजाज ने खोला। उन्होंने सामने खड़ी अपनी प्यारी नैना को देखा तो पहली बार उन्हें उसे देखकर खुशी नहीं हुई, बल्कि उनका सिर घूमने लगा।

नयनतारा के गले में माला थी और माँग सिंदूर से सजी थी। फिरोजी झिलमिलाती साड़ी में सजी-धजी नयनतारा को देखकर राजेश्वर का खून जम गया। नैना के साथ एक पुरुष भी था, जिसे राजेश्वर ने पहली बार देखा था।

"नैना, यह क्या मजाक है?" राजेश्वर ने गुस्से से पूछा, "यह क्या पहन रखा है तुमने और यह आदमी कौन है?"

"यह मजाक नहीं है, पापा," नैना ने भोलेपन से कहा, "यह नागेश हैं··· आर्टिस्ट हैं। मैं इनसे प्यार करती हूँ और हमने आज ही शादी की है।"

बेटी की शादी में कन्यादान करना पिता का सपना होता है। जिस दिन नैना का जन्म हुआ था, राजेश्वर और उनकी पत्नी ने इसी आशा में उत्सव मनाया था कि एक दिन वे भी धूमधाम से अपनी बेटी का कन्यादान करेंगे। कोई वंश-परंपरा के नाम पर पुत्र की बात करता तो राजेश्वर उसे कहकर शांत कर देते, 'पुत्री के रूप में स्वयं लक्ष्मी घर में आती हैं। बेटियाँ घर की रौनक होती हैं; जो व्यक्ति पुत्री के जन्म पर प्रसन्न नहीं हो सकता तो मान लो कि वह किसी बात से प्रसन्न नहीं हो सकता।' परंतु नैना ने तो अपने पिता से कन्यादान का अधिकार भी छीन लिया था।

राजेश्वर को गहरा सदमा पहुँचा। वह कुछ बोल नहीं पाए। उनका चेहरा पीला पड़ गया। नयनतारा ने नागेश को राजेश्वर से आशीर्वाद लेने का इशारा किया; दोनों झुककर आगे बढ़े, किंतु राजेश्वर ने हाथ के संकेत से नैना और नागेश दोनों को रोक दिया।

राजेश्वर का सबकुछ लुट चुका था। पता नहीं, आवेश का कैसा तूफान उठा होगा उस पिता के हृदय में, जिसने अपनी नन्ही बिटिया का भविष्य सुरक्षित रखने के उद्‌देश्य से जवान और धनवान होते हुए भी पत्नी के देहावसान के उपरांत दोबारा विवाह नहीं किया! पता नहीं, कैसे-कैसे सपने देखे होंगे उन्होंने नयनतारा के लिए!

राजेश्वर बजाज के मुँह से एक शब्द भी नहीं निकला। वह मुड़े और अंदर चले गए। नागेश और नैना बाहर ही खड़े रहे। दो मिनट के बाद घर का नौकर रमादीन आया और सिर झुकाकर बोला, "बिटिया, साहब आपसे मिलना नहीं चाहते। उन्होंने कहलाया है कि···" रमादीन ने रुँधे गले से बात पूरी करते हुए कहा, "···कि··हो सके तो आज के बाद··यहाँ मत आना!"

रमादीन ने नजर नीची करके दरवाजा बंद कर लिया। नैना ने रमादीन की गीली आँखें देख ली थीं। नयनतारा पर वज्रपात हुआ। राजेश्वर बजाज ने अपनी इकलौती बेटी को एक झटके में घर और जायदाद से बेदखल कर दिया था। नैना अपने पिता के व्यवहार से सन्न थी, परंतु राजेश्वर को इसका दोष देना उचित नहीं था। जैसे नैना ने राजेश्वर की उम्मीद तोड़ी थी, वैसे ही अपने पिता को लेकर नैना का पूर्वानुमान भी गलत ही साबित हुआ। असल जीवन फिल्मों जैसा नहीं होता।

पिता के घर और उनकी संपत्ति से वंचित हो जाना नयनतारा के वैवाहिक जीवन का पहला अपशकुन था, परंतु नागेश के चेहरे पर शिकन तक नहीं थी। नयनतारा को अचरज हुआ। क्या नागेश को इस बात से फर्क नहीं पड़ना चाहिए कि नैना के पिता ने अपनी बेटी से संबंध तोड़ लिया था? दोबारा सोचने पर नयनतारा को लगा कि नागेश आत्म-निर्भर होने की बात किया करता था, इसलिए उसे नैना के पिता की धन-दौलत में रुचि नहीं थी। शायद यही कारण था कि नागेश के मन पर इस घटना का कोई प्रभाव नहीं हुआ था। मन को समझाने को यह विचार अच्छा था। काश, असलियत में भी ऐसा ही हुआ होता!

ऊहापोह के समंदर में गोते लगाती नयनतारा अभी यह सोच ही रही थी कि पास खड़े नागेश ने धीरे से नयनतारा का हाथ पकड़ा और कहा, "चिंता मत करो नैना··मैं हूँ ना!" नयनतारा को राहत मिली कि जो हाथ पिता ने छोड़ दिया, उसे नागेश ने तत्काल थाम लिया था। नैना बचपन से हठी थी, परंतु अपने हठ की इतनी भारी कीमत उसने कभी नहीं चुकाई थी।

चार सौ गज में बने आठ कमरों के बँगले को छोड़कर नागेश के साथ किराए के एक कमरे में रहने की कल्पना से नयनतारा के पैर लड़खड़ाने लगे।

उसने नागेश की ओर देखा। वह अब भी नैना को प्रेम भरी नजरों से देख रहा था। नैना ऐशो-आराम की जिंदगी छोड़कर नागेश के साथ किराए के मकान में रहने आ गई।

नैना पहली बार नागेश के घर आई थी। घर के नाम पर एक कमरा था, जिसमें सब तरफ रंग, पेंटिंग ब्रश और कैनवास बिखरे पड़े थे। करोड़पति राजेश्वर बजाज की इकलौती बेटी के सामने किराए के एक छोटे से कमरे में अपनी गृहस्थी बसाने की भारी चुनौती थी। नैना ने साड़ी का पल्लू कमर में खोंसा और नागेश के साथ कमरे की सफाई करने में जुट गई। नागेश के कमरे में लकड़ी की एक अलमारी थी। दो दिन के बाद उस अलमारी की सफाई की बारी आई। उसके पीछे कुछ रँगे हुए कैनवास रखे थे। नागेश घर पर नहीं था, इसलिए नैना ने अकेले ही कैनवास बाहर खींच लिए। उन्हें देखकर नैना चकित रह गई। वे नागेश की बनाई पेंटिंग्स थीं, जिनमें अधिकतर अल्हड़ मुद्राओं में युवतियों के पोर्ट्रेट थे। नयनतारा झेंप गई। फिर उसे याद आया कि मिल में पहली मुलाकात के दौरान नागेश ने बताया था कि वह पोर्ट्रेट के मामले में सेलेक्टिव है, यानी हर किसी का पोर्ट्रेट नहीं बनाता, परंतु इस तरह के पोर्ट्रेट कुछ और ही कहानी बयाँ कर रहे थे। शादी के तुरंत बाद नैना ने नागेश से उलझना ठीक नहीं समझा और वह चुप रह गई। उसे लगा कि यह सब नागेश ने शादी से पहले किया होगा और अब शादी के बाद वह ऐसा कोई काम नहीं करेगा, जिससे नैना के मन को ठेस पहुँचे।

परंतु उम्मीद का क्या है, वह तो बनती-टूटती रहती है!

नैना को उम्मीद तो यह भी थी कि उसके पिता का दिल एक दिन पिघलेगा और वे अपनी प्यारी, इकलौती बेटी को माफ करके उसे घर बुला लेंगे। नयनतारा को रोज सुबह यही उम्मीद रहती थी कि वह घर का दरवाजा खोलेगी और सामने उसके पिता राजेश्वर खड़े होंगे, जो नैना को गले से लगा लेंगे, उसे माफ कर देंगे और अपने साथ घर वापस ले जाएँगे, परंतु आशा की मद्धिम लौ के साए में पूरा दिन बीत जाता, फिर शाम ढल जाती और आखिर, मायूस नैना, थककर दरवाजा बंद कर लेती थी।

इस बीच नयनतारा को नागेश का एक अलग ही रूप देखने को मिला। शुरू के कुछ दिन तो नागेश नैना के साथ पहले-सा प्यार भरा बरताव करता रहा। वह पूरा समय नैना के साथ बिताता था। लेकिन फिर स्थिति बदल गई। दिन भर नैना-नैना पुकारने वाला नागेश अचानक जैसे नैना का नाम लेना ही भूल गया था। वह सुबह नाश्ता करके घर से निकलता और सूरज ढलने के बाद लौटता। नैना ने उससे कई

बार पूछा कि वह दिन भर कहाँ रहा, लेकिन नागेश कभी कोई संतोषजनक उत्तर नहीं दे पाया।

समय बीता, लेकिन स्थिति में सुधार नहीं हुआ, अपितु हालात बिगड़ते चले गए। नागेश ने पेंटिंग बनाने के लिए लड़कियों को घर बुलाना शुरू कर दिया। हर दो सप्ताह बाद एक नई लड़की घर पर आती थी और नागेश दिन भर उसकी पेंटिंग बनाता था। नैना का काम केवल चाय-नाश्ता बनाना रह गया था। शाम होने पर लड़की जाती तब कहीं नैना को नागेश के साथ दो पल बिताने का अवसर मिलता था। कुछ और समय बीत गया, लेकिन नागेश के तौर-तरीकों में कोई सुधार नहीं हुआ। नैना की नाराजगी का भी उस पर असर होना बंद हो गया।

दुःख अधिक समय तक दूर न हो तो दिल में घाव कर देता है और उस दुःख में बेबसी मिल जाए तो घाव में मवाद पड़ते देर नहीं लगती।

नैना असहाय थी। कोई दिन ऐसा नहीं जाता, जब नयनतारा अपने पिता को याद नहीं करती थी। उसके पिता ने एक बार भी नैना को याद किया होता तो वह नागेश को छोड़कर तुरंत उनके पास लौट जाती, परंतु राजेश्वर ने जो हाथ नैना का छोड़ा था, उसे नागेश ने पकड़ तो लिया, किंतु वह अधिक समय तक उसे थाम नहीं पाया।

नैना जान चुकी थी कि नागेश ने राजेश्वर की अपार धन-दौलत पाने के लिए नैना से विवाह किया था और उनके अपनी बेटी से संबंध तोड़ लेने के साथ नागेश की आशाएँ भी चकनाचूर हो गई थीं। नागेश को पता लग गया था कि उसे राजेश्वर बजाज की संपत्ति में से एक धेला भी नहीं मिलने वाला था।

अधिक समय नहीं बीता जब नागेश और नैना एक घर में अजनबियों की तरह रहने लगे। वे दोनों पास होकर भी इतना दूर थे, जैसे क्षितिज पर धरती और आकाश एक-दूसरे से मिलते हुए प्रतीत तो होते हैं, लेकिन वास्तव में उनका मिलन कभी नहीं होता। नयनतारा को यह भी अहसास हो चुका था कि उसने जवानी के जोश और प्रेम के आवेग में एक ऐसे इनसान को अपना जीवन-साथी बना लिया, जो केवल दिलफेंक ही नहीं, अपितु स्वार्थी और लापरवाह भी था। नागेश से विवाह करना नैना के जीवन की सबसे बड़ी भूल साबित हुई।

कुछ दिन बाद नयनतारा पर फिर एक वज्रपात हुआ। उसे समाचार मिला कि उसके पिता राजेश्वर बजाज की दिल का दौरा पड़ने से मृत्यु हो गई। यह अनुमान लगाना कठिन नहीं था कि अपनी इकलौती बेटी द्वारा दिए धोखे को राजेश्वर सह

नहीं सके और चल बसे। पिता के जाने के साथ नैना के जीवन की एकमात्र उम्मीद भी चली गई। 'बी.सी.एम.' का अब न कोई मालिक था और न वारिस।

इस घटना के कुछ ही दिन के बाद नागेश से विवाह का एक और परिणाम सामने आ गया। नैना को पता लगा कि वह गर्भवती है। उसके मायूस हो चुके मन में फिर एक उम्मीद जगी कि इस खबर को सुनकर नागेश अवश्य बदल जाएगा और अपनी जिम्मेदारी को सँभालने का प्रयास करेगा, परंतु दुर्भाग्य से नैना की यह उम्मीद भी खोखली सिद्ध हुई।

नैना में नागेश की रुचि तो उसके पिता के निधन के साथ बहुत पहले ही खत्म हो गई थी, तिस पर बच्चे का बोझ! फिर तो नागेश ने रात को भी घर आना छोड़ दिया। उसने पेंटिंग से मिलने वाला खर्च भी नैना को देना बंद कर दिया। आखिर, वही हुआ, जिसका डर था। एक दिन नागेश पाँच महीने की गर्भवती नयनतारा को अकेला छोड़कर गायब हो गया और फिर लौटकर नहीं आया।

'बजाज क्लॉथ मिल्स' की मालकिन रह चुकी नयनतारा की ऐसी दुर्दशा हुई कि उसे घर से बाहर निकलने में भी शर्म महसूस होने लगी। जिस लड़की के पिता देश भर के बाजारों में कपड़ा सप्लाई करते थे, उसे साड़ी में फॉल लगाना और कपड़े रफू करना सीखना पड़ा! हालात ऐसे बिगड़े कि नयनतारा को दो वक्त की रोटी का प्रबंध करने के लिए रात-दिन एक करना पड़ता था।

उसने लोगों के कपड़े सिलने से लेकर घरों में रोटी बनाने और सफाई करने तक के काम किए। भाग्य का पहिया जब पलटता है तो बड़े-बड़े सूरमा काल-चक्र के नीचे दबकर धूल हो जाते हैं। ऐसे में असहाय नयनतारा कर ही क्या सकती थी! परंतु जीवन के रथ में यदि साहस और धैर्य के पहिए लगा दिए जाएँ तो पथ कितना भी पथरीला और काँटों से भरा क्यों न हो, मनुष्य उन बाधाओं को पार कर लेता है। नयनतारा कहने को अकेली थी, लेकिन जाने कौन-सी अदृश्य शक्ति ने उसके जीवन-रथ में भी साहस और धैर्य के पहिए कस दिए थे।

नयनतारा का कड़ा परिश्रम जारी रहा। एक दिन नैना की पड़ोसन विजया, नैना के लिए जैसे वरदान बनकर आई। विजय अपनी सत्रह साल की बेटी के साथ रहती थी और पापड़ बनाने वाली की एक फैक्टरी में नौकरी करती थी। निरंतर संघर्षरत और रात-दिन जूझती अकेली नैना को देखकर विजया का मन पसीज गया। उसने नैना की सहायता की और उसे अपने साथ पापड़ की फैक्टरी में काम दिलवा दिया। इससे दो लाभ हुए। नैना के मन की घुटन दूर हो गई और पहले की अपेक्षा उसकी आर्थिक स्थिति भी सुधरने लगी।

नई नौकरी तथा विजया के अनमोल सहयोग का सहारा पाकर नैना ने अपना प्रसवकाल पूरा कर लिया और आखिर एक दिन उसने एक प्यारे से बेटे को जन्म दिया। वह बालक नैना के जीवन में भोर की नई आस-भरी किरण बनकर आया था। नागेश और नैना के बेटे का नाम 'निरंजन' रखा गया।

□

3

नयनतारा-निरंजन

नैना के पास किराए का कमरा और एक मामूली–सी नौकरी थी, किंतु काटने के लिए पहाड़–सा लंबा एकाकी जीवन और पालने के लिए एक नन्हा बालक था, जिसका पिता उसे माँ के गर्भ में छोड़कर चुपचाप भाग निकला था। कई बार नैना को नागेश की याद आती थी, क्योंकि नागेश ने भले ही प्रेम न किया हो, किंतु नैना ने नागेश से बहुत प्रेम किया था। नैना के जीवन में प्रेम तो नहीं था, किंतु प्रेम की स्मृति भी प्रेम से कम नहीं होती! हालाँकि, नैना को जब विवाह के बाद के कष्टपूर्ण क्षण याद आते तो प्रेम से भरा उसका हृदय अचानक विरक्ति से छलक उठता था।

नैना को अपने बेटे निरंजन को बड़ा तो करना ही था, साथ ही उसे पढ़ा–लिखाकर एक नेक और योग्य इनसान भी बनाना था। नैना के जीवन की सार्थकता अब केवल इसी ध्येय की पूर्ति में समाहित थी और यही नयनतारा के जीवन की सबसे बड़ी चुनौती भी थी कि उसे अपने भगोड़े और स्वार्थी पति के सहयोग के बिना अपने पुत्र निरंजन का पालन–पोषण करना था।

नयनतारा ने निरंजन के जन्म के कुछ सप्ताह बाद फैक्टरी जाना शुरू कर दिया। वह काम पर जाती तो पीछे से विजया की बेटी निरंजन को सँभालती थी। इससे नैना का मानसिक तनाव कम हो गया। फैक्टरी की नौकरी से मिलने वाले पैसे अकेली नयनतारा के लिए तो ठीक थे, किंतु इतने नहीं थे कि माँ–बेटा दोनों भरपेट रोटी खा पाते। नयनतारा दिन में एक बार खाकर गुजारा करती थी, ताकि निरंजन को दोनों समय का भोजन मिलता रहे।

नैना ने फैक्टरी मालिक को कभी नहीं बताया कि वह 'बजाज क्लॉथ मिल्स' की मालकिन रह चुकी थी, परंतु फैक्टरी की कार्य–प्रणाली और संचालन का ज्ञान उसे विरासत में मिला था। उसने अपने अनुभव और ज्ञान का भरपूर उपयोग किया

तथा फैक्टरी मालिक को अनेक ऐसे सुझाव दिए, जिनसे फैक्टरी को काफी मुनाफा हुआ। नैना के सुझावों के चलते फैक्टरी मालिक नैना से खुश था। नैना की ईमानदारी और लगन ने फैक्टरी में उसे अत्यंत लोकप्रिय बना दिया। मालिक का नयनतारा पर विश्वास जमने लगा तो नयनतारा की तनख्वाह बढ़ा दी गई। नैना जानती थी कि शिक्षा उज्ज्वल भविष्य का आधार है। इसलिए अपनी बढ़ी हुई आय द्वारा नयनतारा ने निरंजन के लिए भरपेट भोजन के अलावा अच्छी शिक्षा का प्रबंध भी कर दिया।

बच्चा जन्म लेता है तो उसके लिए माँ सब कुछ होती है। माँ का आँचल बच्चे का मित्र भी होता है और खेल का मैदान भी। समय के साथ बालक माँ के आँचल की छाया से निकलकर मिट्टी के खिलौनों से दिल लगा लेता है। वह बचपन की अंगुली छोड़कर किशोरावस्था की दहलीज पर पैर रखता है तो खिलौनों का आकर्षण पीछे छूट जाता है और कल्पना का मनोहर संसार आँखों के सामने सजने लगता है। मन का कोमल पंछी सपनों के गुलाबी आकाश की यात्रा पर निकल पड़ता है, परंतु सत्य का दर्शन करना बाकी रह जाता है और यह केवल समय बता सकता है कि इस सत्य से उसका सामना कब, कैसे और कहाँ होगा!

निरंजन की बाल्यावस्था पूरी हो चली थी। वह बड़ा हो रहा था। धीरे-धीरे निरंजन की दृष्टि पड़ोस के अन्य बच्चों पर पड़ी और उसने उन्हें अपने-अपने पिता के साथ खेलते-घूमते देखना शुरू किया तो उसने नैना से अपने पिता के बारे में प्रश्न किए। नैना हर बार उन प्रश्नों को टाल देती थी, क्योंकि उसके पास कोई ठोस जवाब नहीं था, परंतु निरंजन अब बच्चा नहीं था। उत्तर नहीं मिले तो उसके प्रश्न बढ़ते गए!

निरंजन के मन में उठ रहे प्रश्नों के ज्वार को नयनतारा ने भाँप लिया था। वह जानती थी कि एक दिन उसे सब बताना पड़ेगा। ऐसा भी नहीं था कि नैना ने निरंजन से नागेश के विषय में कुछ छिपाने का विचार बनाया था, परंतु वह नागेश के जीवन और चरित्र के बारे में निरंजन को कुछ इस तरह बताना चाहती थी, ताकि निरंजन अपनी माँ के संघर्ष और दुःख को सही परिप्रेक्ष्य में समझ सके और साथ ही उसका बाल-मन अपने पिता की ओर से दूषित भी न होने पाए। अच्छी परवरिश वही है, जिसमें बच्चे के मन में अपने माता या पिता के लिए किसी तरह की दुर्भावना विकसित न हो। निरंजन सोलह वर्ष का हो गया तो आखिर उसने नयनतारा से बात करने का निश्चय किया।

"माँ, आपने बहुत कष्ट उठाकर मुझे हर संभव सुख-सुविधा देने का प्रयत्न किया। फिर भी, मेरे जीवन में एक अजीब सा खालीपन है। कुछ है, जिसका मेरे जीवन में अभाव है।"

"कैसा अभाव, निरंजन?" नयनतारा के मस्तक पर अवसाद की रेखाएँ उभर आईं।

"पिता का अभाव!" निरंजन ने दो-टूक कह दिया।

संघर्ष प्राय: व्यक्ति को कमजोर और बूढ़ा कर देता है। वर्षों के कष्ट और एकाकीपन ने नैना का यौवन समय से पहले छीन लिया था। उसकी आँखों की कोर पर लकीरें उभरने लगी थीं और बीच-बीच में से सिर के बाल सफेद हो चले थे। त्वचा पर पहले वाला तेज नहीं था। नैना की आयु अधिक नहीं थी, लेकिन कर्तव्यों का बोझ और परिस्थितियों की मार को अकेले सहते-सहते वह तरुणाई की सीमा लाँघकर कब अधेड़ हो गई, उसे स्वयं भी अहसास नहीं हुआ। लेकिन नयनतारा की आँखों की चमक पहले की तरह कायम थी। निरंजन ने नैना के जैसी स्वच्छ और सुंदर आँखें नहीं देखी थीं। नैना की सौम्य मुसकान से उसका जादुई व्यक्तित्व और निखर जाता था।

नैना ने मुसकराते हुए निरंजन के सिर पर हाथ फेरा और कहा, "मुझे पता है कि तुम्हारा मन अपने पिता के विषय में जानने को उत्सुक है। तुमने जब से होश सँभाला है, उनका चेहरा तक नहीं देखा। मेरा दु:ख भी तुमसे किसी तरह कम नहीं है। मैं जीवन के रंग पूरे देख भी नहीं पाई थी, जब मेरा वैवाहिक जीवन बेरंग हो गया। यह मान लो कि तुम्हारे पिता जीवित होते हुए भी हम दोनों के लिए जीवित नहीं हैं!"

निरंजन के मन में नैना के लिए बहुत आदर और स्नेह था। नैना ने उसे बिना किसी बाहरी सहयोग के बड़ा किया था। इसलिए उसने अपनी माँ से कुतर्क तो दूर, कभी तर्क भी ठीक से नहीं किया। नयनतारा उसके संसार की धुरी थी और उसका सत्य भी। निरंजन ने नैना की तय की हुई सीमाओं का कभी अतिक्रमण नहीं किया, परंतु वर्षों से आरोपित सीमाओं के पाश में बँधे निरंजन का अब दम घुटने लगा था और उस दिन निरंजन ने अपने छोटे से संसार के पार की विशाल और अनजान दुनिया को देखने का निश्चय कर लिया।

"आप मेरे पिता के बारे में मुझे बताकर मेरी उलझन और मानसिक पीड़ा को दूर क्यों नहीं कर देतीं?" निरंजन ने पूछा। "मैं उन कारणों और परिस्थितियों को समझना चाहता हूँ, जिनकी वजह से मैं आज तक अपने पिता को देख नहीं पाया हूँ। वे कैसे थे? यदि होते तो क्या एक अच्छे पिता कहलाते?"

नयनतारा ने निरंजन को स्नेहपूर्वक देखा। निरंजन की आँख में आँसू ठहरा हुआ था, परंतु वह आँसू केवल निरंजन की आँख में नहीं था, नैना भी उसके साथ रुँआसी हो रही थी। उसे पता था कि एक दिन उसे निरंजन को सत्य बताना ही

पड़ेगा। वह इसके लिए तैयार थी। नयनतारा धीरे से मुसकराई। हालाँकि उसकी मनमोहक मुसकान नैना के जीवन के एकाकीपन और पति के विश्वासघात के दुःख को छिपा नहीं पाई।

नयनतारा ने निरंजन का हाथ पकड़कर उसे पलंग पर बैठा दिया। फिर उसके कंधे पर हाथ रखकर बोली, "ठीक है। मैं तुम्हें सब बताऊँगी, परंतु पहले मैं तुम्हें एक कहानी सुनाना चाहती हूँ।"

"मेरे पिता की कहानी?" निरंजन ने उत्साहित होकर पूछा।

"नहीं, निरंजन! यह कहानी परित्यक्त स्त्रियों, पत्नियों और माताओं की है। यह उन तीन स्त्रियों की कथा है, जिन्होंने परित्याग और पीड़ा को अपनी दुर्बलता नहीं बनने दिया, बल्कि उस दुःख को अपना संबल बनाया और समस्त कष्टों के बावजूद हिम्मत नहीं हारी, हार नहीं मानी। यह कहानी उन पत्नियों की है, जिन्होंने अपने पति के होने पर भी साहस के साथ अकेले सारा दायित्व निभाया। यह कहानी उन माताओं की है, जिन्होंने अपने बच्चों को छल-कपट से दूर रखा और उनसे कभी यह नहीं कहा कि 'तुम्हारे पिता साधन-संपन्न हैं, इसलिए उनके धन-वैभव में अपना हिस्सा माँगों और सुख से रहो!' यह कहानी है उन स्त्रियों की है, जिन्होंने चुपचाप एकाकीपन के दुर्जेय पर्वत पर अपने संयम की विजय-पताका फहराई तथा लगन एवं धैर्य के साथ अपने बच्चों को लेकर जीवन-पथ पर आगे बढ़ती गईं। इन स्त्रियों ने अकेले ही अपने दम पर बच्चों को इतना योग्य बनाया कि इतिहास के पन्नों पर उन तेजस्वी युवकों की गौरव-गाथाएँ आज भी स्वर्णाक्षरों में अंकित हैं और संसार उनका नाम आदर से लेता है।"

"आप किसकी बात कर रही हैं?" निरंजन ने पूछा। "किसका नाम स्वर्णाक्षरों में अंकित है?"

"धैर्य रखो, निरंजन! आज तुम्हें सब बताऊँगी," नयनतारा ने कहा। "हमारा पुरुष-प्रधान समाज बालक की प्रत्येक उपलब्धि का श्रेय उसके पिता को देता आया है, लेकिन पितृ-सत्ता का चश्मा लगाने वाले समाज को यह नहीं भूलना चाहिए कि पुरुष किसी कारण से भले ही घर छोड़कर चला जाए, किंतु स्त्री जीते-जी अपने परिवार को कभी नहीं छोड़ती। वह हार भी नहीं मानती। माँ के लिए अपने बच्चों को पालना एक तरह का ऋण है, जिसे चुकाए बिना तो वह द्वार पर आई मृत्यु के साथ भी जाने को तैयार नहीं होती! वह आजीवन और अंतिम श्वास तक परिवार की रक्षा करती है, उसके प्रति समर्पित रहती है। जीवन-यज्ञ में कर्तव्यों की वेदी पर स्वाहा हो जाना स्त्री की साधना है, उसका यज्ञ है, उसका तप है। फिर एक दिन वह इसी

तप की अग्नि में जलकर स्वाहा हो जाती है और वह जीवन-यज्ञ में अपनी आहुति को ही अपना मोक्ष मान लेती है, परंतु कुछ भी हो जाए, स्त्री हार नहीं मानती। यह कहानी ऐसी ही तीन स्त्रियों की आपबीती है, जिन्होंने अपने समय के सर्वश्रेष्ठ पुरुषों से विवाह किया और उनसे पुत्र भी उत्पन्न किए।"

"परंतु इस कहानी का मेरे पिता से क्या संबंध है?" निरंजन का प्रश्न उचित था।

"संबंध है! इसे जानना तुम्हारे लिए इसलिए भी जरूरी है, क्योंकि इस कथा को सुनकर तुम्हें अपने प्रश्नों के उत्तर स्वत: मिल जाएँगे।"

नयनतारा की बात सुनकर निरंजन की दुविधा कम होने के बजाय और बढ़ गई थी। फिर भी वह प्रसन्न था। आखिरकार, उसके मन की पीड़ा और घुटन के समाप्त होने का समय आ चुका था। लंबी प्रतीक्षा के बाद निरंजन के सामने एक नई दुनिया के दरवाजे खुलने वाले थे, परंतु वह नहीं जानता था कि यह नई दुनिया इतनी कठोर, स्वार्थी और दोमुँही निकलेगी!

नयनतारा ने कहानी आरंभ कर दी···

□

4
हिडिंबा

हजारों साल पहले कुरुवंश, भारतवर्ष का सबसे सशक्त और प्रभुत्वशाली राजपरिवार था। उसकी राजधानी हस्तिनापुर थी, जो वर्तमान में दिल्ली के आसपास का प्रदेश है। राजा कुरु के वंश में धृतराष्ट्र और पांडु नाम के दो भाई हुए। धृतराष्ट्र के सौ पुत्र हुए, जिन्हें संयुक्त रूप से 'कौरव' और पांडु के पाँच पुत्रों को 'पांडव' कहा गया। पांडवों में युधिष्ठिर और कौरवों में दुर्योधन ज्येष्ठ था। दुर्योधन से युधिष्ठिर बड़ा था, इसलिए हस्तिनापुर के राजसिंहासन पर युधिष्ठिर का अधिकार पहला था, परंतु दुर्योधन ने यह तर्क स्वीकार नहीं किया। उसका कहना था कि धृतराष्ट्र को नेत्रहीनता के चलते सिंहासन से हाथ धोना पड़ा, किंतु वह स्वयं तो नेत्रहीन नहीं था, इसलिए राजा का पुत्र होने के नाते हस्तिनापुर के राजसिंहासन पर उसका अधिकार पहला है। इसी बात को लेकर दुर्योधन का पांडवों के साथ मतभेद और मनभेद होने लगा। उसके मन में बचपन ही से पांडवों के प्रति ईर्ष्या का बीज पड़ गया था। बीज अंकुरित तो अवश्य होता है, किंतु उसका बड़ा होना या मिट्टी में मिल जाना इस बात पर निर्भर करता है कि उसे खाद और पानी कैसा और कितना मिला है।

दुर्योधन के मन में पांडवों के प्रति द्वेष के अंकुर नष्ट हो सकते थे, यदि उन्हें दुर्योधन के मामा शकुनि ने खाद-पानी न दिया होता। अपनी बहन गांधारी के नेत्रहीन धृतराष्ट्र के साथ विवाह से गांधार राजकुमार और द्यूत में निपुण शकुनि हस्तिनापुर से बहुत रुष्ट था। मन में विष की गाँठ लिए वह अपनी बहन गांधारी के साथ हस्तिनापुर चला आया और वहीं का होकर रह गया। शकुनि की कलुषित छाया में दुर्योधन बड़ा हुआ। परिणामस्वरूप, दुर्योधन के मानस में उपजा ईर्ष्या का अंकुर वट-वृक्ष बन गया, जिसकी जड़ों ने हस्तिनापुर की नींव को हिलाकर रख दिया। बहुत जल्द

हस्तिनापुर का हँसता-खेलता राजपरिवार पारिवारिक, संघर्ष एवं राजनीतिक षड्यंत्र का केंद्र बन गया।

भाइयों के बीच शत्रुता बढ़ती गई। अर्जुन का युद्ध-कौशल और भीम का शारीरिक बल दुर्योधन की चिंता और उसके अवसाद का मुख्य कारण था। वह पांडवों को मारने के नित नए तरीके खोजता रहता था। उसका मित्र कर्ण, जिसकी निष्ठा दुर्योधन ने उसे अंग देश का राजा बनाकर मोल ले ली थी, कुचक्र में उसका साथ देता था। गंगापुत्र भीष्म, कुलगुरु कृपाचार्य और आचार्य द्रोण भी दुर्योधन के अभिमान के वृक्ष की शाखाएँ काट पाने में असमर्थ सिद्ध हुए। राजपरिवार में पांडवों को षड्यंत्रों और कुचक्रों से बचाने वाला महामंत्री विदुर के अतिरिक्त कोई नहीं था।

एक बार दुर्योधन ने धृतराष्ट्र से कहकर पांडवों और कुंती को विहार के लिए वारणावत भिजवा दिया। उसने वारणावत में पांडवों के लिए पहले ही से घी, मोम, तेल और लाख का एक घर—लाक्षागृह—बनवा दिया था, जो तुरंत आग पकड़ सकता था। दरअसल, दुर्योधन ने पांडवों को सोते में जलाकर मार देने की योजना बनाई थी, परंतु विदुर को इसका अंदाजा लग चुका था, इसलिए उसने एक विश्वासपात्र सेवक को वारणावत भेजकर पांडवों को लाक्षागृह से सुरक्षित निकालने के लिए एक सुरंग का निर्माण करवा दिया।

एक रात लाक्षागृह में आग लग गई या कहें, लगवा दी गई! हस्तिनापुर में विदुर के अतिरिक्त किसी को सुरंग का रहस्य नहीं पता था, इसलिए सबने सोचा कि पांडव और उनकी माँ कुंती लाक्षागृह में मारे गए, परंतु सत्य यह था कि विदुर द्वारा बनवाई सुरंग से पांडव अपनी माँ कुंती को साथ लेकर सुरक्षित निकल चुके थे।

पांडवों की मृत्यु का समाचार तत्काल हस्तिनापुर पहुँच गया। गरमी में जिस तरह केवल तालाब की सतह का पानी गरम होता है किंतु वह भीतर से ठंडा ही रहता है, उसी तरह नेत्रहीन धृतराष्ट्र और दुर्योधन ने पांडवों की मृत्यु के समाचार पर दुःखी होने का दिखावा किया, जबकि वे मन-ही-मन इस घटना से अति प्रसन्न थे।

इधर पांडव किसी तरह जीवित बचकर तेजी से दुर्घटना-स्थल से दूर निकल आए थे। भय और चिंता से बोझिल वे लगातार दौड़ते जा रहे थे। आखिर थकान इतनी बढ़ गई कि कुंती के साथ नकुल व सहदेव मार्ग में बैठ गए, परंतु उन्हें डर था कि कौरवों को उनके जीवित होने का पता चला तो वे उन्हें खोजकर फिर से मारने का प्रयास करेंगे। इसलिए रात ढलने तक नगर की सीमा को पार कर लेना आवश्यक था।

कहते हैं, भीम के शरीर में हजार हाथियों का बल था। उसने कुंती को अपने कंधे पर बैठाया तथा नकुल एवं सहदेव को अपनी एक-एक भुजा पर उठा लिया और फिर युधिष्ठिर एवं अर्जुन का सहारा लेकर आगे बढ़ने लगा। शीघ्र ही वे घनी झाड़ियों और वृक्षों को लाँघते हुए एक घने वन में पहुँच गए। यह जगह वारणावत से इतनी दूर थी कि दुर्योधन को इसकी भनक मिलना लगभग असंभव था।

भीम तेजी से चलता जा रहा था। उसके भारी-भरकम पाँवों की धमक से रात के सन्नाटे में जंगल काँपने लगा। घने वृक्षों और झाड़ियों ने भीम का मार्ग रोकने की बहुत चेष्टा की, लेकिन वे उसके वज्र समान तन से टकराकर गिर पड़े या उसके विशालकाय पैरों के नीचे कुचलकर नष्ट हो गए।

अंधकार हो गया था। पांडव वन के बहुत अंदर पहुँच चुके थे। चारों ओर से वन्य पशुओं की आवाजें आ रही थीं। लंबी और थकान भरी यात्रा के बाद वे भूख-प्यास से बेहाल थे। आखिरकार, एक स्थान पर रुककर उन्होंने पेड़ से तोड़कर कुछ फल खाकर अपनी भूख शांत की और फिर एक वृक्ष के नीचे आराम करने बैठ गए।

घंटों तक लगातार चलने से थकान हो गई थी और वे सोना चाहते थे, परंतु वन में सबका एक साथ सो जाना उचित नहीं था। आखिरकार, यह तय हुआ कि चारों भाई और कुंती सोएँगे तथा भीम रात भर जागकर पहरा देगा। भीम की शक्ति और साहस पर सबको भरोसा था। चारों भाई और कुंती वृक्ष के नीचे सो गए और भीम थोड़ी दूरी पर आग जलाकर बैठ गया।

वन के जिस भाग में पांडवों ने डेरा डाला था, वहीं से कुछ दूरी पर हिडिंब नाम का एक भयानक राक्षस अपनी बहन हिडिंबा के साथ रहता था। दोनों भाई-बहन रात्रि के अंधकार में शिकार पर निकलते और जो प्राणी मिल जाता, उसे मारकर दोनों खा लेते थे। कभी-कभी वन से गुजरते मनुष्य भी अनजाने में उनका शिकार बन जाते थे। हालाँकि हिडिंबा की नजर पशु-पक्षियों पर अधिक थी, जबकि हिडिंब मनुष्यों की तलाश में रहता था।

दोनों विशालकाय थे। हिडिंब अपनी बहन की अपेक्षा अधिक ऊर्जावान और शक्तिशाली था। उसकी लाल गुस्सैल आँखों के ऊपर भारी-भरकम भँवें लटकती रहती थीं। चेहरे पर बहुत मोटी नाक थी तथा होंठ काले और भद्दे थे। वह हँसता तो होंठों के बीच से लंबे पैने दाँत दिखते थे। कंधे चौड़े और गरदन वृक्ष के तने की भाँति मोटी और कड़क थी। हिडिंब के कान आकार में बड़े, लेकिन हलके थे। तेज हवा चलती तो वे पत्तों की तरह फड़फड़ाते, जिसके चलते उसका रूप और भयानक दिखता था। उसका पेट मोटा और गोल, बाल घुँघराले और दाढ़ी लंबी व डरावनी

थी। हिडिंबा की काया भी अपने भाई की तरह ही विशाल थी किंतु वह उसकी तरह कुरूप नहीं थी, बल्कि कहा जाए तो वह राक्षसी लगती ही नहीं थी। यदि हिडिंबा का कद छोटा होता तो कोई भी पुरुष उसे देखकर मोहित हो जाता!

उस रात हिडिंब को सहसा पांडवों की गंध महसूस हुई। उसे भूख लग रही थी। तिस पर मानव-मांस की गंध ने उसकी क्षुधा को और तेज कर दिया। हिडिंब ने तत्काल जान लिया कि वन में मनुष्य मौजूद थे। पसंदीदा भोजन की गंध मिलते ही हिडिंब के मुँह में पानी आ गया। उसने अपने काले एवं शुष्क होंठों पर मोटी जीभ फेरी और फिर हिडिंबा को देखकर कहा, "बहन! मैं कब से भोजन की प्रतीक्षा कर रहा था और देखो, भोजन स्वयं चलकर मेरे पास आ गया है। तुम जाओ और इन मनुष्यों को मारकर ले आओ। तब तक मैं मांस पकाने की तैयारी करता हूँ।"

हिडिंबा ने भी नाक ऊँची करके शिकार की गंध को महसूस किया। फिर वह गंध की दिशा में आगे बढ़ी तो उसकी दृष्टि पांडवों पर पड़ गई। हिडिंबा ने गिनना शुरू किया—

एक…दो…तीन…चार…पाँच…छह…

छह मनुष्य! उनमें से चार पुरुष और एक स्त्री गहरी नींद में सो रहे थे, जबकि एक पुरुष अकेला उनके पास बैठा पहरा दे रहा था।

हिडिंबा को मनुष्य-मांस पसंद नहीं था और सोते हुए मनुष्यों की हत्या का विचार भी उसे पसंद नहीं आया। वह जन्म से राक्षसी अवश्य थी, किंतु अंदर से दयालु थी। हिडिंबा का मन हुआ कि वापस लौट जाए, परंतु उसे फिर हिडिंब का ध्यान आ गया। क्रोधी और क्रूर स्वभाव का हिडिंब पहले भी कई बार हिडिंबा को आज्ञा न मानने का दंड दे चुका था। इसलिए हिडिंबा ने उन छह मनुष्यों को पकड़ लेना ही उचित समझा।

वह थोड़ा चलकर सबसे पहले भीम के निकट पहुँची। उसने भीम को देखा तो बस देखती रह गई। भीम न केवल शारीरिक रूप से बलवान था, बल्कि वह सुंदर और आकर्षक भी था। हिडिंबा ने इतना आकर्षक मनुष्य पहले कभी नहीं देखा था। वह भीम को देखते ही उस पर मोहित हो गई। उसे भीम से प्रेम हो गया था! हिडिंबा के मन में भीम से विवाह करने की इच्छा भी उत्पन्न हो गई, परंतु उसे फिर से हिडिंब का विचार आ गया, जिसने हिडिंबा को सभी छह मनुष्यों को मारकर लाने की आज्ञा दी थी। दुविधा ने चारों ओर से हिडिंबा को जैसे घेर लिया था।

'भाई की भूख शांत करने के लिए यदि इस पुरुष को मार दूँ तो हमेशा के लिए इसे खो बैठूँगी परंतु यदि इसका हृदय जीत लिया तो यह सदा के लिए मेरा हो

सकता है!' हिडिंबा के मन में उठा विचार खतरनाक तो था, किंतु यह उसके जीवन का निर्णायक क्षण भी था। हिडिंबा कुछ पल सोचती रही और फिर उसने भीम से मिलने का निश्चय कर लिया।

हिडिंबा को शंका थी कि उसके विशालकाय राक्षसी रूप को देखकर भीम आकर्षित नहीं होगा, बल्कि डरकर पीछे हट जाएगा। इसलिए हिडिंबा ने मायावी शक्ति से एक सुंदर युवती का रूप धारण किया और फिर धीरे-से चलकर भीम के पास पहुँची। भीम उसकी ओर पीठ किए बैठा था।

हिडिंबा ने धीमी आवाज में कहा, "युवक! तुम कौन हो और रात्रि में इस भयानक वन में क्या कर रहे हो?"

भीम ने मुड़कर देखा तो चकित रह गया। निर्जन वन, रात्रि का समय, अकेली और संदर युवती···भीम के मन में तुरंत संदेह पैदा हो गया। युधिष्ठिर ने वन में राक्षस होने का दावा किया था और राक्षस मायावी होते हैं; वे मनचाहा रूप धारण कर सकते हैं। भीम पूरी तरह सतर्क था। वह तुरंत उठ खड़ा हुआ और बोला, "मैं कौन हूँ, यह छोड़ो। पहले बताओ कि तुम कौन हो?"

भीम का रूखा उत्तर सुनकर पहले तो हिडिंबा को गुस्सा आया, लेकिन फिर उसे अहसास हुआ कि भीम की प्रतिक्रिया उचित ही थी। रात्रि के समय वन में अकेली स्त्री को देखकर भीम की आशंका स्वाभाविक थी। कोई साधारण मनुष्य होता तो हिडिंबा ने उसे अब तक मार डाला होता परंतु उसके सामने वायुदेव का अंश भीमसेन खड़ा था, जिसे वह बिना जाने-समझे अपना हृदय सम्राट मान चुकी थी।

"युवक!" हिडिंबा ने भीम के स्वर में रूखेपन की उपेक्षा करते हुए कहा, "मैं तुम्हारे विषय में जानना चाहती हूँ और तुम्हें वचन देती हूँ कि मेरे द्वारा तुम्हें किसी तरह की हानि नहीं होगी।"

हिडिंबा का सौम्य स्वर सुनकर भीम थोड़ा शांत हुआ। फिर उसने विनम्रतापूर्वक कहा, "देवी! मैं तुम्हें अपने विषय में नहीं बता सकता और तुमसे आग्रह करता हूँ कि तुम जहाँ से आई हो, वहीं लौट जाओ। तुम्हारे बोलने से मेरी माँ और भाइयों की नींद टूट सकती है और मैं नहीं चाहता कि मेरे परिवार को किसी तरह का कष्ट पहुँचे।" यह कहते हुए भीम ने धीरे-धीरे अपने सोते हुए भाइयों से दूरी बना ली थी।

"मेरी स्वयं भी मंशा तुम्हें परेशान करने की नहीं है," हिडिंबा ने अपना असल मंतव्य छिपाते हुए कहा "तुम भले ही कुछ न बताओ, किंतु मैं तुम्हें यह अवश्य बताना चाहती हूँ कि इस वन में हिडिंब नाम का एक भयानक राक्षस रहता है। मैं

उसी राक्षस की बहन हूँ और मेरा नाम हिडिंबा है। मेरा भाई बहुत निर्दयी है और दुर्भाग्य से उसे मनुष्य का मांस बहुत पसंद है। उसे पता है कि तुम लोग यहाँ हो और वह तुम्हें मारकर खाना चाहता है। उसी ने मुझे तुम्हें मारने के लिए यहाँ भेजा है।"

"तुम राक्षस-कन्या हो!" भीम को हिडिंबा का मनमोहक रूप देखकर विश्वास नहीं हुआ। "खैर, तुम जो भी हो, हमें साधारण मनुष्य समझने की भूल मत करना। मुझे या मेरे भाइयों को मारना तो दूर, उन्हें छूने का विचार भी अपने मन से निकाल दो। तुम्हारी बात सुनकर मेरा संदेह और गहरा हो गया है, क्योंकि यदि तुम हमें मारने आई हो तो फिर हितैषी की भाँति मुझे सावधान करने का क्या कारण है? मैं यह क्यों न मानूँ कि यह तुम्हारी कोई चाल है?"

"नहीं! ऐसा बिल्कुल नहीं है," हिडिंबा बोली, "यह सच है कि मैं यहाँ अपने भाई के कहने पर तुम्हें मारने आई थी, लेकिन तुम्हें देखकर मेरा विचार बदल गया।"

"क्यों, ऐसा क्या देख लिया तुमने?"

"दरअसल, मैं तुम्हारे बलशाली और आकर्षक व्यक्तित्व पर मोहित हो गई हूँ। सच कहूँ, तुम मुझे अच्छे, बल्कि बहुत अच्छे लगे, इतने अच्छे कि यदि तुम हामी भर दो तो मैं तुमसे अभी विवाह कर लूँ। तुम मुझे अपनी पत्नी बना लो। मैं तुम्हें वचन देती हूँ कि फिर मेरा भाई हिडिंब भी तुम्हारा कुछ नहीं बिगाड़ पाएगा।"

विवाह का प्रस्ताव सुनकर भीम स्तब्ध रह गया। स्थान और समय दोनों नाजुक थे। घने वन में रात्रि के समय राक्षसों के क्षेत्र में भीम की जरा-सी लापरवाही समूचे पांडव परिवार का जीवन खतरे में डाल सकती थी। भीम को सँभलकर आगे बढ़ना था। वह हिडिंबा को तुरंत मना करके उसे नाराज नहीं करना चाहता था, किंतु हिडिंबा से डरकर उसके प्रस्ताव के समक्ष समर्पण करना भी मूर्खता ही थी। वह दुविधा में पड़ गया।

उसे सोच में डूबा देख हिडिंबा ने पूछा, "क्या मैं सुंदर नहीं हूँ?"

हालाँकि हिडिंबा सुंदर दिख रही थी, किंतु राक्षसी से विवाह के बारे में सोचने से ही भीम को उबकाई आ गई। फिर भी उसने सँभलकर कहा, "नहीं! ऐसी बात नहीं है। तुम सुंदर हो…"

"फिर क्या सोच-विचार रहे हो?"

"हिडिंबा! मैं तुम्हारी भावनाओं का सम्मान करता हूँ," भीम हर शब्द को तौलकर बोल रहा था। "परंतु तुम्हारा और मेरा संबंध हो पाना कठिन है। मैं मनुष्य हूँ, जबकि तुम…" उसने फिर से 'राक्षस' शब्द का प्रयोग करना उचित नहीं समझा। "…एक भिन्न प्रजाति की कन्या हो। मुझे नहीं लगता कि यह संबंध किसी भी दृष्टि

से व्यावहारिक है।"

"मैं तुम्हारी दुविधा समझती हूँ···" हिडिंबा ने स्नेहपूर्वक कहा तो भीम की बेचैनी कुछ कम हुई। हिडिंबा ने वाक्य अभी पूरा भी नहीं किया था कि उसे कुछ आभास हुआ। वह घबराकर बोली, "वह आ गया!"

"कौन आ गया?" भीम ने इधर-उधर देखा।

"हिडिंब! मेरा भाई!" वह काँपती आवाज में बोली, "वह निकट ही है। उसकी गंध बता रही है कि वह बहुत गुस्से में है। इससे पहले कि कुछ बुरा हो जाए, मैं तुमसे कुछ कहना चाहती हूँ।"

"क्या?"

"मैं···" हिडिंबा क्षण भर को हिचकिचाई। फिर अचानक बोल पड़ी, "मुझे तुमसे प्रेम हो गया है। यदि मैं तुम्हें पसंद नहीं हूँ तो भी कोई बात नहीं··, लेकिन मैंने तुम्हें हृदय से अपना पति स्वीकार कर लिया है।"

हिडिंबा के चेहरे पर प्रेम और कामना का मिश्रित, किंतु सच्चा भाव था। भीम ने हिडिंबा की आँखों में देखा। वह सचमुच बहुत सुंदर दिख रही थी। भीम की नसों में रक्त का प्रवाह तेज होने लगा। यदि हिडिंबा भी मनुष्य होती तो भीम उसका प्रस्ताव तुरंत स्वीकार कर लेता, परंतु मन में बार-बार हिडिंबा की राक्षसी चेतना का ध्यान आ जाना पांडु-पुत्र के लिए मानसिक दुविधा का कारण बन गया।

"यह क्या कह रही हो?" भीम ने आश्चर्य से कहा। "मेरा मतलब है···मैं···" भीम हड़बड़ाया। वह कुछ कहना चाहता था, लेकिन हिडिंब वहाँ पहुँच चुका था। उसे देखकर भीम ने हिडिंबा से कहा, "इस विषय पर हम बाद में चर्चा करेंगे। पहले मुझे हिडिंब से निपटने दो।"

भीम ने विवाह-प्रस्ताव के लिए हामी नहीं भरी थी, किंतु फिर भी हिडिंबा प्रसन्न थी, क्योंकि भीम ने सीधे तौर पर उसका प्रस्ताव अस्वीकार भी नहीं किया था। उसने निर्णय को केवल कुछ देर के लिए टाल लिया था, इसलिए आशा अभी शेष थी और आशा पर ही तो जीवन कायम है! हिडिंबा मुसकरा दी। उसने मुड़कर देखा। हिडिंब अपनी बहन को क्रोध भरी दृष्टि से घूर रहा था।

"हिडिंबा!" वह गरजा। "मैंने तुमसे इन मनुष्यों को मारकर लाने को कहा था। तुम क्या कर रही हो?"

हिडिंबा ने उत्तर नहीं दिया। वह चुप खड़ी भीम को देखती रही। हिडिंबा का मौन भीम के लिए संकेत था कि वह भीम का पक्ष लेने वाली थी। भीम को राहत मिली और हिम्मत भी।

"हिडिंबा, तुम पीछे हट जाओ!" भीम बोला। फिर वह नरभक्षी हिडिंब के साथ दो-दो हाथ करने के लिए तैयार हो गया। हिडिंबा एक ओर हट गई। उसका भावी जीवन हिडिंब व भीम की लड़ाई के परिणाम पर निर्भर था।

अगले ही क्षण हिडिंब घने और ऊँचे वृक्षों को झकझोरता हुआ सामने आ गया। उसकी विशाल काया के नीचे पेड़ और झाड़ियाँ घास के तिनकों की तरह बिखर रहे थे। वह भीम के निकट आ गया तब उसने हिडिंबा का आकर्षक रूप देखा। हिडिंबा का चेहरा पूनम के पूरे चाँद की तरह खिला हुआ था। हिडिंब ने अपनी नाक उठाकर घुमाई। वह कुछ सूँघने का प्रयत्न कर रहा था।

फिर वह जोर से चीखा, "दुष्ट! मैंने तुझे जिस मनुष्य को मारकर लाने को कहा, तू उसी के प्रेम में पड़ गई है···तुझमें इतना साहस कहाँ से आ गया?"

भीम ने यह सुना तो उसे बहुत आश्चर्य हुआ। "इसे कैसे पता लगा कि तुम्हें मुझसे प्रेम हो गया है?" उसने हिडिंबा से पूछा।

"राक्षसों में भावों की गंध पहचानने की अद्भुत क्षमता होती है," हिडिंबा ने धीरे से उत्तर दिया। फिर वह सकुचाते हुए बोली, "प्रेम का भाव उत्पन्न हो तो तन की गंध बदल जाती है। मेरे मन में तुम्हारे प्रति जाग्रत् हुए प्रेम के कारण मेरी गंध में बदलाव हुआ है, जिससे हिडिंब को सत्य का पता लग गया है।"

"मैं कल्पना भी नहीं कर सकता कि तेरे लिए शारीरिक वासना कुल की मर्यादा से भी अधिक महत्त्वपूर्ण हो जाएगी," इस बीच हिडिंब ने अपनी बहन से कहा। "तू इतनी चरित्रहीन कैसे हो गई कि तूने एक मनुष्य से प्रेम कर लिया? तू राक्षस कुल पर कलंक है। धिक्कार है तेरे राक्षस जीवन पर!"

हिडिंबा ने हिडिंब की तीखी टिप्पणी का इस बार भी कोई उत्तर नहीं दिया। प्रेम की विशेषता है कि वह आह्लादित मन की गहराई को मौन और कष्ट सहने के सामर्थ्य से भर देता है। हिडिंबा को चुप देखकर हिडिंब का गुस्सा और बढ़ गया।

"हिडिंबा, यह तूने ठीक नहीं किया," हिडिंब बोला, "परंतु यह अच्छा है कि समय रहते मुझे तेरी योजना का पता लग गया। अब मैं आ गया हूँ तो स्वयं ही इस मनुष्य को मार दूँगा।" फिर वह सोते हुए पांडव भाइयों तथा कुंती को देखकर बोला, "इतने मनुष्य! अब तो हमारे कई दिन के भोजन का प्रबंध हो जाएगा। मेरे मुँह में अभी से पानी आ रहा है। मेरा मन है कि मैं अपने नुकीले दाँत इनके नरम मांस में घुसाकर इनकी धमनियों को चीर दूँ और फिर इनके गरम और ताजा रक्त को पीकर अपनी प्यास बुझाऊँ।" हिडिंब ने अपनी मोटी जीभ काले होंठों पर फेरी और भीम को घूरने लगा।

हिडिंबा का मन हुआ कि अपने भाई का मुँह नोच ले, परंतु उस समय न तो हिडिंब को उकसाना ठीक था और न ही भीम के सामने अपनी हिंसक प्रवृत्ति का खुला प्रदर्शन उचित था। हिडिंबा शांत खड़ी भीम को देखती रही।

हिडिंब को डींग मारता देख भीम को क्रोध आ गया। "घमंडी राक्षस!" वह बोला, "तुम्हारी बहन का कोई दोष नहीं है। वह तुम्हारी बात मानकर ही यहाँ आई थी, परंतु उसे मुझसे प्रेम हो गया है। तुम जैसे बलशाली राक्षस को एक स्त्री पर, जो तुम्हारी बहन भी है, क्रोध करना शोभा नहीं देता। यदि तुम्हें अपने बल पर इतना ही अभिमान है तो मुझसे युद्ध करो।"

भीम का साहस देखकर हिडिंबा को अच्छा लगा, किंतु वह इस बात से अधिक प्रसन्न थी कि भीम के हृदय में धीरे-धीरे उसके लिए जगह बन रही थी। हिडिंबा ने भीम पर अपना विश्वास व्यक्त किया तो भीम ने भी हिडिंबा को दोषमुक्त बताकर उस पर अपना भरोसा जता दिया।

प्रेम के पल्लवित होने के लिए भरोसा बहुत आवश्यक है। हिडिंबा के मन में भीम के लिए प्रेम दृढ़ होता जा रहा था। वह भीम के आलिंगन के लिए मचल रही थी, परंतु उसे अभी इंतजार करना था। भीम और हिडिंब के द्वंद्व का परिणाम कुछ भी हो सकता था। हिडिंब के प्रति वर्षों के भ्रातृ-प्रेम तथा भीम के लिए नवांकुरित प्रणय के दो सिरों के बीच खड़ी हिडिंबा की व्याकुलता चरम पर थी। इसमें कोई संदेह नहीं था कि लड़ाई में भीम और हिडिंब में से कोई एक ही जीवित रहने वाला था।

यदि हिडिंब ने भीम को मार दिया तो मैं भीम के बिना जीवित कैसे रहूँगी?

यदि हिडिंब मारा गया तो क्या अपने भाई के संहारक को गले लगा पाना मेरे लिए सहज होगा?

विजय किसी की भी हो, लेकिन दोनों ही स्थितियों में हिडिंबा की पराजय निश्चित थी!

भीम की ललकार सुनकर हिडिंब का क्रोध सातवें आसमान पर जा पहुँचा। "मनुष्य होकर इतना घमंड! मैं तुम जैसे असंख्य लोगों को मारकर खा चुका हूँ और अब तुम्हारी बारी है। अपना अंत निकट समझो।"

"यह निर्णय तो अभी हो जाएगा कि किसका अंत निकट है," भीम ने आत्मविश्वास से उत्तर दिया और लड़ाई के लिए तैयार हो गया।

हिडिंब अपने हाथों को आगे की ओर फैलाए भीम की ओर दौड़ा आया। वह क्रोध से उन्मत्त था। भीम ने भी अपनी शक्तिशाली भुजाएँ फैलाईं और हिडिंब के फैले हुए दोनों हाथ पकड़कर उसे धरती पर पटक दिया। हिडिंब इस वार के लिए

तैयार नहीं था। हिडिंब सँभल पाता, उससे पहले ही भीम ने उसकी नाक पर जोरदार घूँसा जड़ दिया। भीम के जबरदस्त प्रहार से हिडिंब का सिर चकरा गया। उसका अनुमान गलत निकला। भीम साधारण मनुष्य नहीं था। हिडिंब को अब तक भीम की ताकत का अंदाजा हो चुका था। वह क्रोध से भरकर फिर भीम पर झपटा।

हिडिंब और भीम बैलों की तरह गुत्थमुत्था हो गए परंतु काफी समय बीतने पर भी उनकी लड़ाई समाप्त नहीं हुई। भीम लंबी यात्रा और रात भर जगने के कारण थका हुआ था, जबकि हिडिंब राक्षस था, इसलिए उसकी शक्तियाँ रात्रि के अंधकार में और बढ़ गईं। लड़ाई उग्र होती गई और हिडिंब भीम पर हावी होता गया। भीम को पता था कि वह लड़ाई और लंबी चली तो हिडिंब को परास्त करना असंभव हो जाएगा। भीम ने चाल बदली तथा आक्रमण करने के बजाय केवल अपना बचाव करने लगा। इससे भीम को आराम मिला जबकि हिडिंब को थकान होने लगी। कुछ देर बाद भीम ने समस्त ऊर्जा पर ध्यान केंद्रित करते हुए अंतिम वार की तैयारी कर ली। उसने अपने दोनों हाथ ऊपर उठाए और वायुदेव की दिव्य शक्तियों का आह्वान किया। इसी के साथ भीम के शरीर में रक्त और ऊर्जा का प्रवाह तेज हो गया।

कुछ दूरी पर खड़ी हिडिंबा अपने भाई और अपने प्रियतम के बीच हो रहे निर्णायक युद्ध के समाप्त होने की प्रतीक्षा कर रही थी। तभी भीम तेजी से हिडिंब की ओर दौड़ा और उसने एक झटके से राक्षस को दोनों हाथों पर उठा लिया। फिर उसने हिडिंब के शरीर को हवा में कई बार घुमाकर पूरी शक्ति से उसे धरती पर पटक दिया। नीचे गिरते ही हिडिंब के मुँह से भयानक चीख निकली और उसके प्राण-पखेरू उड़ गए।

हिडिंब के मुख से निकली चीख को सुनकर पांडव उठ बैठे। उन्होंने चारों ओर देखा। सामने विचित्र दृश्य उपस्थित था।

उनके एक ओर एक सुंदर युवती खड़ी थी तो दूसरी ओर भीम खड़ा था। उसके धूल-धूसरित, कटे-छिले शरीर से पसीना ऐसे टपक रहा था मानो वह अभी स्नान करके लौटा हो। फिर पांडवों ने देखा कि भीम जहाँ खड़ा था, उससे कुछ ही दूरी पर धरती पर एक विशालकाय राक्षस का क्षत-विक्षत शव पड़ा था। रात्रि के समय घने बीहड़ में सुंदर युवती, रक्त-स्वेद-रंजित भीम तथा मृत राक्षस को देखकर चारों पांडव भाई और उनकी माँ कुंती घबराकर खड़े हो गए।

वे दौड़कर भीम के पास गए। तब भीम ने हिडिंब और हिडिंबा के विषय में पूरा वृत्तांत कहा, जिसे सुनकर सब लोग हिडिंबा को देखने लगे। उन्हें हिडिंबा के

सौंदर्य और स्वभाव को देखकर उसके राक्षस-कन्या होने पर विश्वास ही नहीं हो रहा था। कुंती के चेहरे पर हर्ष और भय का मिश्रित भाव था। स्पष्ट था कि हिडिंबा ने अपने भाई का साथ देने के बजाय भीम की सहायता की थी। इस नाते वे सब हिडिंबा के ऋणी थे, परंतु हिडिंबा के मन में भीम के लिए प्रेम व आसक्ति देखकर कुंती का मन विचलित भी था। वह सचमुच कठिन परिस्थिति थी, किंतु उसे साधने का कुछ उपाय तो करना ही था।

कुंती ने सहज होने का प्रयास किया और चेहरे पर मुसकान लाते हुए बोली, "हिडिंबा! तुम बहुत सुंदर हो और मुझे यह जानकर अच्छा भी लगा कि तुम्हें भीम पसंद है और तुम उससे विवाह करने की इच्छुक हो, परंतु इसमें एक समस्या है।"

"कैसी समस्या?" हिडिंबा ने भोलपन से पूछा।

"हम लोग मानव हैं···मेरा भीम मनुष्य है, जबकि तुम राक्ष···" कुंती उस शब्द को बोलते हुए भी डर रही थी। वह रुक गई। उसका मस्तिष्क किसी उचित शब्द को खोजने लगा, लेकिन राक्षस को राक्षस न कहे तो क्या कहे! कुंती ने आखिर वाक्य पूरा कर दिया। "···तुम राक्षस कुल की हो। मेरे विचार से यह संबंध संभव नहीं है, क्योंकि इसमें अनेक तरह की समस्याएँ आएँगी।"

"माँ! मैं जानती हूँ," हिडिंबा ने 'माँ' शब्द पर विशेष बल देते हुए कहा। "मुझे इस संबंध से होने वाली जटिलताओं का भली-भाँति अंदाजा है। यह भी संभव है कि मैं भीम को जितना पसंद करती हूँ, उसके मन में मेरे प्रति उतना अनुराग न हो और मुझे यह भी पता है कि एक राक्षस-कन्या को पत्नी-रूप में स्वीकार करना सरल नहीं है।"

"हिडिंबा!" अचानक भीम बोल पड़ा, "ऐसा नहीं है···"

"ऐसा नहीं तो फिर कैसा है?" हिडिंबा ने प्रश्न किया, "यदि मेरा रूप या कुल इस विवाह में बाधा नहीं है तो फिर मुझे स्वीकार करने में आपत्ति क्या है?"

हिडिंबा के इस सीधे प्रश्न के लिए भीम तैयार नहीं था, परंतु उसके प्रश्न का उत्तर तो देना ही था। भीम सँभलकर बोला, "मैंने यह नहीं कहा कि तुम मुझे पसंद नहीं हो, परंतु माँ ने जो बात कही है, वह भी सत्य है। हम मनुष्यों की परंपराएँ और हमारे रीति-रिवाज तुम्हारे कुल और जीवनशैली के विपरीत हैं। मैं तुम्हारे साथ वन में नहीं रह सकता और तुम्हारे संस्कार राजसी जीवन के अनुकूल नहीं हैं। मेरे जीवन का निश्चित उद्देश्य है, जबकि तुम्हारे जीवन का न कोई बड़ा ध्येय है और न ही कोई अर्थ।"

हिडिंबा को भीम का कहा अंतिम वाक्य अच्छा नहीं लगा।

यह कहना क्या उचित है कि किसी महान् उद्‌देश्य के बिना जीवन सार्थक नहीं हो सकता ? जीवन को उचित ढंग से जीना, कर्तव्यों का पालन करना और अपने परिवार के प्रति निष्ठा रखना…क्या इनका कोई मूल्य नहीं ?

हिडिंबा यह प्रश्न भीम से पूछ लेना चाहती थी, किंतु सब देखते-जानते हुए भी वह चुप रह गई। स्पष्ट था कि भीम हिडिंबा के साथ वैवाहिक संबंध में बँधने से बच रहा था और यह भी तय था कि यदि उन दोनों का विवाह किसी तरह हो भी गया तो भीम हिडिंबा के साथ वन में नहीं रहेगा, परंतु प्रेम हृदय पर एक तरह का सम्मोहक आवरण डाल देता है, जिसके पीछे प्रेमी की हर कमी, हर अभाव ढक जाता है। हिडिंबा के हृदय पर भी प्रेम ने ऐसा ही एक आवरण डाल दिया था। वह हर कीमत पर भीम को प्राप्त करना चाहती थी और इसके लिए वह अपना सर्वस्व खोने को तैयार बैठी थी।

हिडिंबा ने एक अंतिम प्रयास किया।

"मुझसे विवाह करने के बाद क्या तुम कुछ दिन मेरे साथ रुक सकते हो ? उसके बाद मैं तुम्हें सामान्य जीवन को जीने और तुम्हारे महान् ध्येय को पाने के लिए तुम्हें मुक्त कर दूँगी," हिडिंबा ने 'महान्' शब्द पर जोर दिया, हालाँकि वह हलका-सा कटाक्ष ही था। "क्या इतने पर भी तुम मुझसे विवाह नहीं कर सकते ?"

हिडिंबा जानती थी कि भीम से विवाह करके उसका कोई भविष्य नहीं होगा फिर भी वह न जाने क्यों भीम से विवाह की उत्कट इच्छा को दबा नहीं पा रही थी! इस बात से भीम भी चकित था। कुंती और शेष पांडव भी हिडिंबा की भावुक तरंगों से प्रभावित हुए बिना नहीं रह सके और हिडिंबा के विनम्र आग्रह को अस्वीकार करना कठिन हो गया। हिडिंबा ने भीम से विवाह की कोई शर्त नहीं रखी थी, इसलिए उसकी मंशा पर संदेह करने का भी कोई कारण नहीं था। इसके अलावा पांडवों के मन के किसी कोने यह डर भी संभवत: रहा ही होगा कि हिडिंब की मृत्यु के बाद हिडिंबा को अस्वीकार करके आगे बढ़ना घातक सिद्ध हो सकता था।

"युधिष्ठिर, तुम्हारा क्या मत है ?" कुंती ने अपने सबसे बुद्धिमान् पुत्र से पूछा।

युधिष्ठिर ने कुछ क्षण सोचकर कहा, "हिडिंबा की स्थिति बिल्कुल स्पष्ट है। उसने भीम से विवाह के लिए कोई शर्त नहीं रखी और वह भीम के साथ केवल कुछ समय व्यतीत करना चाहती है। इसलिए मेरे विचार से यह निर्णय हमें भीम और हिडिंबा पर ही छोड़ देना चाहिए। विवाह का प्रस्ताव हिडिंबा ने दिया है, इसलिए निर्णय का पहला अधिकार भीम का है। यदि भीम को विवाह पर आपत्ति नहीं है तो हमें भी इनके निर्णय को सहर्ष स्वीकार कर लेना चाहिए।"

"मैं युधिष्ठिर भैया से सहमत हूँ," अर्जुन ने कहा।

"हम भी!" नकुल और सहदेव ने संयुक्त स्वर में कहा। इसके बाद नकुल ने धीरे-से सहदेव के कान में कहा, "वैसे भी किसी राक्षस को उसी के घर में नाराज करना समझदारी नहीं है!" फिर दोनों मुँह छिपाकर हँसने लगे। कुंती ने उन्हें घूरकर देखा तो दोनों भाई शांत हो गए।

"भीम, तुम्हारा क्या निर्णय है?" कुंती ने अंत में भीम से पूछा, "मुझे तो हिडिंबा अच्छी लगी।"

भीम ने देखा कि हिडिंबा की आँखें प्रेम और आशा से भीग गई थीं। उन्हें देखकर भीम की धड़कन एक क्षण के लिए जैसे रुक गई। वह धीमे से मुसकराया और बोला, "आपकी इच्छा मेरे लिए आदेश है! मैं हिडिंबा से विवाह के लिए तैयार हूँ।"

हिडिंबा को अपने कानों पर विश्वास नहीं हुआ। उसने हारी हुई बाजी जीत ली थी!

सामान्य स्त्री के लिए उचित था कि इस अवसर पर वह परंपरागत ढंग से कुंती के पैर छूकर आशीर्वाद लेती, परंतु हिडिंबा तो राक्षस-कन्या थी। उसका हर्ष-प्रदर्शन का तरीका थोड़ा अलग था। वह मुसकराती हुई कुंती के निकट पहुँची और इससे पहले कोई कुछ समझ पाता, हिडिंबा ने कुंती को बाँहों में उठा लिया और गोल-गोल घूमने लगी। कुंती घबराकर 'बचाओ! बचाओ!!' चिल्लाई तो हिडिंबा को अहसास हुआ कि उसके इस व्यवहार से सब घबरा गए थे। उसने कुंती को धीरे से नीचे उतार दिया और क्षमा माँगी।

"माँ, हमें आशीर्वाद दीजिए," भीम ने कुंती को प्रणाम किया तो हिडिंबा कैसे पीछे रह जाती! उसे आशीर्वाद की मुद्रा का अर्थ भले न समझ आया हो, लेकिन उसने भीम का अनुकरण करते हुए कुंती के पैर छू लिए।

"ईश्वर तुम्हें सदा प्रसन्न रखें!" कुंती ने आशीर्वाद दिया। फिर वह भीम से बोली, "पुत्र भीम, तुम्हें विवाह के पश्चात् हिडिंबा के साथ कुछ समय इसी वन में रहना है। मुझे और तुम्हारे भाइयों को इस विशाल और विकट वन को पार करने में कुछ दिन लग जाएँगे। मुझे विश्वास है कि तब तक तुम भी लौट आओगे।"

"ऐसे नहीं, माँ!" हिडिंबा ने कुंती का हाथ पकड़ते हुए कहा। इस बार वह सावधान थी और उसने हाथ धीरे से पकड़ा था। "आप लोग ऐसे नहीं जा सकते। आपको विवाहोत्सव में सम्मिलित होना पड़ेगा। कुछ दिन यहाँ रहकर मुझे सेवा का अवसर दीजिए। मैं जानती हूँ कि हमारा साथ लंबा नहीं है, किंतु नियति ने हमें जो

भी समय दिया है, उसे हम सबको मिलकर हर्ष के साथ व्यतीत करना चाहिए।"

राक्षस परिवार में पली-बड़ी हिडिंबा की भावुकता, संवेदनशीलता और समझदारी भरी बातों को सुनकर सभी चकित थे। राक्षसी होते हुए भी कितना मानवीय व्यवहार!

आखिर, कुंती ने हिडिंबा का आग्रह स्वीकार कर लिया। पांडवों के पास भी अपनी माता की इच्छा मानने के अलावा कोई विकल्प नहीं था।

हिडिंबा के कुछ संबंधी भी उसी वन में रहते थे। हिडिंबा ने भीम से अपने विवाह की उन्हें सूचना दी और सबको आमंत्रित किया। उन्हें जैसे ही पता चला कि हिडिंबा अपने भाई के हत्यारे से विवाह करने वाली है तो उन्हें पहले बहुत क्रोध आया। उन्होंने हिडिंबा के निर्णय का विरोध भी किया, परंतु हिडिंबा ने अपने मिलनसार और प्रेम भरे व्यवहार से उन्हें भी कुंती की तरह विवाह में भाग लेने हेतु मना लिया।

वन में भव्य समारोह आयोजित किया गया। विवाहोत्सव में अनेक विशालकाय राक्षस सम्मिलित हुए थे। राक्षसों के लिए सबसे बड़ी कठिनाई यह थी कि वे उन्हीं मनुष्यों के साथ बैठकर भोजन कर रहे थे जिनका मांस और रक्त उन्हें सबसे अधिक प्रिय था! परंतु हिडिंबा प्रसन्न थी और उसकी खुशी के लिए उसके संबंधियों को यह दिखावा करना पड़ा। भोजन के उपरांत उन्होंने आग जलाकर चारों ओर नृत्य भी किया। पांडवों के लिए वह बड़ा विचित्र और भयानक, किंतु यादगार उत्सव रहा।

विवाह का उत्सव समाप्त हुआ तो चारों पांडव भाई और कुंती नव-विवाहित दंपती को वन में छोड़कर आगे की यात्रा पर निकल गए। भीम ने उन्हें वचन दिया कि वह उनसे कुछ ही दिनों में वन की सीमा के बाहर मिलेगा।

हिडिंबा खुश थी, क्योंकि उसकी इच्छा पूर्ण हो गई थी। उसने भीम को पहली नजर में पति के रूप में पसंद किया था और कठिन संघर्ष के बाद, आखिर उसने भीम को प्राप्त भी कर लिया था।

शीघ्र ही वह घना और डरावना वन, भीम और हिडिंबा के प्रेम-स्थल में परिवर्तित हो गया। हिडिंबा अधिकांश समय उसी सुंदर रूप में रहती, जिस रूप में भीम ने पहली बार उसे देखा था। उनका प्रेमालाप कुछ देर विराम पाता तो हिडिंबा भीम को अपने साथ लेकर वन में घूमती। उसने भीम को जंगल में मौजूद अनेक सरोवर और हरे-भरे स्थान दिखाए, जिन्हें देखकर कल्पना करना कठिन था कि उस वन में इतने मनोहारी स्थल भी हो सकते हैं। दोनों बहुत खुश थे। एक और राहत की बात यह थी कि दो अलग प्रजाति के सदस्य—मनुष्य और राक्षस—होने के बावजूद

उनके बीच का अंतर उनके लिए कभी चिंता का कारण नहीं बना।

फिर समय का पहिया घूमा और एक दिन हिडिंबा ने भीम को बताया कि वह गर्भवती है। भीम संसार का सबसे शक्तिशाली पुरुष था और हिडिंबा मायावी शक्तियों से संपन्न श्रेष्ठ राक्षस-कन्या थी। हिडिंबा के गर्भवती होते ही दोनों के मन के आँगन में एक मायावी, बलशाली पुत्र की संभावना ने कदम रख दिए।

एक दिन भीम को याद आया कि उसे हिडिंबा के साथ रहते काफी समय बीत गया था और वन के दूसरे छोर पर उसके भाई तथा माँ उसकी राह देख रहे होंगे। भाइयों और माँ का ध्यान आते ही भीम की मुद्रा अचानक गंभीर हो गई। वह सकुचाते हुए हिडिंबा के पास पहुँचा।

भीम ने हिडिंबा के गाल को धीरे-से सहलाया और कहा, "हिडिंबा, हमें साथ रहते काफी समय हो गया है। अब मुझे अपने माँ और भाइयों के पास लौटना होगा।"

हिडिंबा ने भीम से बिना शर्त विवाह किया था। वह अपने पति से कुछ नहीं कह सकी, क्योंकि वह अपने ही दिए वचन से बँधी थी। यह विवाह से पूर्व तय हो गया था कि भीम हिडिंबा के साथ नहीं रहेगा और कुछ समय बाद अपने भाइयों के पास लौट जाएगा।

"क्या आप कुछ दिन रुक नहीं सकते? अपने पुत्र से मिले बिना ही चले जाएँगे?"

"मैं जानता हूँ हिडिंबा कि तुम्हें मेरी आवश्यकता है, परंतु मैं क्या करूँ। मैं अपने भाइयों को दिए वचन से बँधा हूँ। मेरे लिए अब रुक पाना संभव नहीं है।"

नेत्रों में अश्रु और मन में बिछोह का दु:ख लिए हिडिंबा अपने पति भीम के पास गई तो भीम ने उसे गले से लगा लिया। भीम की चौड़ी छाती का स्पर्श मिला तो हिडिंबा रोने लगी। उसका मन दो हिस्सों में बँट गया। आधे भाग में जहाँ यह आशा पैर फैलाए बैठी थी कि भीम वापस आएगा, वहीं उसके व्याकुल मन का शेष भाग भीम के लौटने की उम्मीद छोड़ चुका था। हिडिंबा जानती थी कि भीम भारतवर्ष के सबसे समृद्ध और शक्तिशाली वंश का राजकुमार था और उसका जन्म किसी बड़े उद्देश्य की पूर्ति के लिए हुआ था। हालाँकि उस उद्देश्य के विषय में भीम ने उसे कभी कुछ नहीं बताया। कुल मिलाकर भीम के लौटने की संभावना हिडिंबा के लिए सुखद कल्पना से अधिक कुछ नहीं थी।

कुछ समय से हिडिंबा और भीम प्रेम के अथाह सागर में डूबे हुए थे। सहसा भीम ने हिडिंबा को उस प्रेम-सागर के रेतीले तट पर अकेला छोड़ दिया था। हिडिंबा

गर्भवती थी और वह जानती थी कि आने वाले दिन उसके लिए कष्ट से भरे होंगे। वह कल्पना करने लगी, काश, भीम अपनी संतान के जन्म तक रुक पाता! काश, उसके जन्म के समय वह हिडिंबा के पास होता! काश, वह अपने बच्चे को गोद में खिलाता और कंधों पर झुलाता! परंतु स्वप्न जितने रेशमी और हरे-भरे दिखते हैं, जीवन की वास्तविकता प्राय: उतनी ही खुरदरी और शुष्क होती है।

भीम ने हिडिंबा के चेहरे को जिस तरह स्पर्श किया था, हिडिंबा की स्त्री-सुलभ प्रवृत्ति ने तत्काल उसे बता दिया कि यह भीम के साथ उसकी अंतिम भेंट थी। यह सोच पाना कठिन नहीं था कि अपने जीवनसाथी को फिर कभी न देख पाने की पीड़ा का बोझ हिडिंबा के लिए कितना भारी रहा होगा! आशा और हताशा के किनारों के बीच सरिता-सा बहता हिडिंबा का मन भीम के प्रति प्रेम से इतना भरा था कि वह आँसू बनकर हिडिंबा की आँखों से छलक आया।

"क्या मैं आपसे फिर कभी मिल पाऊँगी?" हिडिंबा ने न चाहते हुए भी पूछ लिया। उसकी लरजती आवाज की सौम्यता ने धरती के सबसे बलशाली पुरुष के कठोर मन को भी द्रवित कर दिया। भीम की आँखें भीग गईं।

वह आँख में उतर आई आँसू की बूँद को पोंछते हुए बोला, "हिडिंबा, मैं भविष्य नहीं देख सकता इसलिए यह तो नहीं जानता कि तुमसे फिर भेंट होगी अथवा नहीं या फिर नियति ने हमारे लिए क्या तय किया है, लेकिन इतना अवश्य जानता हूँ कि तुम सदा मेरे हृदय में रहोगी और मैं आजीवन तुमसे प्रेम करता रहूँगा। हमारे बच्चे का ध्यान रखना, हिडिंबा!"

हिडिंबा की आँखों में अनकहे दु:ख की ऊँची-ऊँची लहरें उठने लगीं और उसे लगा कि वह उन लहरों में डूब जाएगी। हिडिंबा कुछ नहीं बोल सकी। निराशा-भरी शून्यता और जीवन-भर का अकेलापन उसके सामने मुँह बाए खड़ा था। हिडिंबा को पहले दिन से पता था कि वियोग का क्षण देर से सही, किंतु आएगा अवश्य! फिर भी, सत्य की कल्पना करना और उसका सचमुच सामना करने में दिन और रात जितना अंतर होता है।

हिडिंबा सुबक रही थी। उसने कहा, "मैं समझ गई कि आपके पुत्र का संपूर्ण दायित्व अब अकेले मुझ पर है। मैं वचन देती हूँ कि आपके पुत्र को शस्त्र और शास्त्र दोनों की श्रेष्ठ शिक्षा और प्रशिक्षण दूँगी। मुझे विश्वास है कि वह आपके अतुल्य बल और मेरी मायावी शक्तियों के अनूठे योग के साथ जन्म लेगा…"

"पुत्र!" भीम ने हिडिंबा की ओर आश्चर्य से देखा। "तुम्हें कैसे पता कि पुत्र ही होगा? कन्या भी तो हो सकती है।"

"आप भूल गए कि मैं मनुष्य नहीं हूँ," हिडिंबा ने धीरे से कहा। "मुझे पता है कि मेरे गर्भ में कन्या नहीं, पुत्र है। वह साधारण बालक नहीं है। वह आपका पुत्र है, संसार के सर्वशक्तिमान पुरुष का पुत्र। यद्यपि उसे अपने पिता के स्नेह और आशीर्वाद की छाया नहीं मिल सकेगी, परंतु मैं इस अभाव को उसके जीवन की दुर्बलता नहीं बनने दूँगी। हाँ, एक बात और। आपको कभी अपने पुत्र की सहायता की आवश्यकता पड़ी तो आपके एक संदेश पर आपका पुत्र आपकी सेवा में उपस्थित हो जाएगा और आपके लिए अपने प्राण न्योछावर करने से भी पीछे नहीं हटेगा। यह राक्षस-कन्या हिडिंबा का वचन है!"

हिडिंबा की बात सुनकर भीम असहज हो गया। पुत्र अभी पैदा भी नहीं हुआ और हिडिंबा ने उसके प्राण न्योछावर करने का वचन दे डाला था। क्या हिडिंबा को किसी भावी अनिष्ट की पदचाप सुनाई दे गई थी?

हिडिंबा का वह वाक्य भीम के लिए रहस्य बन गया। वह उसकी गहराई में उतरना चाहता था, किंतु हिडिंबा ने दृष्टि झुकाकर भीम को संकेत दे दिया कि अब कहने-सुनने को कुछ शेष नहीं था। भीम ने हिडिंबा के कंधे पर हाथ रखा और मुड़कर चला गया।

हिडिंबा देर तक भीम को जाते हुए देखती रही। सूरज ढल रहा था। कुछ ही क्षणों में भीम की विशालकय छाया डरावने और सघन वन के लंबे-घने वृक्षों के बीच ओझल हो गई।

□

5
घटोत्कच

हिडिंबा गर्भवती थी। हिडिंबा ने राक्षस समुदाय की इच्छा के विरुद्ध भीम से विवाह किया था। इस नाते हिडिंबा जानती थी कि उसे आनेवाले समय में अपने सगे-संबंधियों के कटाक्ष और व्यंग्य सुनने पड़ सकते हैं। इसके लिए वह मानसिक रूप से तैयार थी। परंतु एक बात, जिसकी हिडिंबा को अपेक्षा नहीं थी, वह थी पुरुष राक्षसों का उसके साथ व्यवहार। भीम के जाने के बाद शुरू में हिडिंबा को तो यही लगा कि उसे अकेला देखकर राक्षस उसका शोषण करने का प्रयास करेंगे, परंतु आश्चर्य की बात थी कि ऐसा कुछ नहीं हुआ।

हिडिंबा के भाई हिडिंब की, जिसे भीम ने लड़ाई में मार डाला था, राक्षसों के बीच बड़ी प्रतिष्ठा थी। सभी राक्षस—युवा और वृद्ध—हिडिंब के बल और साहस के कारण उसका बहुत सम्मान करते थे। इसलिए भीम के हाथों हिडिंब की हत्या का राक्षसों पर बहुत बुरा असर पड़ा था और वे सब हिडिंबा को ही इसके लिए उत्तरदायी मानते थे। उन्होंने भीम और हिडिंबा के विवाह के लिए ऊपरी तौर पर हामी तो भर दी थी, किंतु मन से इस संबंध को स्वीकार नहीं किया था। इस कारण उन्हें जब भी अवसर मिलता था, वे हिडिंबा को उसके भाई की हत्या का दोषी ठहराते और उसे उलाहना देते। अधिकांश राक्षस समुदाय हिडिंबा की उपेक्षा करता था और सबने उससे दूरी बना ली थी। कभी-कभी तो हिडिंबा को ऐसा लगता मानो वह राक्षस जाति का हिस्सा ही नहीं थी। वह किसी के पास से गुजरती तो उसे कटाक्ष सुनाई पड़ जाते थे। निंदा सुन-सुनकर हिडिंबा थक चुकी थी, किंतु उसके पास वन से बाहर रहने का विकल्प नहीं था। वह दिन भर अपनी गुफा में अकेली लेटी रहती थी। एकांत के उन क्षणों में उसके मन में अनेक प्रश्न उठते थे। ऐसे ही चलता रहा तो प्रसवकाल पूर्ण होने पर उसे कौन सँभालेगा? उसके नवजात शिशु

की देखभाल कैसे हो पाएगी? क्या राक्षस समाज भीम की संतान को सहजता से स्वीकार करेगा? उसे हिडिंबा की भाँति उलाहना और निंदा से कौन बचाएगा? यह सब सोच-सोचकर उसका हृदय भीम के प्रति क्षोभ से भर उठता था। धीरे-धीरे इन विचारों ने हिडिंबा के सरस हृदय को इतना कठोर कर दिया कि उसे भीम के प्रति प्रेम की अनुभूति होनी बंद हो गई।

हृदय पर प्रेम की पतली परत होती है। उसे अनुराग एवं आसक्ति से दृढ़ किया जा सकता है, परंतु विरक्ति की छेनी यदि लगातार हलकी चोट भी करती रहे तो उस परत को चटककर उतरने में समय नहीं लगता। हिडिंबा के साथ भी यही हुआ। भीम की अनुपस्थिति और अपने ही समुदाय के हाथों दुर्व्यवहार की शिकार हुई हिडिंबा के लिए प्रेम जैसे कोई अजनबी भाव बन गया। निराशा ने उसे ऐसे घेरा कि हिडिंबा के जीवन का कोई उद्देश्य ही बाकी न रहा। यहाँ तक कि वह अपने गर्भ में पल रहे शिशु के प्रति भी लापरवाह हो गई। देखने वालों को लगा कि हिडिंबा ने अपने साथ अपने होने वाले बच्चे के जीवन का अंत कर देने का मन बना लिया था।

उधर भीम, हिडिंबा को उसके हाल पर अकेला छोड़ अपने भाइयों और माँ कुंती से मिलने के लिए निकल पड़ा था। भीम के जाते ही वह भयानक वन, जहाँ भीम और हिडिंबा ने विवाहोपरांत प्रेम-रंजित क्षण व्यतीत किए थे, जैसे सुनसान हो गया। एक ओर जहाँ हिडिंबा के पास भीम के साथ बीते अतीत की स्मृतियों के अतिरिक्त कुछ नहीं था, वहीं भीम ने उस वन को छोड़ने के साथ समस्त स्मृतियों को तिलांजलि दे दी थी। उसके कदमों की तेजी बता रही थी कि उसने हिडिंबा या अपनी होनेवाली संतान को अपने पैरों की बेड़ी नहीं बनने दिया। वह द्रुत गति से वन के वृक्षों, झाड़ियों और हिडिंबा के प्रेम की छाया से दूर निकल गया। भीम के समक्ष बृहद् लक्ष्य था, भारतवर्ष के सर्वसमृद्ध राजवंश को सुरक्षित रखने की जिम्मेदारी थी तथा देश एवं प्रजा के प्रति कर्त्तव्य निभाने का उत्तरदायित्व था।

परंतु हिडिंबा की स्थिति भीम से भिन्न थी। वह अकेली थी, असहाय थी, गर्भवती थी और सबसे दुःख की बात यह कि उसे भीम ने लगभग त्याग दिया था। उसके गर्भ में पांडव-कुल का वंशदीप प्रज्ज्वलित हो रहा था और हिडिंबा को समझ में नहीं आ रहा था कि वह उस दीप के प्रकाश की रक्षा कैसे करेगी।

अंततः हिडिंबा के लिए जब हताशा सहन करना भी कठिन हो गया तो एक दिन अचानक उसे याद आया कि उसने भीम को वचन दिया था कि वह अपनी संतान को कुशल और बलवान योद्धा बनाएगी। भीम को दिए वचन की याद आते ही हिडिंबा के तन में सिहरन हुई। उसने तय किया कि वह इस तरह दुःख में डूबकर

अपनी संतान का जीवन नष्ट नहीं होने देगी। सहसा जिस भीम का नाम लेने से भी वह चिढ़ने लगी थी, उसके बारे में सोचकर हिडिंबा को दोबारा आत्मीयता का वही पुराना अहसास होने लगा, जिसे उसने बीते कुछ महीनों में लगभग खो दिया था।

हिडिंबा उठ बैठी। उसने स्वयं को झकझोरा मानो गहरी तंद्रा से जागी हो। फिर उसने धीरे से अपने उभरे हुए उदर पर हाथ फेरा और उस नन्हे शिशु के स्पंदन को महसूस करने लगी। वह असाधारण ढंग से धड़क रहा था। प्रचुर वेग और अनंत ऊर्जा से युक्त शिशु को महसूस करते ही हिडिंबा ने जान लिया कि वह बालक अपने पिता के समान अद्वितीय रूप से बलशाली होगा। ऐसी यशस्वी संतान की माता होना गर्व का विषय है। मैं हार नहीं मानूँगी, परिस्थितियों के समक्ष समर्पण भी नहीं करूँगी। मैं इस संतान को जन्म दूँगी और इसे इतना योग्य और शक्तिशाली बनाऊँगी कि इसके पिता को स्वयं इसे छोड़कर जाने का दुःख होगा। यह विचार मन में आया तो हिडिंबा ने उसी क्षण आलस्य, हताशा और विषाद का भारी-भरकम आवरण उतार फेंका अपनी भावी संतान के उज्ज्वल भविष्य की योजना बनाने में जुट गई।

आखिर, हिडिंबा का प्रसवकाल पूर्ण हो गया। एक दिन अचानक मौसम ने करवट ली। आकाश, जो अब तक बिल्कुल साफ था, सहसा काले बादलों से आच्छादित हो गया। वन के चारों ओर घने वर्षा-मेघ गर्जना करने लगे। बीच-बीच में बिजली चमकती तो अंधकार में डूबा वन निमिष मात्र को आलोकित हो जाता था। यह तेज वर्षा और तूफान की चेतावनी थी। हिडिंबा के उदर में ज्यों ही पीड़ा आरंभ हुई, मौसम की स्थिति बिगड़ने लगी। मूसलाधार वर्षा आरंभ हो गई, आकाश में बिजली का चमकना और बादलों की गड़गड़ाहट तेज होने लगी। काफी कष्ट के बाद हिडिंबा ने एक बालक को जन्म दिया।

हिडिंबा को राक्षस समुदाय द्वारा जिस तरह की उपेक्षा की आशंका थी, वह आंशिक तौर पर निराधार सिद्ध हुई। घटोत्कच के जन्म के समय हिडिंबा ने देखा कि उसके संबंधी उसके साथ उपस्थित थे। सबने पूरा सहयोग किया। बालक का जन्म हुआ तो बहुत-सी राक्षसियाँ हिडिंबा को घेरकर खड़ी नवजात घटोत्कच को निहार रही थीं। हिडिंबा के लिए यह दृश्य अनपेक्षित, किंतु सुखद था। एक क्षण के लिए हिडिंबा को लगा जैसे उसका रूठा राक्षस परिवार फिर से उसका अपना हो गया था। लेकिन फिर उसने ध्यान से राक्षसियों को देखा तो वह भय से काँप उठी।

हिडिंबा के चारों ओर मौजूद राक्षसियों की आँखें क्रोध से लाल थीं और उनमें से कुछ के हाथ में बरछे थे। हिडिंबा ने जब उनके हाव-भाव पर नजर डाली तो पाया कि उनकी आँखों में किसी तरह की प्रसन्नता की चमक या उत्साह के रंग

नहीं थे, अपितु उनका देखने का तरीका हिम-सा ठंडा और रक्त जमा देनेवाला था। तब हिडिंबा को समझ आया कि वह कितना गलत सोच रही थी और उसे देखकर दु:ख भी हुआ कि उसके अपने लोग उसके बच्चे के प्राण लेने की योजना बनाकर आए थे। उनका यह बीभत्स और खूँखार रूप देखकर हिडिंबा ने तुरंत अपने नवजात बालक को सीने से लगा लिया।

दरअसल, घटोत्कच के जन्म के समय वन की राक्षसियाँ केवल यह देखने वहाँ पहुँची थीं कि मनुष्य और राक्षस के संयोग से होने वाली संतान, दिखने में कैसी थी। हिडिंबा का अनुमान था कि यदि उसका पुत्र पूर्ण रूप से मनुष्य जैसा दिखता तो संभव था कि वे राक्षसियाँ बालक को मार डालतीं या उसका अंग-भंग कर देतीं, परंतु ऐसा कुछ नहीं हुआ। धीरे-धीरे आसपास खड़ी राक्षसियों के हाव-भाव फिर बदलने लगे। उन्हें सामने लेटे बालक का रूप-रंग देखकर अपनी आँखों पर विश्वास नहीं हुआ।

हिडिंबा के पुत्र का स्वरूप बड़ा ही विस्मयकारी था। उसकी आँखें सौम्य, नाक छोटी और सिर सामान्य से बड़ा था। उसके कान एकदम सीधे थे और होंठों पर मानो कांस्य की परत चढ़ी थी। ये लक्षण राक्षसों से एकदम भिन्न थे। जन्म के समय से ही उसके बलिष्ठ हाथों में मानो सौ हाथियों का बल था। उसका सीना चौड़ा, पिंडलियाँ मजबूत और ताकतवर जाँघें देखकर स्पष्ट था कि उस बालक को अपने शक्तिशाली पिता भीम का बल और शौर्य विरासत में मिल चुका था। उसके रूप और लक्षण देखकर हिडिंबा और उसके परिवार के सदस्य असमंजस में पड़ गए। वह मनुष्य और राक्षस दोनों के गुण एवं लक्षणों के साथ पैदा हुआ था।

अब सबको उस बालक के मुख खोलने की प्रतीक्षा थी, क्योंकि मुँह में मौजूद दाँतों से ही यह तय होने वाला था कि वह बालक मनुष्य माना जाएगा या राक्षस! तभी बालक ने पलकें झपकाईं और जँभाई लेने के लिए मुँह खोल दिया। मुँह खोलते ही उसके लंबे बड़े दाँतों को देखकर राक्षसों में खुशी की लहर दौड़ गई। बालक के छोटे-से मुख से जैसे ही भीषण गर्जना निकली तो राक्षसियों की आशंका दूर हो गई थी। किसी को उसके राक्षस होने में संदेह नहीं रहा।

"राक्षस है...राक्षस!! हिडिंबा का पुत्र मनुष्य नहीं राक्षस है!" चारों तरफ यही शब्द गूँज रहे थे। हिडिंबा ने देखा सब राक्षसियों के चेहरे खुशी से खिल उठे थे। हिडिंबा ने राहत की साँस ली।

परंतु हिडिंबा का पुत्र एक मायने में अन्य शिशुओं से भिन्न था। उसके सिर पर एक भी बाल नहीं था। उसके केशरहित सिर को देखकर हिडिंबा ने कहा,

"इसका घट (सिर) उत्कच (केशरहित) है।" इस कारण उसने अपने पुत्र का नाम रखा—घटोत्कच।

घटोत्कच धीरे-धीरे बड़ा हुआ तो उसका आधा राक्षस और आधा मनुष्य का स्वरूप स्पष्ट तौर पर सबको दिखने लगा। राक्षसी हिडिंबा का पुत्र होने के कारण घटोत्कच में मायावी विद्याएँ, राक्षसों की तरह गंध पहचानने, दूर तक देखने और रूप बदलने जैसे अनेक गुण नैसर्गिक रूप से विद्यमान थे। भीम का अंश होने के चलते यह स्वाभाविक ही था कि शारीरिक बल और शौर्य में उसका कोई सानी नहीं था। घटोत्कच के स्वभाव की एक और बड़ी विशेषता थी, जो राक्षसों में नहीं पाई जाती और वह था उसका सौम्य स्वभाव।

घटोत्कच का स्वर अवश्य भारी था, लेकिन बात कहने का ढंग बिल्कुल शांत! उसे बोलते देखकर कोई नहीं कह सकता था कि वह राक्षस-वंशज है। वन समुदाय के राक्षसों को जहाँ यह बात अटपटी लगती, वहीं घटोत्कच के इस व्यवहार को देख उसकी माँ हिडिंबा फूली नहीं समाती थी। वह जब भी उसे देखती, उसे अपने पुत्र में अपने पति की छवि दिखाई पड़ती थी। उसे कई बार इस बात की खुशी भी होती थी कि घटोत्कच के पिता की अनुपस्थिति में संतान के साथ समय बिताने का सारा सुख उसे अकेले मिल रहा था परंतु संतान को अकेले बड़ा करने के जितने सुख हैं उससे कहीं अधिक परेशानियाँ हैं।

घटोत्कच थोड़ा और बड़ा हुआ तो वह अपनी आयु के दूसरे बच्चों को खेलते देखता था, परंतु वे बच्चे अकेले नहीं खेलते थे; अधिकांश मौकों पर उनके साथ कोई बड़ी उम्र का पुरुष भी होता था, जिसे वे बच्चे 'पिता' कहकर संबोधित करते थे। घटोत्कच इस शब्द से अनजान था। उसे ऐसा कोई पुरुष अपने आस-पास नजर नहीं आया, जिसे 'पिता' कहा जा सकता था। घटोत्कच का बाल-मन दुविधा से ग्रस्त रहने लगा।

इस दुविधा को दूर करने के उद्देश्य से एक दिन घटोत्कच अपनी माँ के पास पहुँचा और बोला, "माँ, मेरे पिता कहाँ है? मुझे भी दूसरे बच्चों की तरह अपने पिता के साथ खेलना है।"

हिडिंबा ने घटोत्कच के मुँह से पहली बार 'पिता' शब्द सुना था। हालाँकि वह जानती थी कि एक दिन आएगा जब उसे घटोत्कच को केवल 'पिता' शब्द का अर्थ ही नहीं, बल्कि उससे जुड़े और कई प्रश्नों के उत्तर भी देने होंगे, जिनसे वह अब तक मुँह मोड़ती आई थी।

"घट!" हिडिंबा ने स्नेह से अपने पुत्र के केशरहित सिर पर हाथ फेरते हुए

कहा, "तुम्हारे पिता कोई साधारण पुरुष नहीं हैं।"

"वह साधारण हों या असाधारण, हैं तो मेरे पिता! मुझे उनसे मिलना है।"

"पुत्र, वह असाधारण हैं, इसलिए तो उनसे किसी भी समय मिल पाना संभव नहीं है। दूसरे बच्चों के पिता साधारण हैं। उनके ऊपर अपने परिवार की आवश्यकता को पूरा करने के अतिरिक्त कोई बड़ा उत्तरदायित्व नहीं है, किंतु तुम्हारे पिता…"

"परिवार ही तो सबसे अधिक महत्त्वपूर्ण है न?" घटोत्कच ने पूछा।

"नहीं पुत्र," हिडिंबा ने धीरे से उत्तर दिया, "परिवार केवल व्यक्ति से श्रेष्ठ है, किंतु परिवार से श्रेष्ठ है समाज और समाज से भी ऊपर है देश! इसलिए परिवार का ध्यान रखने वालों से अधिक श्रेष्ठ हैं वे हैं, जो समाज के कल्याण की भावना से कार्य करते हैं परंतु सबसे अधिक सम्मान के योग्य देश की सेवा करने वाले लोग होते हैं। उन्हें प्रजा और देश के हित में व्यक्तिगत हित का बलिदान देना ही पड़ता है। तुम्हारे पिता की गिनती इसी श्रेणी में होती है।"

"क्या सचमुच? कौन हैं वह?" बालक घटोत्कच की आँखें उत्सुकता से खुल गईं।

"उनका नाम भीमसेन है!" हिडिंबा ने पहली बार भीम का पूरा नाम लिया था, "वह कुरु वंश के यशस्वी राजा पांडु के पुत्र हैं।"

"राजा के पुत्र? तो क्या मैं भी राजकुमार हूँ?" घटोत्कच चहक पड़ा।

"संभवत:!" हिडिंबा ने गहरी श्वास छोड़ी, "परंतु राजकुमार वन में नहीं रहते। इसलिए तुम्हें यही मानकर चलना चाहिए कि तुम राक्षस समाज का हिस्सा हो और हमारे साथ यहीं रहोगे। यही तुम्हारे जीवन का सत्य है।"

"भीम मेरे पिता हैं! यदि यह मेरे जीवन का सत्य है तो मैं अपने पिता से दूर राक्षसों के साथ क्यों रहूँ? क्या मेरे पिता मुझे अपने साथ रखना नहीं चाहते? या फिर आप स्वयं ही उनके साथ नहीं रहना चाहतीं? क्या…"

घटोत्कच की बात पूरी भी नहीं हुई कि उससे पहले ही हिडिंबा ने उसे टोक दिया, "यह इतना सरल और सहज नहीं है, घट! तुम्हारे पिता का जीवन कुछ 'बृहद्' लक्ष्यों की पूर्ति के लिए समर्पित है। उनके पास ऐसे लक्ष्यों की एक अलग सूची है और दुर्भाग्य से हमारे साथ रहना तुम्हारे पिता की उस सूची में कहीं नहीं आता। इसलिए कहती हूँ कि यह वन ही तुम्हारा असल राज्य है और तुम यहाँ के राजकुमार हो!"

घटोत्कच आयु में अवश्य छोटा था, लेकिन सूझ-बूझ में वह अपनी आयु के बच्चों से बहुत आगे था। उसकी माँ भी प्राय: कहती थी कि मेधा का आयु से कोई

संबंध नहीं होता। उसने हिडिंबा की बात सुन ली, किंतु उसके उत्कंठा भरे बाल-मन ने हार नहीं मानी।

"यदि आपको यह पता है कि पिताजी के जीवन-लक्ष्यों में आपका मेरा कोई स्थान नहीं होगा तो आपने उनसे विवाह ही क्यों किया ?" घटोत्कच के इस प्रश्न के लिए हिडिंबा तैयार नहीं थी। लेकिन प्रश्न पूछा गया था तो उत्तर भी देना जरूरी था।

"पुत्र, तुम्हारा प्रश्न उचित है, परंतु प्रेम में पड़ा व्यक्ति क्षणिकता में जीता है। प्रेम जिस क्षण उसे स्पर्श करता है वह कुछ देर के लिए सबकुछ भूल जाता है। उस पर अपने प्रेमी के अतीत या उसके संभावित भविष्य का लेशमात्र भी असर नहीं होता। वह नहीं सोचता कि उसे जिससे प्रेम हुआ है वह उसका साथ कहाँ तक या कब तक देगा। एक क्षण के सुख पर वह पूरा जीवन न्योछावर करने को तैयार रहता है। यह इसलिए होता है कि उस क्षण उसकी आँखों पर प्रेम कि गुलाबी पट्टी चढ़ी होती है और वह जहाँ नजर डालता है उसे गुलाबीपन ही दिखता है। पट्टी के पीछे की भयावह दुनिया से पूरी तरह अनजान वह बस उसी क्षण में जीना चाहता है। मेरे साथ भी यही हुआ। मैं तुम्हारे पिता से मिली तो उन्हीं की होकर रह गई। मैं राक्षस वंश की हूँ और वो ठहरे मनुष्य! परंतु मैंने कभी यह नहीं सोचा कि यह संबंध कैसे बनेगा और बन गया तो कैसे निभेगा! मैंने बस इतना सोचा कि उनसे विवाह करके मैं अपने प्रेम, सेवा और त्याग से उनकी हृदय-सम्राज्ञी बन जाऊँगी किंतु···" हिडिंबा का गला रुँध गया।

"किंतु क्या माँ··· ?" घटोत्कच ने पूछा।

"···किंतु मेरा प्रेम, मेरी सेवा, मेरा त्याग किसी काम न आया। पांडु-पुत्र भीमसेन के लक्ष्यों के समक्ष सब तुच्छ सिद्ध हुआ। मेरी आँखों पर प्रेम का गुलाबीपन ऐसा छाया हुआ था कि मैं यह तक न देख सकी कि तुम्हारे पिता की आँखें केवल अपने लक्ष्य पर टिकी थीं। आखिर, वही हुआ, जिसका भय था। एक दिन वह चले गए···तुम्हें मेरे पास अकेला छोड़कर···" हिडिंबा की आँख की कोर में एक आँसू बहुत देर से ठहरा हुआ था; वह आखिरकार हिडिंबा के दुःख की अंगुली थामे छलक ही गया।

घटोत्कच आगे बढ़ा और उसने अपनी नन्ही अंगुली से हिडिंबा की आँख से छलका आँसू बीच में ही पोंछ दिया। वह समझ गया कि इस विषय पर वह जितने प्रश्न करेगा उसकी माँ की आँखें उतनी ही बार गीली होती जाएँगी। उस दिन भीतर से खिन्न घटोत्कच ने अपने मन की अकुलाहट को सदा के लिए मन में दबा दिया।

"माँ, मेरे मन में प्रश्न तो और भी कई थे, किंतु आपका यह दुःख देखकर मैं यह वचन देता हूँ कि आज के बाद कभी उनके विषय में बात नहीं करूँगा! मैं भूल जाऊँगा कि मेरे पिता जीवित···" घटोत्कच ने बात पूरी नहीं की थी कि उसके पहले ही हिडिंबा ने उसके होंठों पर अंगुली रखकर उसे शांत कर दिया।

"नहीं घट!" वह बोली, "ऐसा कभी न कहना! वह जैसे भी हैं, तुम्हारे पिता हैं। यह सच है कि मैं चाहती थी कि वह तुम्हारे जन्म लेने तक रुक जाएँ किंतु···यह हमारे विवाह के पहले तय हो चुका था कि वे अधिक दिन साथ नहीं रह पाएँगे। फिर भी जो हुआ वह मेरी और तुम्हारी नियति थी··· मैंने उन्हें जाते समय वचन दिया था कि मैं तुम्हें उनकी तरह असाधारण योद्धा और अतुल्य बलवान बनाऊँगी।"

"परंतु जब मुझे राज-पाट नहीं सँभालना और यहीं आपके साथ वन में रहना है तो मैं योद्धा बनकर क्या करूँगा?" घटोत्कच ने पूछ लिया।

"यह तो मैं नहीं जानती कि तुम योद्धा बनकर क्या करोगे, किंतु मुझे पूरा भरोसा है कि एक दिन तुम्हारी भेंट अपने पिता से अवश्य होगी, इसलिए मैं चाहती हूँ कि वह तुम्हें देखें तो उन्हें यह न लगे कि मैंने अपना वचन पूरा नहीं किया। यदि उन्होंने पिता का दायित्व निभाने में कमी छोड़ दी तो क्या इसका यह अर्थ है कि मैं भी अपना कर्त्तव्य ठीक से न निभाऊँ? नहीं! यह कदापि संभव नहीं है। इसलिए युद्ध-कौशल तो तुम्हें सीखना ही होगा, घट!"

"पिताजी के जाने के बाद आपने जीवन का एक बड़ा अंश विषम परिस्थितियों में रहते और अनिच्छापूर्वक कार्य करते व्यतीत किया है। आपके साथ जो हुआ उसकी पुनरावृत्ति मेरे साथ न हो, इसी उद्देश्य से आप मुझे इच्छाओं का दमन न करने का उपदेश देती आई हैं। तो फिर क्या कारण है कि आज जब मैं युद्ध-कला और राज-धर्म के पाठ नहीं पढ़ना चाहता तो भी आप मुझे वह सब करने के लिए विवश कर रही हैं?" घटोत्कच के स्वर में खीज का पुट इतना स्पष्ट था कि हिडिंबा को विश्वास नहीं हुआ कि ये उसके पुत्र के शब्द थे। हिडिंबा के लिए यह आवश्यक था कि वह घटोत्कच के मन से शंका और अनिच्छा का बीज तत्काल निकाल फेंके, क्योंकि वह जानती थी कि यदि उस बीज ने जड़ पकड़ ली तो हिडिंबा भीम को दिया वचन कभी पूर्ण नहीं कर पाएगी और घटोत्कच को उचित योग्यता प्रदान न कर पाने का कलंक सदा के लिए उसके माथे पर लगा रह जाएगा।

"घटोत्कच!" हिडिंबा ने सावधानी से बात को आगे बढ़ाते हुए कहा, "मेरी और तुम्हारी परिस्थिति में बहुत अंतर है। मैं विवश थी, क्योंकि मेरे साथ कोई न था, मैं अकेली थी, असहाय थी, गर्भवती थी। विवाह के बाद तुम्हारे पिता तो चले

गए, किंतु जब मेरे परिवार को पता लगा कि मैं गर्भवती हूँ तो किसी ने मुझे डराया, किसी ने धमकाया और कुछ ने तो गर्भपात तक करवाने का परामर्श दे डाला। मुझ पर शारीरिक, मानसिक और भावनात्मक दबाव था, इसलिए मुझे अनेक कार्य अनिच्छा से करने पड़े। परंतु मैंने हिम्मत नहीं हारी और हर प्रतिकूल परिस्थिति का साहसपूर्वक सामना किया। तुम न अकेले हो और न ही असहाय, क्योंकि मैं तुम्हारे साथ हूँ। और तुम यह भूल रहे हो कि मैंने तुम्हें दमन के साथ-साथ त्याग का भी उपदेश दिया है। कई बार त्याग समझकर इच्छाओं का दमन कर लेना चाहिए। मेरी यह बात याद रखना। यदि तुमने आज मेरे कहने से यह त्याग कर लिया तो संसार सदा तुम्हारा नाम आदर से लेगा, परंतु आज मेरी बात की उपेक्षा कर दी तो···"

"समझ गया, माँ," घटोत्कच को भूल का पता लग चुका था। "मैं आपको वचन देता हूँ कि आपके द्वारा पिताजी को दिया वचन झूठा नहीं होने दूँगा। आज से वही होगा, जो आप कहेंगी।"

और इस तरह घटोत्कच का युद्ध-प्रशिक्षण आरंभ हो गया। हिडिंबा की देख-रेख और अन्य राक्षस संबंधियों के सहयोग से घटोत्कच मायावी विद्याओं के साथ-साथ द्वंद्व, गदा-युद्ध एवं धनुर्विद्या में भी पारंगत हो गया। शीघ्र ही वह दिन आ गया जब उस वन में तो क्या, दूर-दूर तक घटोत्कच की टक्कर का कोई योद्धा न था। हजार हाथियों का बल जिसमें हो, उसके पुत्र को परास्त करना भला खेल था क्या!

बचपन में घटोत्कच ने अपने पिता को लेकर कई बार पूछताछ की। हिडिंबा भीम के व्यवहार से असंतुष्ट अवश्य थी, किंतु घटोत्कच के मन में उसके पिता की छवि को धूमिल भी नहीं करना चाहती थी। कभी-कभी बाल घटोत्कच पिता को याद करके रोने लगता था। हिडिंबा भी साथ में रोती थी, लेकिन घटोत्कच की तरह उसके आँसू मन के मरुस्थल में गिरते और झुलसकर सूख जाते थे। हिडिंबा ने स्वयं से वादा किया था कि वह अपने पुत्र के समक्ष आँसू बहाकर उसे कमजोर नहीं होने देगी।

घटोत्कच को अपनी माँ हिडिंबा से शस्त्रों का ज्ञान मिला तो भीम जैसे पिता के प्रभाव से उसने शास्त्रों का ज्ञान स्वतः सिद्ध कर लिया। वह जल्द ही युद्ध-कला में पारंगत हो गया। घटोत्कच में राक्षस-सुलभ मायावी शक्तियाँ जन्म से मौजूद थीं। कुछ ही समय में वह राक्षस-परिवार में अत्यंत लोकप्रिय हो गया। वह अपनी इच्छा से रूप और आकार बदल लेता था और जहाँ चाहता, प्रकट हो जाता था। कभी वह अदृश्य हो जाता और हिडिंबा उसे समूचे वन में पुकारती फिरती थी। केशरहित घटोत्कच थोड़ा बड़ा हुआ तो चोटी का योद्धा और कुशल धनुर्धर के रूप में राक्षस-

वंश में स्वयं को स्थापित कर चुका था। भीम के उस राक्षस-पुत्र को गदा-युद्ध में हराने वाला दूर-दूर तक कोई न था। राक्षसी शक्तियों तथा मानव-सुलभ गुणों के अद्‌भुत समावेश ने घटोत्कच की कीर्ति को वन की सीमाओं से बहुत आगे पहुँचा दिया था। उसका तन फौलाद की तरह कठोर था, किंतु उसका मन सहृदयता, दया और त्याग जैसे कोमल मनोभावों से ओत-प्रोत था। वह आयु में बड़े सदस्यों से बात करता तो सब उसके शिष्टाचार की प्रशंसा किए बिना रह न पाते थे।

घटोत्कच से कोई उसके निर्मल स्वभाव एवं विलक्षण गुणों का रहस्य पूछता तो वह बड़े भोलेपन से कह देता, "यह तो आप मेरी माँ से पूछिए! उन्होंने मुझे बड़ा किया है। वे बेहतर बता सकती हैं कि मैं ऐसा क्यों हूँ!"

घटोत्कच के स्वभाव की एक और विशेषता थी। उसने भीम को कभी नहीं देखा था फिर भी वह अपने पिता का बहुत आदर करता था। इसका कारण यह था कि भीम द्वारा त्याग दिए जाने पर भी हिडिंबा ने घटोत्कच को उसके पिता के विरुद्ध कभी कुछ नहीं कहा। अपितु वह हमेशा भीम के बल और शौर्य पर गर्व करती थी, जिसे सुनकर घटोत्कच का मन भी सहज रूप से भीम के लिए प्रशंसा और सम्मान से भरा रहता था। भीम ने हिडिंबा को अत्यंत कठिन परिस्थितियों में आजीवन अकेला रहने पर विवश कर दिया था, परंतु हिडिंबा ने भीम के अवगुण का बोझ किस तरह अपने हृदय में सदा के लिए छिपा लिया था, उसकी पीड़ा केवल हिडिंबा जानती थी।

हिडिंबा ने भीम को चलते समय वचन दिया था कि वह पुत्र घटोत्कच को एक अदम्य योद्धा और आज्ञाकारी पुत्र बनाएगी। हिडिंबा ने अत्यंत धैर्य, परिश्रम और निष्ठा के साथ अपने वचन का पालन किया और उसने घटोत्कच को सचमुच, एक फौलाद की भाँति शक्तिशाली और अजेय योद्धा में परिवर्तित कर दिया था। हालाँकि भीम या हिडिंबा में से कोई यह नहीं जानता था कि उनका पुत्र भारत-भूमि के इतिहास के सबसे नृशंस और भीषण महासमर में कर्तव्यपरायणता एवं सामर्थ्य का अद्‌भुत उदाहरण बनने वाला था!

□

6

नयनतारा-निरंजन

घटोत्कच के बारे में सोचकर निरंजन की आँखों में आँसू आ गए। निरंजन का निष्कपट मन घटोत्कच की पीड़ारूपी लहरों पर सवार था, किंतु वास्तव में वह स्वयं के दु:ख–सागर में गोते लगा रहा था। निरंजन से अधिक कौन जानता था कि पिता के स्नेह और मार्गदर्शन के बिना बच्चे को कैसा महसूस होता है! सच कहा जाए तो घटोत्कच और निरंजन एक ही नाव के सवार थे। दोनों के पिता जीवित थे, फिर भी दोनों ने अपने पिता को कभी देखा तक नहीं था।

नयनतारा निरंजन के चेहरे के भाव पढ़ रही थी। तीन हजार साल से अधिक पुरानी कथा में भीम की भूमिका ने निरंजन के मन में अकुलाहट का तूफान पैदा करने के साथ उसके संवेदी मन पर गहरा आघात भी किया था।

निरंजन ने पूछा, "माँ, भीम को अपनी पत्नी और पुत्र को छोड़कर जाते हुए क्या दु:ख नहीं हुआ होगा?"

"भीम ने अपने भाइयों को वचन दिया था कि वह हिडिंबा के साथ कुछ दिन बिताकर लौट आएगा, इसलिए उसे तो जाना ही था!" नयनतारा ने कहा।

"परंतु वचन तो संबंधों की रक्षा करने के लिए दिए जाते हैं। यदि वचन ही संबंध–विच्छेद का कारण बन जाए तो ऐसे वचन का क्या लाभ?"

"कुरुवंश वचन निभाने के लिए विख्यात था!" नयनतारा ने कहा, "उनके वचन ही उनके लिए सबकुछ थे। राजपरिवार के अधिकांश लोग अलग–अलग वचनों से बँधे थे और सबने परिवार से अधिक महत्त्व उन वचनों को दिया।"

निरंजन का मन भीम के निर्णय को स्वीकार नहीं कर पा रहा था। वह बोला, "इसका आशय यह हुआ कि भीम ने अपने भाइयों को दिया वचन निभाने के लिए पत्नी और संतान तक को त्याग दिया...यह कैसा वचन हुआ? भीम ने यह भी

नहीं सोचा कि हिडिंबा उनके होने वाले बच्चे को जैसे-तैसे अकेले बड़ा कर भी लेगी किंतु उसे पिता के हिस्से का प्रेम कौन देगा ?" यह कहते-कहते निरंजन की आँखों में रोष उमड़ आया। निरंजन को बिल्कुल आभास नहीं था कि नयनतारा हिडिंबा की कथा के माध्यम से दरअसल निरंजन को अपनी ही आपबीती कथा सुना रही थी।

"फिर हिडिंबा का क्या हुआ ?" निरंजन ने प्रश्न किया।

"होना क्या था ?" नयनतारा ने गहरी साँस छोड़ी, "उसने पहले यही सोचा था कि वह भीम का हृदय उसे आकाश भर प्रेम देकर जीत लेगी या उसे कुछ समय के लिए तो रोक ही लेगी, परंतु भीम नहीं रुका और चला गया, परंतु वह जाने से पहले हिडिंबा के हृदय में वियोग की ऐसी किरचें छोड़ गया, जो हिडिंबा को भीम के जाने के बाद वर्षों तक चुभती रहीं।"

"हिडिंबा को छोड़कर भीम अपने भाइयों के साथ कहाँ गया ?" निरंजन ने कहानी की डोर फिर से थाम ली थी।

"भीम की काया अति विशाल थी। वह लंबे डग भरता हुआ शीघ्र ही अपने भाइयों और माँ कुंती से मिल गया। वहाँ से पांडव एकचक्रा नगरी पहुँचे। वहाँ बकासुर नाम के एक अत्याचारी राक्षस ने नगरवासियों का जीना दूभर कर रखा था। भीम को जब यह पता लगा तो उसने बकासुर को मार डाला और नगरवासियों को उसके आतंक से मुक्ति दिलाई।"

"हिडिंब की तरह बकासुर को भी उन्होंने अकेले मार डाला!" निरंजन ने प्रश्न किया।

"हाँ।"

"माँ, लोग कहते हैं कि भीम के शरीर में हजार हाथियों का बल था···" निरंजन ने एक नई बात उठा दी। "परंतु ऐसे बल का क्या लाभ, जो अपने ही परिवार के अधिकारों की रक्षा करने में असमर्थ हो ? धिक्कार है ऐसे बल पर!" यह कहते-कहते निरंजन खीज उठा। उसका स्वर पहले से और मुखर हो गया था।

नयनतारा को दुःख था कि उसके नारीपरक दृष्टिकोण की चोट ने भीम की हजारों वर्ष पुरानी स्थापित-सम्मानित छवि को चकनाचूर कर दिया था, परंतु उसे यह संतोष भी था कि उपेक्षा की शिकार परित्यक्त हिडिंबा की जिन भावनाओं को उसका पति भीम नहीं समझ सका, उन्हें नैना ने समझकर भावी संतति तक पहुँचा दिया था। यही नहीं, पुरुष के शौर्य-बल की ओर झुकी सामाजिक तुला पर नयनतारा ने स्त्री की जीवटता एवं त्याग का बाट रखकर उसे संतुलित भी कर दिया था। उपेक्षित पात्रों

की व्यथा को सही परिप्रेक्ष्य में कहना-सुनना-समझना ही उनके साथ न्याय करने का एकमात्र और प्रभावी तरीका है।

फिर एक दिन पांडव, भिक्षा माँगते हुए पंचाल राज्य पहुँच गए।"

"पंचाल क्यों?"

"वहाँ द्रौपदी का स्वयंवर जो होने वाला था!"

यह कहकर नयनतारा ने कथा द्रौपदी की ओर मोड़ दी।

□

7

द्रौपदी-स्वयंवर

द्रौपदी के स्वयंवर में देश भर के सभी राजाओं व राजकुमारों को आमंत्रित किया गया था। सभा-कक्ष में एक विशाल धनुष रखा था और पास ही पाँच बाण रखे थे। उसके निकट एक पात्र में जल भरा हुआ रखा था। पात्र के ठीक ऊपर छत पर धातु की बनी एक मछली की आकृति का यंत्र घूम रहा था, जिसकी छवि नीचे जल के पात्र में भी दीख रही थी। द्रौपदी से विवाह करने की शर्त यह थी कि प्रतिभागी को उसी धनुष का उपयोग करके नीचे जल-पात्र में मछली की छवि को देखते हुए छत पर ऊपर घूम रही मछली की आँख को भेदना था। ऐसा लग रहा कि वह शर्त द्रौपदी के लिए वर नहीं, अपितु किसी धनुर्धर को खोजने के लिए रखी गई थी।

इसी बीच रेशमी वस्त्रों में लिपटी, सुगंधित पुष्प और अनमोल आभूषणों से सुसज्जित द्रौपदी ने सभा में प्रवेश किया। वह हाथ में वरमाला लिए धीरे-धीरे चलकर मंच पर पहुँच गई। सभा में एकत्रित राजा उसके सौंदर्य को देखते ही मोहित हो गए। फिर एक-एक करके सबने शर्त को पूरा करने का प्रयास किया, परंतु वे लक्ष्य को भेदना तो दूर, स्वयंवर के धनुष को उठा तक न पाए। द्रुपद के मस्तक पर चिंता की रेखाएँ उभर आईं।

निराश द्रुपद सिंहासन से उठकर बोला, “गौरवशाली राजाओं और राजकुमारों से भरी इस सभा में क्या एक भी ऐसा वीर नहीं, जो लक्ष्य को भेदकर इस शर्त को पूरा कर सके⋯ ?”

द्रुपद का वाक्य पूरा भी नहीं हुआ था कि भीड़ में से धवल वस्त्र धारण किए ऊँचे कद का एक बलिष्ठ ब्राह्मण आसन से उठा और रौब से चलता हुआ धनुष के पास आकर रुक गया।

“वह अर्जुन ही था ना ?” निरंजन से चहकते हुए पूछा।

"हाँ!" नयनतारा ने हामी भरी।

"फिर?" निरंजन कहानी में डूब गया था।

अर्जुन के चौड़े कंधे, लंबी व शक्तिशाली भुजाओं तथा राजसी चाल को देखकर कुछ लोगों को उसके ब्राह्मण होने पर संदेह तो हुआ, किंतु कोई उसे रोक न सका, क्योंकि ब्राह्मण को स्वयंवर में भाग लेने से रोकने का कोई नियम नहीं था। अर्जुन ने मंच पर पहुँचकर धनुष को प्रणाम किया और एक झटके में उसे उठाकर लक्ष्य पर बाण चला दिया। अर्जुन का निशाना चूकने का तो प्रश्न ही नहीं था। लक्ष्य-भेदन होते ही द्रुपद का चेहरा खुशी से खिल उठा, द्रौपदी की आँखें हर्ष और प्रशंसा से चमक उठीं, जबकि वहाँ बैठे अन्य राजाओं के मुँह लटक गए। द्रौपदी तत्काल आगे बढ़ी और उसने ब्राह्मण वेश में आए अर्जुन के गले में वरमाला डाल दी। अपमानित राजाओं ने अर्जुन को रोकने का प्रयत्न किया, किंतु वे विफल रहे और इस तरह, भिक्षा लेने निकले पांडव अपने साथ द्रौपदी को घर ले आए।

वनवास के दौरान पांडव भिक्षा में जो कुछ लाते थे, उसे आपस में बाँट लेते थे। उस दिन भिक्षा के स्थान पर द्रौपदी थी। घर पहुँचकर अर्जुन ने बाहर ही से आवाज लगाई, 'माँ, देखो आज हम क्या लाए हैं!'

दुर्भाग्य से कुंती बिना द्रौपदी की ओर देखे बोली, 'देखना क्या है! जो भी लाए हो, रोज की तरह पाँचों भाई आपस में बाँट लो।'

कुंती की बात सुनकर द्रौपदी सन्न रह गई। उसने पलटकर अर्जुन की ओर देखा क्योंकि स्वयंवर में अर्जुन ही द्रौपदी को जीतकर लाया था, इसलिए वास्तव में वही उसका पति था, परंतु माता द्वारा लापरवाही में कही गई बात को पाँचों भाई माँ की आज्ञा मानकर शिरोधार्य करके चुपचाप खड़े थे।

क्या ये पाँचों भाई मुझे भिक्षा की तरह आपस में बाँट लेंगे? क्या चंद्रवंशी अपने कुलवधू को हाट की वस्तु समझते हैं? यदि किसी ने कुंती की आज्ञा का विरोध नहीं किया तो मुझे पाँच पुरुषों की पत्नी बनकर रहना होगा। द्रौपदी का हृदय खिन्नता और घबराहट से भर गया। उसने तय किया कि वह स्वयं इस निर्णय का विरोध करेगी क्योंकि अन्याय का विरोध करने से न्याय भले ही न मिल पाए किंतु आत्म-सम्मान का कवच अवश्य अक्षुण्ण रहता है।

"पाँचों भाई आपस में बाँट लो से आपका आशय क्या है?" द्रौपदी पूछ बैठी।

कुंती ने स्त्री का स्वर सुना तो वह काम छोड़कर बाहर दौड़ी। वह अर्जुन और द्रौपदी के गले में पड़ी वरमाला देखकर ठिठक गई। फिर उसने द्रौपदी का परिचय जाना तो उसे अपनी कही बात का बहुत दुःख हुआ। उसने द्रौपदी से क्षमा माँगी और

अपने पुत्रों से कहा कि उसने वह बात अनजाने में कही थी, इसलिए द्रौपदी केवल अर्जुन की पत्नी बनकर रहेगी।

यह सुनकर द्रौपदी ने राहत की साँस ली परंतु पाँचों भाइयों ने कुंती के आग्रह को तुरंत अस्वीकार कर दिया और माता के वचनानुसार द्रौपदी को आपस में बाँटने के निश्चय पर अड़े रहे। सबकी आँखों में द्रौपदी को पा लेने का हर्ष झलक रहा था।

द्रौपदी के भीतर सहसा क्रोध का झंझावात उठा और वह अर्जुन से बोली, "मैं भिक्षा में प्राप्त कोई वस्तु नहीं हूँ, जिसे आप अपने भाइयों के साथ बाँटने की योजना बना रहे हैं। आप स्वयंवर की शर्त को पूर्ण करके वैधानिक रूप से मुझे पत्नी बनाकर लाए हैं। यह विवाह केवल आपने मुझसे नहीं किया, अपितु मैंने भी आपसे किया है इसलिए इसमें संशोधन करने से पूर्व आपको मेरी सहमति लेनी होगी। आप मातृ-धर्म के अलावा अब पति-धर्म से भी बँधे हुए हैं। यदि माता की आज्ञा मानना धर्म है तो पत्नी के हितों की रक्षा करना भी आपका दायित्व है। हालाँकि आपने मेरा मत जानने की चेष्टा नहीं की तथापि मुझे आपके अतिरिक्त किसी और पुरुष की पत्नी बनना स्वीकार नहीं है।"

"परंतु पांचाली···" अर्जुन ने कुछ कहना चाहा।

"मेरी बात समाप्त होने दीजिए!" द्रौपदी ने उसे बोलने नहीं दिया, "यदि मैं आपके भाइयों से विवाह करने के लिए हामी न भरूँ तो भी क्या आप पाँचों बलपूर्वक मेरा उपभोग करेंगे? यदि हाँ तो फिर इस विवाह और सामूहिक बलात्कार में क्या अंतर रह जाता है? हे महाबाहो! आप स्त्री के तन को उसकी इच्छा के विरुद्ध वश में कर सकते हैं, किंतु उसका मन केवल प्रेम के बंधन को स्वीकार करता है। आप द्रोण के शिष्य और कुशल धनुर्धर अवश्य हैं, किंतु लगता है कि स्त्री के हृदय-धनु पर प्रेम की प्रत्यंचा चढ़ाने की कला किसी गुरु ने आपको नहीं सिखाई!"

द्रौपदी के तीखे स्वर और उसके कटाक्ष का किसी के पास प्रत्युत्तर नहीं था। एक क्षण के लिए यही लगा कि सबको द्रौपदी का मत स्वीकार करना पड़ेगा, परंतु होनी को कौन टाल सकता है! इस दृश्य का पटापेक्ष होने ही वाला था कि नियति नियोजित यवनिका-पतन के लिए त्रिकालज्ञ वेदव्यास वहाँ उपस्थित हो गए।

युधिष्ठिर ने ऋषि को प्रणाम करते हुए पूछा, "महर्षि! अचानक कैसे आगमन हुआ?"

महर्षि मुसकराए और बोले, "प्रिय युधिष्ठिर! तुम स्वयं धर्म का अंश हो, किंतु आज मैंने तुम्हें जब धर्म-संकट में देखा तो मुझे आना ही पड़ा। नियति का आदेश कुछ भी हो परंतु तुम्हें द्रौपदी की इच्छा पूछनी चाहिए थी।" फिर द्रौपदी को देखकर

व्यास ने कहा, "पुत्री! नारी के मन की थाह तो देवता भी नहीं पा सकते। फिर यदि इन पांडवों से तुम्हें समझने में भूल हुई तो अचरज कैसा?" यह कहकर वेदव्यास ने दोनों पक्षों का समर्थन कर दिया।

"ऋषिवर! आप मेरा और इनका दोनों का समर्थन करेंगे तो मेरी नियति का निर्णय कैसे होगा?" द्रौपदी सहसा प्रश्न कर बैठी।

"तुम्हारे भाग्य का निर्णय तो पिछले जन्म में हो गया था, पुत्री!" वेदव्यास ने गुत्थी को और उलझा दिया।

"पिछले जन्म में! कैसे ऋर्षिवर?" अर्जुन ने आश्चर्य व्यक्त किया।

"वत्स! द्रौपदी पूर्वजन्म में ब्राह्मण-कन्या थी। इसने अपने लिए वर की इच्छा से कठोर तप द्वारा भगवान् शिव को प्रसन्न किया। शंकरजी ने जब इसको वरदान माँगने को कहा तो इसने पति की माँग की, परंतु प्रमादवश इसने अपनी इच्छा को पाँच बार दोहराया। 'मुझे पति चाहिए···मुझे पति चाहिए···' यह वाक्य पाँच बार सुनकर भोलेनाथ ने अपने स्वभावगत भोलेपन से कह दिया, "तथास्तु! तुमने पाँच बार पति का वरदान माँगा है, इसलिए अगले जन्म में तुम्हें पाँच पति मिलेंगे!"

द्रौपदी चुपचाप खड़ी सिसक रही थी और पांडवों की मुसकान छिपाए नहीं छिपती थी। वेदव्यास ने उनका कार्य सरल कर दिया था। द्रौपदी की नियति का निर्णय हो चुका था। उसके पास पाँचों पांडवों की पत्नी बनकर रहने के अतिरिक्त कोई विकल्प शेष नहीं था।

□

8
नयनतारा-निरंजन

“यह तो नारी के शोषण की पराकाष्ठा है!” निरंजन ने उद्वेलित स्वर में कहा।

नयनतारा निरंजन की आँखों में उठ रहे आवेश की लहरों को देख रही थी। उसका मन किसी भटके हुए पथिक की भाँति इतिहास के पन्नों में दर्ज भीम और अर्जुन की शौर्य-पताकाओं की उपेक्षा करके नारी के अस्तित्व और उसकी अस्मिता की पगडंडी पर चलता हुआ मार्ग खोजने का प्रयत्न कर रहा था।

“हाँ, और पुरुषत्व के अभाव की भी! अर्जुन पुरुष तो है, किंतु उसमें पुरुषत्व का अभाव दिखाई पड़ता है।” नयनतारा ने कहा, “यह आश्चर्य की बात है कि इतना होने पर भी पांडवों की स्वभावगत दुर्बलताओं पर कोई बात नहीं होती। पुरुष-प्रधान समाज का सबसे बड़ा दुर्भाग्य यही है कि वह पुरुष और पुरुषत्व को एक समान समझता है और दोनों में अंतर करना नहीं जानता।”

निरंजन के मन की निरंकुश हो रही व्याकुलता की अग्नि को नयनतारा की टिप्पणी ने और भड़का दिया। वह बोल पड़ा, “कहते हैं, पुरुषार्थ से नियति की दिशा भी बदल जाती है। ऐसे पुरुषार्थ पर धिक्कार है, जो अपनी पत्नी के लिए इतना-सा संघर्ष भी न कर सके! उस स्त्री की मनोदशा सोचकर ही मन पीड़ा से भर उठता है जिसने पहले विवाह के लिए कठोर तप किया और जब इच्छा पूर्ण होने का क्षण आया तो भाग्य ने उसके साथ छल किया। इस घटना के बाद द्रौपदी के आचरण और चरित्र पर अंगुली उठानेवाले समाज को पहले अर्जुन से यह प्रश्न पूछना चाहिए कि उसने जिस स्त्री को पत्नी-रूप में पाने के लिए संघर्ष किया, उसके प्रति वह इतना अनासक्त कैसे हो गया कि उसने उस स्त्री को दुविधा और कष्ट की आग में झोंक दिया।”

निरंजन की श्वास तेज हो गई थी, होंठ सूख गए थे और आँखें दु:ख से लाल

हो गई थीं। निरंजन को दु:खी देखकर नयनतारा को भी पीड़ा हो रही थी। लेकिन इस मोड़ पर कथा को रोकना उचित नहीं था।

"कहानी सुनाऊँ या नहीं?" नयनतारा ने निरंजन से पूछा।

"हाँ!"

"तो सुनो···"

□

9

नियम का उल्लंघन

वारणावत में हुए लाक्षागृह अग्नि-कांड के बाद हस्तिनापुर में सबने यह मान लिया था कि पांडव लाक्षागृह में जलकर मर चुके थे। उनके जीवित बच निकलने का समाचार बहुत समय तक छिपा रहा, परंतु द्रौपदी-स्वयंवर की घटना ने सिद्ध कर दिया कि स्वयंवर की शर्त को पूरा करने वाला ब्राह्मण और कोई नहीं, अपितु अर्जुन ही था। आखिर एक दिन पांडव द्रौपदी को साथ लेकर हस्तिनापुर लौट ही आए।

पांडवों के जीवित सकुशल लौट आने से दुर्योधन और शकुनि के हृदय में व्याप्त ईर्ष्या का पुराना घाव फिर हरा हो गया। हस्तिनापुर में भीष्म पितामह, कुलगुरु कृपाचार्य, आचार्य द्रोण और विदुर आदि से कौरव-पांडव का मन-मुटाव छिपा नहीं था। उन्होंने नित-प्रतिदिन की कलह और परस्पर द्वेष की भावना को देखते हुए हस्तिनापुर का विभाजन करने का निश्चय कर लिया।

इस बँटवारे में भी पुत्र-मोह में अंधे हुए धृतराष्ट्र ने अपने अनुज पांडु-पुत्रों के साथ कपट किया। उसने हस्तिनापुर कहलाने वाला राज्य का मुख्य समृद्ध भाग अपने पुत्र दुर्योधन को दिया जबकि राज्य का शेष हिस्सा खांडवप्रस्थ, जो बंजर-पथरीली धरती के अतिरिक्त कुछ नहीं था, पांडवों के हिस्से में आया, परंतु धैर्यवान पांडवों ने अनुर्वर खांडवप्रस्थ को भी श्रम और साहस के पसीने से रोप-सींचकर संपन्न और समृद्ध बना लिया तथा वहाँ माता कुंती और पत्नी द्रौपदी के साथ सुखपूर्वक रहने लगे।

एक स्त्री के लिए पाँच पतियों के साथ रहना सरल नहीं था।

द्रौपदी अकेली थी, किंतु उसका भोग करने वाले पुरुष पाँच थे। ऐसे में भाइयों के बीच मतभेद और ईर्ष्या उत्पन्न होने की संभावना से इनकार नहीं किया जा सकता

था। इसलिए वैवाहिक व्यवस्था को मर्यादित ढंग से चलाने के लिए कुछ नियम बनाए गए, जिनमें से एक मुख्य नियम यह था कि द्रौपदी एक समय पर केवल एक ही भाई की पत्नी बनकर रहेगी। इस दौरान शेष चार भाई द्रौपदी से सम्मानजनक दूरी बनाकर रखेंगे। पति-पत्नी की निजता का हनन न हो, इसके लिए यह तय किया गया कि जब द्रौपदी अपने पति के साथ कक्ष में होगी, उस समय उनके कक्ष में कोई अन्य भाई प्रवेश नहीं करेगा। इस नियम का उल्लंघन करने वाले को दंडस्वरूप बारह वर्ष का वनवास भोगना होगा। नियम तो अच्छा था, किंतु कोई चीज बनेगी तो वह टूट भी सकती है। एक दिन यही हुआ।

एक ब्राह्मण घबराया हुआ अर्जुन के पास आकर बोला, 'हे महाबाहो! कुछ चोर मेरी गाय चुराकर भाग गए हैं। वह गाय ही मेरी आय का साधन है। यदि उसे वापस न लाया गया तो मेरा परिवार भूखा मर जाएगा। कृपया आप चोरों को रोकिए और मेरी गाय वापस लाकर दीजिए।'

अर्जुन ने ब्राह्मण को गाय वापस लाने का आश्वासन दिया और अपने अस्त्र-शस्त्र लेने दौड़ा। अचानक उसके पैर थम गए। उसे ध्यान आया कि उसके अस्त्र-शस्त्र युधिष्ठिर के कक्ष में रखे थे और उन दिनों युधिष्ठिर द्रौपदी के पति थे और वे दोनों अपने कक्ष में थे। नियमानुसार, अर्जुन के लिए युधिष्ठिर के कक्ष में प्रवेश करना निषेध था।

अर्जुन ने ब्राह्मण से कहा, 'मेरे अस्त्र-शस्त्र युधिष्ठिर भैया के कक्ष में रखे हैं और महाराज युधिष्ठिर इस समय अपनी पत्नी के साथ हैं। मैं उनके कक्ष में नहीं जा सकता। उनके बाहर आने तक प्रतीक्षा करनी होगी।'

ब्राह्मण को क्रोध आ गया, 'आपका आशय है कि महाराज युधिष्ठिर के राज्य में केवल इसलिए चोरी होने दी जाए, क्योंकि महाराज इस समय अपनी पत्नी के साथ हैं और आप भीतर नहीं जा सकते? तो फिर ऐसा कीजिए कि अपना गांडीव किसी वीर को दान कर दीजिए, जो समय पर उसका उपयोग करना जानता हो!'

ब्राह्मण के शब्दों ने अर्जुन के आत्म-सम्मान को छलनी कर दिया। उसकी भुजाएँ फड़कने लगीं और क्रोध से नेत्र लाल हो गए। *यदि ब्राह्मण की गाय की रक्षा नहीं की तो प्रजा का युधिष्ठिर की न्याय-प्रणाली पर से विश्वास उठ जाएगा और उनकी प्रतिष्ठा कलंकित होगी। यदि कक्ष में प्रवेश करता हूँ तो नियम का उल्लंघन करने के लिए बारह वर्ष का वनवास भोगना पड़ेगा।* अर्जुन सोच में पड़ गया। फिर उसने निर्णय ले लिया। सामाजिक प्रतिष्ठा एवं कर्तव्य, निजी सुख-दुःख से ऊपर

होते हैं। शरीर नश्वर है, किंतु प्रतिष्ठा, जीवन के बाद भी जीवित रहती है। निर्णय हो चुका था।

अर्जुन आँखें नीची करके कक्ष में गया और अस्त्र–शस्त्र लेकर बाहर आ गया। अर्जुन के बाणों के सामने साधारण चोर कहाँ टिकते! कुछ ही देर में अर्जुन ने ब्राह्मण को उसकी गाय लौटा दी और युधिष्ठिर की प्रतिष्ठा की रक्षा भी कर ली, परंतु अब बारह वर्ष का वनवास उसकी राह देख रहा था।

हालाँकि, युधिष्ठिर ने अर्जुन को समझाया कि अनुज को अपने बड़े भाई के कक्ष में कभी भी आने की अनुमति है; यह धर्म का उल्लंघन नहीं है और राज–प्रतिष्ठा की रक्षा हेतु किया नियम का उल्लंघन क्षम्य होता है, परंतु अर्जुन ने हठ पकड़ लिया था।

'बड़े भैया, आप उदार हैं, परंतु मैं नहीं चाहता कि भविष्य में मुझ पर यह आरोप लगे कि राजा का अनुज होने के नाते मैंने स्थिति का लाभ उठाया और नियम का उल्लंघन करके भी दंड पाने से बच गया,' अर्जुन ने उत्तर दिया। उसने किसी की बात नहीं मानी और वनवास पर जाने की तैयारी कर ली।

अर्जुन के जाने से पहले कृष्ण आ पहुँचे। उन्होंने अपने प्रिय सखा को हृदय से लगाया तो अर्जुन ने पूछा, 'माधव! आप तो सब जानते हैं। मुझे बताइए कि बारह वर्ष का वनवास मुझे कैसे व्यतीत करना चाहिए?'

'हे कुंतीनंदन!' कृष्ण ने अर्जुन के कंधे पर हाथ रखते हुए कहा, 'मेरे कुछ कहने से तुम्हारी नियति नहीं बदल सकती परंतु समय की पदचाप सुन सकते हो तो इतना तो समझ ही गए होगे कि भविष्य में तुम्हें मित्रों और सहयोगियों की आवश्यकता पड़ने वाली है इसलिए पार्थ, जाओ और इस वनवास को मैत्री–अभियान मानकर व्यतीत करो।'

अर्जुन को श्रीकृष्ण का आशय बहुत स्पष्ट तो नहीं हुआ परंतु इससे अधिक न अर्जुन पूछ सकता था और न ही कृष्ण उसे बता सकते थे। इसलिए कृष्ण का सुझाव और भाइयों की शुभकामनाएँ साथ लेकर अर्जुन वैवाहिक नियम के उल्लंघन का दंड भोगने के लिए बारह वर्ष के वनवास पर निकल गया।

□

10
उलूपी

राज्य छोड़कर निकला अर्जुन रमणीय वनों, सरोवरों और नदियों तथा प्रदेशों को पार करके गंगा-द्वार पहुँच गया। गंगा-तट पर स्थित प्रदेश शांत और पवित्र था। अर्जुन को वह स्थान बहुत अच्छा लगा। उसने वहीं अपने लिए कुटीर का निर्माण किया और साधक बनकर रहने लगा। वह प्रतिदिन सुबह उठता और स्नान आदि से निवृत्त होकर साधना एवं मंत्रोच्चारण करके अपना समय व्यतीत करने लगा। कई दिन वहाँ रहने के बाद भी अर्जुन को भनक नहीं लगी कि वह जिस स्थान पर वनवास के दिन काट रहा था, उसके ठीक नीचे बसे नागलोक में अर्जुन के अपहरण का षड्यंत्र रचा जा रहा था! इसका भी एक कारण था।

हस्तिनापुर के विभाजन के उपरांत, जो भाग पांडवों को मिला उसका पहले नाम खांडवप्रस्थ था। वह अत्यंत दुर्गम प्रदेश था। लंबे समय तक निर्जन होने के कारण वहाँ एक अभेद्य और भयानक जंगल पनप चुका था, जिसे काटकर साफ किए बिना राज्य की स्थापना करना संभव नहीं था। उस समय अग्निदेव ने कृष्ण और अर्जुन के सहयोग से खांडव वन को जला डाला। उस दावानल में वन के अधिकतर सर्प अपने परिवार सहित जलकर भस्म हो गए थे। तब से नागों की कुंती-पुत्र अर्जुन के साथ शत्रुता हो गई और वे उसे सबक सिखाना चाहते थे। इसलिए अर्जुन के गंगा-द्वार आने का समाचार मिलने पर नागों ने उसके अपहरण की योजना बनाई थी।

नागराज कौरव्य का मंत्री गोलक नाग-दरबार में बोल रहा था, "महाराज, आपको ध्यान ही होगा कि पांडु-पुत्र अर्जुन ने खांडव वन में रहने वाले नागों को भारी क्षति पहुँचाई थी। खांडव-दाह में हमारे असंख्य निर्दोष परिजन मारे गए थे। हम

नागजाति के साथ हुए अन्याय को भूल नहीं सकते। अर्जुन के अपराध का प्रतिशोध लेने का समय आ चुका है।"

"गोलक, मुझे वह घटना भली-भाँति याद है," कौरव्य ने कहा। "नागवंश, अर्जुन को उस कुकृत्य के लिए कभी क्षमा नहीं करेगा, परंतु हम अर्जुन से प्रतिशोध लेंगे कैसे?"

तब गोलक ने आँखें घुमाते हुए कहा, "सूचना मिली है कि अर्जुन बारह वर्ष के वनवास पर निकला है और इस समय गंगा-द्वार के निकट ठहरा हुआ है। यह स्थान नागलोक के मुख्य द्वारों में से एक है। वहाँ से अर्जुन का अपहरण करके उसे नागलोक लाना कठिन नहीं होगा।"

कौरव्य को गोलक का सुझाव पसंद आया, किंतु वह पांडवों की शक्ति से भली-भाँति परिचित था। अर्जुन पर क्रोध उचित था, किंतु अर्जुन का अपहरण करके पांडवों से सीधी शत्रुता मोल लेना समझदारी नहीं थी। कौरव्य की उलूपी नाम की एक बुद्धिमान् कन्या थी। वह राज्य संबंधी कार्यों में प्राय: उलूपी का सुझाव लेता था। कौरव्य ने अर्जुन को बंदी बनाने तथा उसके संभावित परिणामों पर चर्चा के लिए उलूपी को बुलाया। उलूपी ने जैसे ही यह योजना सुनी तो वह भड़क उठी।

उलूपी बोली, "मैं मानती हूँ कि खांडव-दाह में अर्जुन द्वारा हमारे वंश को भारी क्षति हुई थी परंतु वह घाव पुराना हो गया है। उसे कुरेदकर फिर से हरा करना बुद्धिमानी नहीं है। अर्जुन के अपहरण से पांडवों की शक्ति अवश्य घट जाएगी, किंतु इससे नागों की शक्ति में वृद्धि नहीं होगी। हमें नागलोक के कल्याण के विषय पर बात करनी चाहिए। घाव प्रतिशोध से नहीं प्रेम से भरा जाता है। मैं पांडवों और नागों के बीच तनाव को बढ़ाने के पक्ष में नहीं हूँ। मेरे विचार से उस घटना को भूल जाना अच्छा है। पांडवों से शत्रुता बढ़ाने का कोई औचित्य दिखाई नहीं पड़ता..."

"शत्रुता बढ़ने या घटने का प्रश्न ही कहाँ है...पांडव और नाग तो पहले से ही शत्रु हैं!" गोलक ने बीच में टोका। "पांडवों का बड़ा भाई युधिष्ठिर दयालु और उदार है। यदि हम अर्जुन को बंदी बनाने में सफल हो गए तो पांडव निश्चित तौर पर कमजोर हो जाएँगे और मुझे विश्वास है कि हमारे दबाव में युधिष्ठिर पराजय स्वीकार कर लेगा। नागजाति के हाथों पांडवों की पराजय से संसार भर में नागजाति का परचम लहराएगा और खांडव वन में नष्ट हुई हमारी प्रतिष्ठा भी वापस मिल जाएगी।"

कौरव्य नागों का राजा अवश्य था, किंतु राज्य-प्रबंधन के मामलों में गोलक भी कम अनुभवी नहीं था। कौरव्य और उलूपी के कई बार कहने के बाद भी गोलक

अपने मत पर अडिग रहा। उसकी उपेक्षा करना कौरव्य और उलूपी दोनों के लिए कठिन हो गया। आखिर गोलक के जोर देने पर कौरव्य ने अर्जुन का अपहरण करके उसे बंदी बनाने का आदेश दे दिया। इतना ही नहीं, कौरव्य ने यह कार्य उलूपी को सौंपा। उलूपी ने पिता को प्रणाम किया और गंगा द्वार पर पहुँचकर अर्जुन की प्रतीक्षा करने लगी।

अर्जुन ने ज्यों ही स्नान के लिए नदी में डुबकी लगाई, उसे लगा जैसे कोई भँवर उसे पानी के भीतर खींच रहा था। अर्जुन ने बहुत हाथ-पैर मारे, लेकिन भँवर इतना तेज था कि गांडीव जैसे विराट धनुष को सहजता से धारण करने वाला अर्जुन भी उसकी जकड़ से बच नहीं सका। पानी के नीचे संघर्ष करना सहज नहीं होता। कुछ ही क्षण में थककर अर्जुन की आँखें बंद हो गईं। उसने जब दोबारा आँखें खोलीं तो सामने काले वस्त्र पहने एक अत्यंत आकर्षक युवती खड़ी थी। उसके लंबे घने केश कंधों पर झूल रहे थे और सिर पर रत्न-जड़ित मुकुट था, जिस पर नाग-चिह्न अंकित था।

अर्जुन कुछ क्षण कन्या को देखता रहा। फिर उसने पूछा, "देवी! आपकी वेश-भूषा राजसी है, परंतु पानी के नीचे यह कौन सा प्रदेश है? और मुझे इस तरह बलपूर्वक पानी के नीचे लाने का क्या कारण है?"

उलूपी ने अर्जुन को देखा तो उसके आकर्षक व्यक्तित्व से ऐसी प्रभावित हुई कि उसे कोई उत्तर नहीं सूझा। वह उसे एकटक देखती रही। अर्जुन को बाँधकर लाने वाली उलूपी स्वयं अर्जुन के आकर्षण-पाश में बँध गई थी। उलूपी की आँखों को देखकर कोई भी बता देता कि उसके मन में अर्जुन के लिए प्रेम अंकुरित हो चुका था, परंतु अर्जुन एक कन्या द्वारा अपहृत हो जाने से खिन्न था जबकि उलूपी उसे देखकर मुसकरा रही थी।

"मुसकराना बंद करो!" अर्जुन ने उलूपी को डपटते हुए कहा, "प्रश्न का उत्तर दो। तुम कौन हो? मुझे यहाँ क्यों लाई हो?"

अर्जुन का झल्लाहट-भरा स्वर सुनकर उलूपी गंभीर हो गई। वह बोली, "मेरा नाम उलूपी है। मैं ऐरावत वंशज नागराज कौरव्य की पुत्री हूँ। उन्होंने ही मुझे आपको नागलोक लाने का आदेश दिया था।"

"क्या कहा? मैं नागलोक में हूँ? तुम्हारे पिता से मेरा क्या वैर है, जो उन्होंने मेरा अपरहण करवाया है?" अर्जुन ने चकित होकर पूछा। खांडव-दाह की घटना और नागवंश को हुई क्षति अर्जुन की स्मृति से कदाचित् लुप्त हो चुकी थी।

"अर्जुन, तुम्हें याद होगा कि कुछ समय पूर्व तुमने श्रीकृष्ण के साथ मिलकर खांडव को जलाया था। उस दावानल में हमारे अनेक बंधु-बांधव नागवंशी मारे गए थे। नागों के साथ हुए उस अत्याचार से मेरे पिता के हृदय पर गहरा आघात लगा है। उसी का प्रतिशोध लेने के लिए तुम्हारा अपहरण किया गया है।" उलूपी ने एक श्वास में सब कह दिया।

"ओह! तो यह बात है!" अर्जुन ने ठंडी श्वास छोड़ी, "देखो, हमें खांडव-क्षेत्र में अपना राज्य स्थापित करने के लिए वन को साफ करना था और यह कार्य बिना वन को जलाए संभव नहीं था, परंतु हमने वन को जलाने से पूर्व खांडव के सभी पशु-पक्षियों से आग्रह किया था कि वे उस स्थान को छोड़कर अन्यत्र चले जाएँ, परंतु उन्होंने हमारी बात नहीं मानी। अंत में जब कोई विकल्प नहीं बचा तब हमें वन को जलाना पड़ा, जिसमें नागों समेत कई निर्दोष प्राणी मारे गए। वे हमारा आग्रह मान लेते तो उस दुर्घटना को टाला जा सकता था। फिर भी जो हुआ, हमें उसका दु:ख है।"

"यह अच्छी बात है अर्जुन कि तुम्हारे भीतर प्रमादवश हुई भूल को स्वीकार करने का साहस है," उलूपी ने कहा, "मैं भी तुमसे प्रतिशोध लेने के पक्ष में नहीं थी। मेरे विचार से घृणा और हिंसा से किसी समस्या का हल नहीं निकलता। मैं प्रेम की शक्ति में विश्वास करती हूँ। मैंने अपने पिता को भी समझाने का प्रयास किया था, किंतु उन्होंने मेरा अनुरोध स्वीकार नहीं किया। आखिर, उनके आदेश पर तुम्हें नागलोक लेकर आना ही पड़ा।"

यह सुनकर अर्जुन ने राहत की साँस ली। नागलोक जैसे खतरनाक स्थान पर नागराज की पुत्री का समर्थन मिलना किसी वरदान से कम न था! उसने धीमे से मुसकराते हुए कहा, "मैं तुम्हारी बुद्धिमत्ता एवं सहृदयता से प्रभावित हूँ और तुम्हारी दुविधा एवं विवशता दोनों को समझ सकता हूँ।"

अर्जुन से बात करते हुए उलूपी निरंतर उसकी सौष्ठव काया और आकर्षक व्यक्तित्व को निहार रही थी। उसके हृदय में प्रेम का बीज पड़ चुका था, किंतु परिस्थिति ऐसी थी कि उसके मनोभाव को अभिव्यक्ति का मार्ग नहीं मिल रहा था। उलूपी के मन से अर्जुन के प्रति उपजा शत्रुता का भाव प्रेम के रस में घुलकर समाप्त हो गया था, किंतु पिता के आदेश से बँधी उलूपी प्रेम और प्रण के बीच गोते लगा रही थी। वह यह भी जानती थी कि अर्जुन उसके विषय में क्या सोच रहा था। उलूपी के सौंदर्य पर समूचा नागलोक मुग्ध था, किंतु उसे पांडु-पुत्र अर्जुन की आँखों में तनिक भी आसक्ति पनपती नजर नहीं आई। अर्जुन की दृढ़ता देखकर उलूपी का

हृदय और जोर से धड़कने लगा। वह उसके आलिंगन के लिए मचल उठी। प्रेम की सबसे बड़ी विशेषता है कि एक बार वह हृदय में स्थान बना लेता है तो फिर किसी अन्य भाव के लिए स्थान शेष नहीं छोड़ता!

"मुझे तुमसे प्रेम हो गया है!" उलूपी के मुँह से अचानक निकला। अनायास हुई प्रेमाभिव्यक्ति पर उलूपी स्वयं चकित थी, "मैं तुम्हें बंदी बनाकर लाई थी किंतु तुम्हारे प्रेम ने स्वयं मुझे ही बंधक बना लिया है। तुम्हें पाने की इच्छा का त्याग करना अब मेरे लिए संभव नहीं है।"

नाग-कन्या के मुँह से प्रेमालाप सुनकर अर्जुन दुविधा में पड़ गया। उसे भीम और हिडिंबा का प्रसंग याद आ गया। दोनों प्रकरण कितने समान थे! हिडिंबा राक्षस-कन्या थी तो उलूपी नाग-कन्या। उधर हिडिंबा का प्रेम एकतरफा था तो इधर भी प्रेम की लौ केवल उलूपी के हृदय में ही प्रकाशित हुई थी। जिस तरह रात्रि के अंधकार में घने वन के बीच राक्षस-कन्या हिडिंबा का प्रस्ताव अस्वीकार करना जानलेवा हो सकता था, उसी तरह पानी के नीचे नागलोक में उलूपी के प्रेम-प्रस्ताव की उपेक्षा से भी अर्जुन के प्राण जा सकते थे। भीम की तरह अर्जुन को भी सावधानी से काम लेना था। वह डरा हुआ था, किंतु उलूपी के दबाव में कोई निर्णय नहीं लेना चाहता था।

"राजकुमारी, 'प्रेम' शब्द का प्रयोग इतनी सहजता और स्वच्छंदता से मत करो!" अर्जुन ने कहा, "किसी स्त्री अथवा पुरुष की इच्छा को जाने बिना उसके समक्ष प्रेम की अभिव्यक्ति करना उचित नहीं होता।" यह कहते हुए अर्जुन की कनपटी की नसें फड़क रही थीं। उलूपी ने अर्जुन के चेहरे पर भय देख लिया था।

"अर्जुन, तुम घबराओ मत। मैं तुमसे सहमत हूँ," उलूपी ने सिर झुकाते हुए कहा, "परंतु प्रेम तर्क से ऊपर होता है। वह हृदय में प्रवेश करने से पूर्व उसका द्वार नहीं खटखटाता···अनुमति भी नहीं लेता···वह बस, भीतर आ जाता है। और फिर जब तक सामने वाले व्यक्ति से अपने मन की बात कही नहीं जाएगी, तब तक प्रस्ताव के स्वीकार या अस्वीकार किए जाने का प्रश्न ही कहाँ उठता है? स्वीकृति अथवा अस्वीकृति भी तो अभिव्यक्ति के उपरांत ही संभव है। तुम्हें नागलोक न लाती तो अपने मन की बात कैसे कहती?"

"परंतु उलूपी, मन की बात कह देना पर्याप्त नहीं होता!" अर्जुन सहज बने रहने का हर संभव प्रयास कर रहा था। "तुम नाग-कन्या न होतीं तो यह संबंध कदाचित् संभव हो जाता परंतु···मनुष्य और नाग···यह कैसे हो सकता है?" यह

कहते हुए अर्जुन को पुनः भीम और हिडिंबा का ध्यान आ गया। उनका विवाह भी ऐसा ही असमान और विचित्र संयोग था।

अर्जुन की बात सुनकर उलूपी क्षण भर को मौन हो गई। फिर उसे लगा कि अर्जुन उसके मौन का यह आशय न समझ ले कि उलूपी ने उसकी बात मान ली थी। वह अर्जुन को खोना नहीं चाहती थी। उलूपी ने एक कदम आगे बढ़ाया और अर्जुन के और निकट आ गई। अब वह उलूपी की श्वास की गरमाहट को अपने चेहरे पर महसूस कर सकता था।

उलूपी ने अर्जुन की आँखों में देखते हुए निर्भीकता से कहा, "अर्जुन, मैंने तुम्हें नदी में स्नान करते देखा तभी मेरे भीतर तुम्हारे प्रति वैर का भाव समाप्त हो गया था। तुम्हारे प्रभावशाली रूप एवं व्यक्तित्व को देखकर मुझे लगा कि मैं चाहकर भी तुमसे दूर नहीं रह सकती। नागलोक में तुम्हें मुझसे अधिक सुंदर कन्या नहीं मिलेगी। मुझे विश्वास है कि मेरे साथ रहकर तुम्हारे जीवन में आनंद के पुष्प पल्लवित हो उठेंगे…" उलूपी निरंतर बोलती जा रही थी।

"शांत हो जाओ, उलूपी!" अर्जुन को उलूपी को रुकने का संकेत करना पड़ा। उलूपी के प्रेम को देखते हुए अर्जुन का खोया साहस लौट आया। अचानक उसका चेहरा कठोर हो गया। वह दृढ़ स्वर में बोला, "उलूपी, तुम्हें समझना चाहिए कि हम दोनों भिन्न प्रजाति के हैं। हमारे बीच किसी तरह का कोई संबंध स्थापित नहीं हो सकता। बेहतर होगा कि तुम मुझे भूल जाओ और जहाँ से लाई हो वहीं वापस पहुँचा दो।"

यद्यपि अर्जुन का स्वर कठोर और भाव निष्ठुर था, किंतु उलूपी अर्जुन के प्रेम में आकंठ डूब चुकी थी और पांडु-पुत्र को पाना ही मानो अब उसके जीवन का अंतिम ध्येय था। वह अर्जुन के और समीप आ गई और बोली, "यदि मन एक-दूसरे से मिल चुका तो प्रजाति भिन्न होने से क्या होता है? मैं तुम्हारे संग समस्त जीवन व्यतीत करने को तत्पर हूँ। क्या तुम्हें नहीं लगता कि पुरानी शत्रुता को जड़ से मिटा देने का यह एक उचित तरीका भी है और अवसर भी? मेरी आँखों में देखो अर्जुन, क्या तुम्हें इनमें लेशमात्र भी वैर अथवा अहित का भाव दिखता है? क्या तुम मेरे नेत्रों में उभर आए गुलाबीपन का अर्थ नहीं समझते? मेरे तन की सुगंध तुम्हें व्याकुल नहीं करती? क्या तुम्हें मेरे अधरों का रसपान करने की इच्छा नहीं?"

उलूपी पर काम पूर्ण रूप से हावी हो गया था। फिर भी उसके स्वर में इतना स्नेह और अपनत्व था कि अर्जुन के हृदय की धड़कन जैसे रुक-सी गई। वह स्वयं को उलूपी के मोहपाश में फँसने से रोक रहा था। वह उलूपी से कहना चाहता था

कि वह विवाहित है और उसकी पत्नी द्रौपदी उसकी प्रतीक्षा कर रही है, परंतु उलूपी के आकर्षक रूप और चुंबकीय व्यक्तित्व ने अर्जुन के होंठ सिल दिए थे।

"हाँ···मैं चाहता···मेरा मतलब है···" अर्जुन हकलाने लगा, "···मैं ऐसा नहीं कर सकता···"

"श्‍श्‍श!" उलूपी ने दाएँ हाथ की तर्जनी, अर्जुन के होंठों पर रखते हुए उसे शांत कर दिया। दोनों इतना निकट आ चुके थे कि वायु को भी उनके बीच से निकलने के लिए संघर्ष करना पड़ता! उलूपी के तन की मादक सुगंध से अर्जुन का सिर घूमने लगा। उलूपी अपनी अंगुली को अर्जुन के होंठों पर धीरे से फेरते हुए बोली, "मेरे प्रेम-प्रस्ताव को अस्वीकार करके मेरा मेरा हृदय न तोड़ो, प्रिये! मुझे 'ना' सुनने की आदत नहीं है। मैं तुम्हारे हृदय में प्रेम के स्पंदन को महसूस कर सकती हूँ और मुझे यह भी पता है कि तुम्हारा पौरुष जाग्रत् हो चुका है!"

अर्जुन ने ज्यों ही उलूपी की आँखों में देखा उसका तन और मन दोनों पर से नियंत्रण छूट गया। उलूपी ने अर्जुन को कुछ कहने का अवसर ही नहीं दिया। अगले ही क्षण उसने अर्जुन के गले में बाँहें डाल दीं और उसके होंठों पर अपने होंठ रख दिए।

उलूपी का उन्मुक्त काम-प्रदर्शन देखकर अर्जुन अचंभित था, किंतु कामेच्छा, ऐसा पंछी है, जो एक बार नियंत्रण के पिंजरे से निकल जाए तो फिर लौटकर वापस नहीं आता! उलूपी का स्वेच्छा से स्वयं को समर्पित करने का भाव देखकर अर्जुन के होंठ सूखने लगे। उसने जीभ फेरकर होंठों की शुष्कता को दूर करने का दुर्बल प्रयास किया, परंतु उलूपी के लिए यह भी संकेत ही था। वह तुरंत आगे बढ़ी और अर्जुन से लिपट गई। अर्जुन ने उलूपी को दूर हटाने का एक प्रयास किया, परंतु उसके भीतर साधना और एकपत्नीव्रत की अग्निशिखा उलूपी की प्रेम-वर्षा में भीगकर तत्काल बुझ गई! नाग-कन्या के प्रेम-पाश में बँधा अर्जुन संयम खो बैठा और दोनों एक-दूसरे के आलिंगन में कुछ क्षण बँधे खड़े रहे। फिर अचानक अर्जुन चौंककर दूर हट गया।

"उलूपी, मूर्खता मत करो!" अर्जुन को सहसा क्रोध आ गया। "पता नहीं कैसे, मैं नियंत्रण खो बैठा और···नहीं, यह गलत है!"

"प्रेम और युद्ध में कुछ गलत नहीं होता!" उलूपी ने अर्जुन की बात काट दी। "और यह तो तुम भी मानोगे कि तुम्हें भी मुझसे प्रेम हो गया है!"

"मुझे···प्रेम···और तुमसे?" अर्जुन हड़बड़ा गया, "मैंने ऐसा कब कहा? तुमने यह कैसे मान लिया कि एक मनुष्य किसी नाग-कन्या से···"

"अर्जुन! एक शब्द भी और न कहना!" उलूपी का स्वर ऊँचा हो गया। अर्जुन को खो देने का भय क्रोध और खीज में बदल चुका था। "मेरा प्रेम सच्चा है। यह मत भूलो कि तुम पृथ्वीलोक पर नहीं, अपितु नागलोक में हो। यहाँ तुम्हारे गलत निर्णय का परिणाम भयावह हो सकता है!" उलूपी की आँखों में हरापन चमकने लगा था, जो यह बता रहा था कि उसके भीतर नाग-प्रवृत्ति सक्रिय होने लगी थी। यह अर्जुन के लिए चेतावनी थी।

अर्जुन के भीतर काम का आवेग उसे अत्यंत खतरनाक स्थिति में ले आया था। उसे जब तक अपनी मूर्खता का अहसास हुआ तब तक देर हो चुकी थी। उन्माद के एक क्षण ने अर्जुन को उसके मार्ग और ध्येय दोनों से भटका दिया था। वह इस समस्या से बाहर निकलने का मार्ग सोचने लगा। अर्जुन की प्रतिक्रिया से उलूपी के हृदय को गहरा आघात पहुँचा था और उस घाव को केवल चतुराई और वाक्पटुता के मरहम से ही भरा जा सकता था।

अर्जुन सँभल गया। फिर उसने कहा, "तुम गलत समझ रही हो···तुम बहुत सुंदर हो, परंतु समस्या यह है कि हम दोनों कैसे···"

"तुम सोचते बहुत हो!" उलूपी ने शरारत-भरी आँखों से अर्जुन की ओर देखा। उसका सारा ध्यान अर्जुन को अपना बनाने पर केंद्रित था। "दोनों कैसे··· अर्थात् नाग-कन्या का विवाह मनुष्य के साथ कैसे होगा···यही ना?"

"नहीं···हाँ···मेरा मतलब···हाँ," अर्जुन घबराकर बोला, "मैं यही सोच रहा था।" दरअसल, अर्जुन मन में भीम और हिडिंबा का प्रकरण भूलने की चेष्टा कर रहा था, क्योंकि उसकी यह कहानी भी ठीक उसी दिशा में बढ़ रही थी।

"···वैसे ही जैसे तुम्हारे भाई भीम और राक्षस-कन्या हिडिंबा का हो गया!" उलूपी के मुख से हिडिंबा का सुनकर अर्जुन अवाक् रह गया। वह अब तक यही सोच रहा था कि उलूपी को भीम और हिडिंबा के विषय में जानकारी नहीं होगी, परंतु अर्जुन का सोचना गलत था।

"तुम हिडिंबा और भीम के विषय में कैसे जानती हो?" अर्जुन का प्रश्न स्वाभाविक था।

"तुम भूल रहे हो कि मैं नागराज कौरव्य की पुत्री हूँ," उलूपी ने गर्व से गरदन तानते हुए कहा, "वन में तुम्हारी भेंट हिडिंबा से हुई थी, उस वन में भी बड़ी संख्या में नागजाति का वास है और तुम लोगों की तरह हमारे भी गुप्तचर होते हैं। केवल उस वन में ही नहीं, अपितु समूचे संसार में जहाँ-जहाँ नागों का वास है, वहाँ का हर छोटा-बड़ा समाचार नागलोक पहुँचता है। मैं यह भी जानती हूँ कि हिडिंबा के

भाई को मारने के बाद तुम्हारे भाई भीम ने भी हिडिंबा से विवाह का प्रस्ताव इसी तर्क पर अस्वीकार करना चाहा था कि वे दोनों भिन्न प्रजातियों के हैं, परंतु फिर भीम ने हिडिंबा से विवाह कर ही लिया। इसलिए मेरा सुझाव है कि तुम भीम की तरह तर्क-वितर्क न करो और मेरा प्रस्ताव मानकर मुझसे विवाह कर लो। वैसे भी नागलोक के निवासी तुमसे शत्रुता रखते हैं···मुझे नहीं लगता कि ऐसी स्थिति में मेरा विरोध करके तुम यहाँ से सुरक्षित लौट पाओगे!"

उलूपी ने अर्जुन को सीधे तौर पर धमकी दी थी। अर्जुन सकपका गया। नाग-कन्या ने उसे बातों में घेर लिया था। गहरे पानी की ठंडक में भी घबराहट के मारे अर्जुन का शरीर गरम होने लगा। उलूपी से बचना कठिन होता जा रहा था। उलूपी ने अर्जुन की घबराहट देखी तो वह रुख बदलकर मधुर आवाज में बोली, "अर्जुन, तुम्हें नागलोक में किसी वस्तु का अभाव नहीं होगा। तुम यहाँ मेरे साथ सुखी रहोगे। मैं अविवाहित भी हूँ···"

"परंतु उलूपी, मैं तो विवाहित हूँ!" अर्जुन ने उलूपी की बात काटते हुए कहा। "पंचाल की राजकुमारी द्रौपदी मेरी पत्नी है। वह अत्यंत सुंदर और निष्ठावान है।"

"हा! हा!!" उलूपी जोर से हँसी और अर्जुन की ओर सहानुभूति से देखते हुए बोली, "क्या तुम उसी निष्ठावान द्रौपदी की बात कर रहे हो, जो एक-दो नहीं, अपितु पाँच-पाँच पतियों के साथ रहती है?"

उलूपी के कटाक्ष-बाण ने अर्जुन के हृदय को भीतर तक बींध दिया। "यह सत्य है," वह बोला, "कि द्रौपदी हम पाँचों भाइयों की पत्नी है, परंतु उसे स्वयंवर में तो केवल मैंने जीता था!" अर्जुन के स्वर में विजय का पुट था, किंतु हर्ष का अभाव भी झलक रहा था। "जो हुआ वह विधि का विधान था, किंतु तुम्हें द्रौपदी के चरित्र और निष्ठा को इस तरह कलंकित करने का अधिकार नहीं है।"

अर्जुन को गंभीर मुद्रा में देखकर उलूपी अपने स्वर को संयत करते हुए बोली, "यदि तुम्हें मेरी बात से कष्ट हुआ है तो मैं क्षमा चाहती हूँ। मेरा आशय केवल यही था कि अगर द्रौपदी अकेली स्त्री होकर पाँच पतियों के साथ रह सकती है तो तुम्हें दो पत्नियों का पति बनने में क्या आपत्ति है? भूपतियों के लिए एक से अधिक विवाह करना नई बात तो नहीं! फिर हमारे संबंध से एक लाभ यह भी होगा कि हमारी भावी संतान नागवंश और पांडु-वंश को एक सूत्र में बाँध देगी। यदि किसी एक कार्य को करने से अनेक प्रयोजन सिद्ध होते हों तो ज्ञानीजन उसे करने में सोच-विचार नहीं करते।"

उलूपी का तर्क अकाट्य था। उसने अर्जुन की आँखों में पराजय के भाव को पढ़ लिया। वह समझ चुकी थी कि अर्जुन के पास कहने को अब अधिक कुछ नहीं था। वह अर्जुन के व्यथित हृदय को सांत्वना देने के बहाने आगे आई और बोली, "मेरी आँखों में देखो, अर्जुन! मेरा हृदय तुम्हारे लिए तड़प रहा है। मुझे स्वीकार कर लो। मैं आजीवन तुम्हारी दासी बनकर तुम्हारी सेवा करूँगी।"

अर्जुन उलूपी की बातों में बुरी तरह उलझा हुआ था कि तभी उसे ध्यान आया कि वनवास पर जाते समय श्रीकृष्ण ने उसे यथासंभव मैत्री संबंध स्थापित करने का सुझाव दिया था। इस दृष्टिकोण से नागवंश के साथ मैत्री स्थापित करने का यह बहुत अच्छा अवसर था।

खांदव-दाह के बाद पांडव और नाग जाति के बीच अनावश्यक तनाव हो गया था। पांडवों द्वारा स्थापित इंद्रप्रस्थ राज्य की नींव भी अभी नई थी। कौरवों और पांडवों के बीच कटु संबंध किसी से छिपे नहीं थे। भविष्य में दुर्योधन द्वारा पांडवों को मारने या उनका राज्य हथियाने का कुचक्र रचे जाने की संभावना को नकारा नहीं जा सकता था। भूमि को लेकर भविष्य में युद्ध भी हो सकता था। ऐसी स्थिति में अधिकाधिक राजवंशों के साथ मित्रता और मधुर संबंध स्थापित करना पांडवों के हित में था। इस दृष्टि से युद्धनीति भी यही कहती है कि शत्रु के मित्र बन जाने से बड़े संकट टल जाते हैं।

चूँकि विवाह की पहल उलूपी की ओर से हुई थी, इसलिए अर्जुन के लिए नागजाति से मित्रता करने का यह अवसर सुनहरा भी था और कदाचित् अंतिम भी। उलूपी स्वयं कह चुकी थी कि राजाओं की एक से अधिक पत्नियाँ होना सामान्य बात है। इसलिए अर्जुन ने सोचा, उलूपी के साथ विवाह करके यदि भविष्य में सुरक्षा का मार्ग प्रशस्त होता हो तो द्रौपदी को इस संबंध से न आपत्ति होनी चाहिए और न ही दुःख! और इस तरह अर्जुन ने स्वयं ही अपने डरे हुए मन को समझा-बुझाकर शांत कर लिया। वह उलूपी को देखकर मुसकरा दिया। उलूपी तत्काल समझ गई कि अर्जुन उससे विवाह के लिए तैयार था। उलूपी के अधरों पर मीठी-सी मुसकान आ गई और उसका मुरझाया चेहरा हर्ष और सफलता के भाव से खिल उठा। उसने दोनो बाँहें अर्जुन के गले में डालीं और उसे धीरे से चूम लिया।

"चलो अर्जुन! अब मैं तुम्हें अपने पिता से मिलवाती हूँ। मुझे विश्वास है कि उन्हें भी तुमसे मिलकर प्रसन्नता होगी।" उलूपी ने अर्जुन का हाथ पकड़ते हुए कहा।

"परंतु तुम्हारे पिता ने तो मुझे बंदी बनाने का आदेश दिया था," अर्जुन ने आश्चर्य से कहा, "वह मुझसे मिलकर भला प्रसन्न क्यों होंगे? बल्कि मेरे विचार से

वे तुमसे भी नाराज हो जाएँगे, क्योंकि तुमसे जो करने को कहा गया था, तुमने ठीक उसके विपरीत कार्य किया है!"

"उसकी चिंता तुम मत करो। मैं सब सँभाल लूँगी," उलूपी का आत्मविश्वास देखते ही बनता था। "मेरे पिता मुझसे बहुत प्रेम करते हैं। वे पहले अवश्य विरोध करेंगे, परंतु मुझे पता है कि अंत में उन्हें मेरी इच्छा को स्वीकार करना ही पड़ेगा। पिता के लिए उसकी पुत्री की खुशी से अधिक अनमोल और क्या हो सकता है!"

उलूपी का उत्साह देखकर अर्जुन मुसकराया और उलूपी के साथ कौरव्य से मिलने चल पड़ा। दोनों नागराज के राजदरबार में पहुँच गए।

अर्जुन ने नाग-सभा के ऐसे भव्य रूप की कल्पना नहीं की थी। वह हतप्रभ था कि नागलोक के पुरुष जहाँ बीभत्स दिखते थे, वहीं नाग-कन्याएँ अत्यंत कामुक और सुंदर थीं। स्त्री हो या पुरुष सबने नाग-फण वाला शिरस्त्राण धारण किया हुआ था।

"आओ पुत्री!" उलूपी को देखते कौरव्य ने हर्षित स्वर में कहा, "हम तुम्हारी ही प्रतीक्षा कर रहे थे।" फिर उसकी दृष्टि उलूपी के पास खड़े अर्जुन पर पड़ी। "क्या यही अर्जुन है?" अर्जुन की बलिष्ठ काया, चौड़ी छाती, वृषभ जैसे कंधे देखकर यह अनुमान लगाना कठिन नहीं था।

"जी, पिताश्री! यही अर्जुन है," उलूपी ने धीमे से मुसकराते हुए मंद स्वर में उत्तर दिया, "मैं आपकी आज्ञानुसार पांडव राजकुमार अर्जुन को ले आई हूँ।" फिर वह अर्जुन की ओर स्नेहपूर्वक देखने लगी। अर्जुन भी उलूपी के मनमोहक नेत्र-सरोवर में गोते लगा रहा था।

परंतु उन दोनों के मध्य चल रहा मौन प्रेम-व्यवहार नागलोक के महामंत्री गोलक को अच्छा नहीं लगा। कुछ क्षण प्रतीक्षा करने के उपरांत उसके धैर्य का बाँध ढह गया। उसने समस्त नागजाति का क्रोध उड़ेलते हुए कहा, "उलूपी, यह क्या हो रहा है? तुम्हारे पिता ने तुम्हें इस दुष्ट को बंदी बनाकर लाने का आदेश दिया था, परंतु तुम्हारी जिन आँखों में अर्जुन के लिए घृणा होनी चाहिए थी, मुझे वे आँखें प्रेम से सराबोर दिख रही हैं। मत भूलो, इसी अर्जुन ने खांडव में हमारे निर्दोष बंधु-बांधवों को निर्ममता से मार डाला था।"

"चुप रहो, गोलक!" उलूपी चिल्लाई। उसकी प्रतिक्रिता देखकर गोलक का मुख आश्चर्य से खुला रह गया। "तुम कैसे मंत्री हो, जो यह नहीं जानते कि हर समस्या को झगड़े से नहीं सुलझाया जाता। वैर और घृणा अपनी जगह हैं किंतु उनके घाव केवल प्रेम एवं सद्भाव के मरहम से भरे जा सकते है। कई बार नए संबंध

स्थापित करने के लिए पुराने मतभेद भूलने पड़ते हैं और आवश्यकता हो तो शत्रु को क्षमादान भी देना पड़ता है। यही नीति है।"

"तुम किसके साथ संबंध स्थापित करने की बात कर रही हो, उलूपी?" कौरव्य ने स्थिति को सँभालने का प्रयास किया।

"अर्जुन के साथ!" उलूपी ने निस्संकोच कह दिया, "मैंने आपके कहने से अर्जुन को बंदी तो बना लिया किंतु इसने खांडव-दाह का कारण विस्तार से बताया और यह उस भूल के लिए क्षमा भी माँग चुका है और मैंने भी नागलोक की राजकुमारी की हैसियत से इसे क्षमा कर दिया है।"

कौरव्य को यह सुनकर विश्वास नहीं हुआ। वह चकित दृष्टि से उलूपी और अर्जुन को देखता रहा। समस्त दरबारी भी उलूपी के व्यवहार से चकित थे। उनके सामने वह पुरुष खड़ा था, जिसने उनके असंख्य मित्र-संबंधियों को खांडव में मौत के घाट उतार दिया था। ऐसे व्यक्ति के लिए मृत्युदंड के अलावा किसी भी अन्य प्रकार का विचार ही करना अस्वाभाविक था, परंतु नागलोक के अपराधी अर्जुन को राजकुमारी उलूपी ने न केवल क्षमादान दे दिया था अपितु वह उसकी ओर आकर्षित भी हो गई थी।

"तुम्हारा दिमाग खराब हो गया है क्या?" कौरव्य स्वयं को रोक नहीं पाया। "अर्जुन नागवंश का अपराधी है और उसे नागवंश की हत्या के जघन्य अपराध के लिए केवल मृत्युदंड दिया जा सकता है। हम नागवंशी, स्त्री-पुरुष में भेद नहीं करते, इसलिए तुम केवल नागलोक की राजकुमारी ही नहीं, अपितु विशाल नाग-साम्राज्य की उत्तराधिकारी भी हो। अत: नागलोक के प्रति तुम्हारा कर्तव्य, अपने व्यक्तिगत जीवन और निजी आकांक्षाओं से ऊपर होना चाहिए।" कौरव्य की आँखों में क्रोध झलकने लगा था।

"मैंने आपको अभी यह तो बताया ही नहीं कि मैंने अर्जुन से विवाह करने का भी निश्चय कर लिया है!" उलूपी ने आखिर अपने मन की बात कह डाली, परंतु उलूपी के इन शब्दों ने कौरव्य के क्रोध को ऐसे भड़का दिया जैसे अग्नि-कुंड में घृत की धार लपटों को भड़का देती है।

"यह असंभव है!" कौरव्य के होंठ काँपने लगे और उसकी आँखें रक्तिम-हरित वर्ण की हो गईं।

"किंतु पिताजी, मैं अपने हृदय को कैसे समझाऊँ, जो अब अर्जुन को छोड़कर किसी अन्य पुरुष के लिए कदाचित् कभी नहीं धड़क सकेगा?" उलूपी की आँखों से आँसू टपकने लगे। वह पूर्ण रूप से अर्जुन पर आसक्त हो चुकी थी। कोई पिता

अपनी पुत्री को रोता नहीं देख सकता। कौरव्य के मुख पर क्रोध का स्थान दुःख ने ले लिया।

"पुत्री, मैं पिता होने के नाते तुम्हारी पीड़ा समझ सकता हूँ," कौरव्य बोला। "परंतु पिता से पहले मैं नागों का राजा हूँ। यह नाग-परंपरा है कि हम अन्याय का प्रतिशोध लिए बिना चैन से नहीं बैठ सकते। जिसने अपने शत्रु को क्षमा कर दिया, वह और चाहे जो भी हो, किंतु नाग नहीं हो सकता! मैं केवल तुम्हारी खुशी के लिए नागवंश की परंपरा को कलंकित नहीं कर सकता। अर्जुन पर नागवंशियों की हत्या का आरोप है। उसे इसका दंड तो अवश्य मिलेगा।"

"मैं नागलोक के नियम और नागवंशियों की परंपराओं को अच्छी तरह जानती हूँ," उलूपी ने भी हार न मानने का निश्चय कर लिया था, "परंतु आपने यह नियम मस्तिष्क से बनाए हैं। मैं आपसे पूछती हूँ कि क्या आपने आज तक एक भी नियम हृदय के स्पंदन को ध्यान में रखकर बनाया है? नहीं! आपने कभी ऐसा कोई नियम नहीं बनाया। क्या आप बता सकते हैं कि सर्पों के जीवन में शांति के लिए इतनी कम जगह क्यों रखी गई है? क्यों नागों के नवजात बच्चों को अंडों से निकलते ही प्रतिशोध और वैमनस्य का प्रशिक्षण दिया जाता है? क्यों नहीं उन्हें यह सिखाया जाता कि विष का वमन हर समस्या का समाधान नहीं है?"

"परंतु अर्जुन ने नागवंश को जो क्षति पहुँचाई है, वह हम कैसे भूल जाएँ?"

"खांडव-दाह में नागों के साथ और भी अनेक पशु-पक्षी झुलसकर मारे गए थे, किंतु अर्जुन कह चुका है कि उन्होंने वन को जलाने से पहले सभी को वह स्थान छोड़ने के लिए समय दिया था, किंतु जब उनकी बात नहीं मानी गई तब उन्होंने वन में आग लगाई थी। दुर्घटना की कटु स्मृति को आत्मीयता की मिठास से दूर किया जा सकता है। प्रतिशोध और दंड तो कटुता में केवल वृद्धि ही करेंगे। इसलिए मेरा अब भी यही मानना है कि हमें मिलकर नागों और पांडवों के बीच शत्रुता का अंत करने का प्रयास करना चाहिए और अर्जुन का नागलोक में आगमन इस प्रयास की दिशा में पहला कदम है और मैं आपसे यह भी कह चुकी हूँ कि मैं अर्जुन से प्रेम करती हूँ और इसके सिवा किसी अन्य पुरुष से विवाह नहीं करूँगी।"

"उलूपी, मैं अर्जुन को दंड देने पर विचार कर रहा हूँ और तुम इसके साथ विवाह का प्रस्ताव लाई हो?"

"क्षमा कीजिए, किंतु यदि आपको लगता है कि कुंती-नंदन अर्जुन को दंड देकर नागवंश सुरक्षित रह सकेगा तो यह आपकी भूल है! नागलोक में इतना सामर्थ्य नहीं है कि वह पांडवों के क्रोध का सामना कर सके। यह भी ध्यान रखिए कि

वासुदेव कृष्ण को अर्जुन अति प्रिय है और यदि आपने अर्जुन को किसी भी तरह का दंड देने का प्रयास किया तो नागलोक को कृष्ण के कोप और पांडवों के आक्रमण से कोई नहीं बचा सकता!"

उलूपी ने एक तीर से दो शिकार किए थे। उसने अर्जुन को दंड देने के भावी परिणाम बताकर कौरव्य को उसके निर्णय पर पुनर्विचार करने पर बाध्य कर दिया था और साथ ही, उसने अर्जुन से विवाह के अपने निश्चय को सार्वजनिक करके पांडव और नागवंश के बीच वैर के सभी द्वार बंद कर दिए थे।

"मनुष्य और नागों के बीच संबंध कैसे संभव हो सकता है पुत्री?" कौरव्य ने चिंता व्यक्त की।

"संबंध के लिए केवल इच्छा चाहिए!" उलूपी के पास हर सवाल का जवाब था। "आप नागलोक के राजा हैं। राज्य-व्यवस्था स्थापित करने के लिए आप राजा की हैसियत से जो चाहें वह कर सकते हैं, किंतु मेरा हृदय आपके राज्य का प्रांत नहीं, जिसका अधिकार आप जिसे चाहेंगे, सौंप देंगे। मैं विवाह किससे करूँगी, इसका निर्णय केवल मेरा होगा और उस निर्णय का परिणाम भी! जिस दिन मुझे लगेगा कि मेरे इस निर्णय से नागलोक पर कोई संकट आ सकता है, उस दिन आपको कुछ कहना नहीं पड़ेगा। मैं स्वयं ही इस लोक को त्यागकर चली जाऊँगी फिर भले ही इसका मूल्य मुझे अपने प्राण देकर क्यों न चुकाना पड़े!"

"तुम चाहती क्या हो?" कौरव्य ने पूछा।

"अपना वर चुनने का अधिकार!" उलूपी ने स्पष्ट उत्तर दिया। "यदि अन्य लोकों में स्त्री को अपना जीवनसाथी चुनने का अधिकार है तो नाग-कन्याओं को इस अधिकार से वंचित क्यों रखा गया है? हमें भी अपने जीवन के इस महत्त्वपूर्ण निर्णय को स्वयं लेने का अधिकार मिलना चाहिए।"

दरबार में उपस्थित नाग-कन्याएँ, चकित आँखों से उलूपी को देख रही थीं। नागों के इतिहास में पहली बार सार्वजनिक रूप से स्त्रियों के अधिकार की बात उठाई गई थी। वे सब हर्षित, किंतु दबे स्वर में उलूपी की प्रशंसा कर रही थीं और मन-ही-मन चाह भी रही थीं कि महाराज कौरव्य उलूपी का प्रस्ताव स्वीकार कर लें।

एक ओर नागलोक की राजसभा में एक नवीन स्त्री-समर्थक परंपरा की नींव रखी जा रही थी तो दूसरी ओर उसी राजसभा में उपस्थित पुरुष उलूपी के आत्मिक बल एवं मुखरता को देखकर हैरान थे। यहाँ तक कि अर्जुन ने भी उलूपी से ऐसे आक्रामक व्यवहार की अपेक्षा नहीं की थी। उलूपी की बात समाप्त नहीं हुई थी।

"पिताजी, आज आपके पास अवसर है कि आप कैसा उदाहरण प्रस्तुत करना चाहते हैं? आज आपका निर्णय तय करेगा कि आपको दमनकारी, पक्षपाती और स्त्री-विरोधी विचारधारा के लिए याद रखा जाएगा अथवा आने वाली पीढ़ियाँ आपका नाम एक निष्पक्ष और स्त्री-समर्थक राजा के रूप में लेंगी।"

उलूपी की बातें सुनकर कौरव्य मानो नींद से जाग उठा। नाग-राजसभा में पहली बार विद्रोह के ऐसे उग्र स्वर गूँजे थे। सभा सन्न थी। अब सबको कौरव्य के अंतिम निर्णय की प्रतीक्षा थी।

गोलक भी सदमे में था। उसके चेहरे का रंग फीका पड़ गया। उसने अपनी समस्त ऊर्जा नागलोक के राज-काज में लगाई थी। वह बीते अनेक वर्षों में कौरव्य का सबसे नजदीकी विश्वासपात्र बनकर उभरा था। नागलोक का महामंत्री नियुक्त किए जाने के बाद से उसकी ख्याति और शक्तियाँ निरंतर बढ़ती गईं। उसे आशा थी कि एक दिन इस निष्ठा और परिश्रम का पुरस्कार उसे अवश्य मिलेगा। यहाँ तक कि वह एकांत में उलूपी से विवाह करके नाग साम्राज्य पर शासन करने का स्वप्न भी देख चुका था, परंतु अर्जुन के आगमन से गोलक के हाथ से उलूपी और नागलोक दोनों निकलने वाले थे।

"यह पूर्णतः अनुचित है!" आखिर गोलक बोल पड़ा, "अर्जुन के कारण समस्त नागजाति ने घोर पीड़ा सहन की है। इस पीड़ा का प्रतिशोध लेना हमारी साधना का अंश रहा है। अचानक अर्जुन को दंड दिए बिना छोड़ देना मूर्खता होगी। यदि राजकुमारी उलूपी स्वेच्छा से विवाह करना चाहती हैं तो नागलोक में शक्तिशाली और योग्य नागपुरुषों का अभाव नहीं है। उलूपी को किसी नाग-पुरुष से ही विवाह करना चाहिए, क्योंकि नागलोक के हितों एवं महाराज की प्रतिष्ठा को अक्षुण्ण रखने का यही सर्वश्रेष्ठ उपाय है और यही नागलोक के हर निवासी का कर्तव्य भी है।" गोलक ने प्रत्येक शब्द का प्रयोग अत्यंत सावधानी से किया था। राज्य को पिता से पहले महत्त्व देकर गोलक ने पुनः अपनी निष्ठा सिद्ध करने का प्रयास किया था।

"गोलक!" उलूपी ने घूरकर महामंत्री की ओर देखा, "मैं तुम्हारे हर उद्देश्य से भली-भाँति परिचित हूँ। क्या मैं महाराज को बता दूँ कि तुम नागलोक के हित की आड़ में अपना कौन-सा हित सिद्ध करना चाहते हो?" फिर उलूपी ने गोलक की ओर देखते हुए राजसभा को संबोधित किया। "यहाँ उपस्थित सभी नाग अच्छी तरह समझ लें कि यदि मैं विवाह करूँगी तो केवल अर्जुन से! यदि किसी नाग-पुरुष ने मन में मुझसे विवाह करके नागलोक का राजा बनने की महत्त्वाकांक्षा पाल रखी हो तो उसे अभी, इसी क्षण त्याग दे!"

स्पष्ट था कि उलूपी को गोलक की चाल का पता था। गोलक झेंपकर शांत हो गया और गोलक के समर्पण करते ही कौरव्य का सबसे सशक्त अवलंब भी डगमगाने लगा। कौरव्य के पास उलूपी की बातों का कोई उत्तर नहीं था। उसके चेहरे पर छाए क्रोध के बादल छँटने लगे। पुत्री के सुखद भविष्य की कामना और पांडवों से वैर के दुष्परिणाम से उत्पन्न भय ने कौरव्य के मन में प्रतिशोध की ज्वाला को लगभग बुझा दिया था। आखिर कौरव्य ने उलूपी की इच्छा के समक्ष घुटने टेक दिए।

"मेरे विचार से उलूपी ठीक ही कहती है। शत्रुता को जीवन का आधार बनाना गलत है। समझौता और सामंजस्य जीवन में शांति और समृद्धि के प्रमुख स्रोत हैं। मैं नागलोक का राजा अवश्य हूँ परंतु मैं पिता के दायित्व से भी मुँह नहीं मोड़ सकता। मुझे नाग-योद्धाओं के रण-कौशल और पराक्रम पर तनिक भी संदेह नहीं है और मैं जानता हूँ कि हमारे योद्धा पांडवों से भय नहीं खाते, किंतु मैं उलूपी की इस बात से सहमत हूँ कि हमें अब वैमनस्य और घृणा के इस प्रकरण पर यहीं विराम लगा देना चाहिए। यदि नागों और पांडवों में युद्ध हुआ तो इसमें कोई आश्चर्य नहीं कि जो नाग खांडव की आग से बच गए थे, वे पांडवों की क्रोधाग्नि में अवश्य ही भस्म हो जाएँगे। इसलिए यदि उलूपी और अर्जुन के विवाह से इस विनाश को रोका जा सकता है तो मुझे इस संबंध से कोई आपत्ति नहीं है।"

इसके बाद कौरव्य ने अर्जुन को संबोधित किया, "हे महाबाहो! मैं आपके शौर्य, पराक्रम और निर्भीकता से परिचित हूँ। मेरे लिए राज्य-हित सर्वोपरि है, परंतु एक पिता का अपनी पुत्री के सुख का स्वप्न देखना भी तो गलत नहीं है, परंतु कोई अंतिम निर्णय लेने से पूर्व आपकी राय जानना आवश्यक है। क्या आपको मेरी पुत्री के साथ विवाह का प्रस्ताव स्वीकार है?"

यह अर्जुन के लिए निर्णायक क्षण था। वह सोच में पड़ गया। नागलोक की राजकुमारी उलूपी से विवाह के उपरांत पांडवों को नागजाति का आजीवन सहयोग मिलना निश्चित था। तभी अर्जुन को एक विचित्र स्पंदन महसूस हुआ। ऐसा लगा कोई उसके कान में कुछ कह रहा था। लेकिन क्या? और वह किसका स्वर था? फिर ध्यान देने पर अर्जुन ने पाया कि यह श्रीकृष्ण की आवाज थी। उसने चौंककर इधर-उधर देखा, किंतु वहाँ कोई नहीं था। फिर भी श्रीकृष्ण का स्वर लगातार उसके कानों में गूँज रहा था—'अर्जुन, किस सोच में पड़े हो? उलूपी से विवाह करना हर तरह से तुम्हारे हित में है। इसका पहला लाभ यह है कि तुम्हें नागों से आजीवन सहयोग प्राप्त होता रहेगा। दूसरा, कौरवों के साथ यदि भविष्य में युद्ध हुआ तो

उलूपी से होने वाली तुम्हारी संतान तुम्हारी सहायता करेगी। एक तीसरा लाभ भी है, जिसके विषय में मैं तुम्हें बता नहीं सकता। अभी के लिए इतना जान लो कि यह संबंध तुम्हारे लिए अनिवार्य है। इसलिए, उलूपी से विवाह को नियति का आशीर्वाद मानकर सहर्ष स्वीकार कर लो।' इसके बाद श्रीकृष्ण का स्वर, राजसभा में हो रहे शोरगुल में दब गया।

अर्जुन ध्यान से बाहर निकल आया और बोला, "नागराज! सर्वप्रथम तो मैं स्पष्ट कर देना चाहता हूँ कि मैंने और श्रीकृष्ण ने खांडव-दाह नागवंश को क्षति पहुँचाने के लिए नहीं, अपितु इंद्रप्रस्थ की स्थापना हेतु भूमि साफ करने के उद्देश्य से किया था। तथापि जो हुआ, उसका मुझे सचमुच दुःख है और मैं समस्त नागजाति से क्षमा-याचना के साथ हार्दिक संवेदना व्यक्त करता हूँ। मैं पांडवों की ओर से भविष्य में नागजाति के साथ मधुर संबंधों की भी कामना करता हूँ। यह सत्य है कि उलूपी मुझे बलपूर्वक नागलोक में लाई थी तो मुझे बहुत क्रोध आया था, परंतु इसकी बुद्धिमत्ता और मधुर स्वभाव ने मेरा मन मोह लिया है। मुझे उलूपी पसंद है। मैं इससे विवाह के लिए तैयार हूँ।"

अर्जुन ने बड़ी सावधानी से सब बातें कही थीं। उसके स्वर की मधुरता और अभिव्यक्ति की सौम्यता से प्रसन्न होकर कौरव्य ने तत्काल अर्जुन और उलूपी के विवाह की औपचारिक घोषणा कर दी, "उलूपी और पांडव राजकुमार अर्जुन के विवाह की तैयारी आरंभ की जाए! उसके उपरांत उलूपी भी अर्जुन के साथ अपने नए घर जा सकती है।"

तब अर्जुन बोला, "महाराज, आपका आदेश शिरोधार्य है, परंतु मैं वनवास पर निकला हूँ तथा उलूपी से विवाह के उपरांत मुझे अभी अनेक प्रदेशों की यात्रा करनी है, इसलिए मुझे खेद है कि मैं उलूपी को साथ नहीं ले जा सकूँगा।"

"और वनवास एवं मैत्री-अभियान पूर्ण हो जाने के बाद?" कौरव्य के अंदर का पिता अपनी पुत्री के अनिश्चित भविष्य के लिए चिंतित हो उठा, "उसके बाद तो उलूपी आपके साथ ही रहेगी ना?"

अर्जुन एक क्षण विचार करने के उपरांत बोला, "महाराज भारतवर्ष के मस्तक पर कुरुवंश गौरव का तिलक है और इस प्रभुत्वशाली वंश की प्रतिष्ठा को कायम रखना ही हम पांडवों का एकमात्र प्रयोजन है। हमारा जीवन बृहद् उद्देश्यों की पूर्ति को समर्पित है। हमें जीवन के सुखों और स्थूल कामनाओं के समक्ष सिर झुकाना नहीं सिखाया गया। इसलिए वनवास पूर्ण हो जाने पर भी मेरे ऊपर वैवाहिक सुख से कहीं अधिक महत्त्वपूर्ण और बड़े उत्तरदायित्व होंगे···"

“पांडुकुमार, यह आप क्या कह रहे हैं?” कौरव्य के मस्तक पर चिंता की रेखाएँ उभर आईं, “आपके बिना उलूपी का क्या होगा? यह जीवन भर अकेले कैसे रहेगी?” फिर उसने उलूपी से कहा, “पुत्री, तुमने सुना अर्जुन ने क्या कहा? क्या तुम अब भी···”

“हाँ, यह सुनने के बाद भी मैं अर्जुन ही से विवाह करूँगी!” उलूपी ने कौरव्य की बात सुने बिना ही कह दिया, “ऐसे भी मुझसे विवाह करके अर्जुन मनुष्य रहेगा और मैं नाग-कन्या। न यह हमारे जैसा बन सकता है और न हमें यह प्रयास करना चाहिए। इसलिए यह मान लेना ही अच्छा है कि यह आज नहीं तो कल चला ही जाएगा और हमें यह भी ध्यान रखना होगा कि अर्जुन स्वेच्छा से नागलोक नहीं आया था; यहाँ इसे बलपूर्वक लाया गया था। इसलिए विवाह के पश्चात् अर्जुन को सुरक्षित पृथ्वीलोक पहुँचाने का दायित्व भी हमारा है और यह कार्य मैं स्वयं करूँगी। मैं समझ रही हूँ कि मुझे जीवन का एक बड़ा भाग अर्जुन के वियोग में व्यतीत करना पड़ेगा। फिर भी अर्जुन के साथ प्रेम का एक क्षण बिताने के लिए मैं आजीवन वियोग की पीड़ा सहने को तैयार हूँ।”

प्रेम ऐसा जादुई भाव है, जो हृदय को अनिश्चितताओं से लड़ने के असीम आत्मविश्वास और अदम्य साहस से भर सकता है। वह ऐसा ज्योति-पुंज है, जिसके प्रकाश में गहनतम गह्वरों में भी मार्ग मिल जाता है। आखिर, उलूपी का हठ विजयी हुआ और उसने अर्जुन के साथ नाग-परंपरा के अनुसार विवाह कर लिया।

विवाह के कुछ सप्ताह बीत जाने के उपरांत एक दिन अर्जुन ने उलूपी से कहा, “प्रिये! बहुत दिन हो गए। अब मुझे लौटना चाहिए। अभी बहुत लंबी यात्रा शेष है और फिर मेरे भाई और द्रौपदी भी मेरी राह देखते होंगे।”

उलूपी की गोद में सिर रखकर लेटे अर्जुन के मुख से द्रौपदी का नाम सुनकर उलूपी के वक्ष पर जैसे आघात लग गया। प्रेम का एक अद्भुत व निराला स्वरूप यह भी है कि एक ओर किसी के व्याकुल हृदय को प्राप्ति के हर्षित भाव से भर सकता है तो किसी अन्य अकुलाए मन में लालसाजनित पीड़ा का संचार करने में भी सक्षम है। जिस क्षण उलूपी अर्जुन के प्रति अपरिमित प्रेम और आसक्ति में आकंठ डूबी हुई थी, उसी समय अर्जुन का मन अपनी प्राणवल्लभा द्रौपदी के वियोग से संतप्त हुआ उसकी स्नेह-स्मृतियों के सरोवर में गोते लगा रहा था।

उलूपी ने द्रौपदी के कारण मन पर लगी ठेस को छिपा लिया। उसके पास और विकल्प भी क्या था! उलूपी ने वचन दिया था कि वह स्वयं अर्जुन को पृथ्वीलोक

पहुँचाएगी। अगले दिन सुबह अर्जुन ने नागलोक छोड़ने की तैयारी कर ली और उलूपी ने भी अपना वचन पूरा किया। वह अर्जुन को लेकर उसी स्थान पर लौट आई जहाँ से उठाकर वह उसे नागलोक लाई थी। उलूपी और अर्जुन पानी से बाहर निकले तो उलूपी के अश्रुपूरित नेत्र अर्जुन को निहार रहे थे।

"मुझे तुम्हारी याद आएगी," अर्जुन ने उलूपी को बाँहों में भरते हुए कहा।

"यदि ऐसा है तो मुझे छोड़कर मत जाओ!" उलूपी ने बिना अर्जुन की ओर देखे कह दिया। उसे अर्जुन का उत्तर पता था।

"तुम जानती हो उलूपी यह संभव नहीं है," अर्जुन ने उलूपी के अनुमान की पुष्टि करते हुए कहा, "परंतु तुम्हारा प्रेम मेरे एकाकी क्षणों का सहारा बनकर सदा मेरे साथ रहेगा।"

"जाने से पहले तुम्हें एक बात और बताना चाहती हूँ," उलूपी ने कहा।

"कहो।"

"मैं गर्भवती हूँ!"

उलूपी ने सोचा कि वह अर्जुन को सहसा यह शुभ समाचार देगी तो वह उत्साहित हो जाएगा और संभव है कि पिता बनने की प्रसन्नता में अर्जुन नागलोक से जाने का विचार टाल दे और उन्हें साथ में रहने को कुछ और समय मिल जाए।

"ओह, उलूपी!" अर्जुन का मुख सचमुच प्रसन्नता से खिल उठा। वह आगे बढ़ा और उसने उलूपी को बाँहों में भर लिया, परंतु पांडवों के लिए उनका प्रण, उनका उद्देश्य ही सबकुछ था! फिर अर्जुन ने उलूपी को स्वयं से दूर कर दिया। "देखो उलूपी, नियति ने मेरे साथ कैसा विचित्र खेल खेला है! एक हाथ से मुझे पिता बनने का सौभाग्य दिया तो दूसरे से पति का अधिकार छीन लिया है। तुम्हारा पति होकर भी मैं तुम्हारे साथ नहीं रह सकता..."

उलूपी ने यह सुना तो उसके हृदय में जल रहा एकमात्र आशादीप बुझ गया। अर्जुन से अलग होना निश्चित था। उलूपी के सरस मन से एक हूक उठी और वह सिसककर अर्जुन की बलशाली भुजाओं में सिमट गई। पांडु-पुत्र अर्जुन की सौष्ठव काया और उसके स्नेहमयी आलिंगन की गरमाहट में उलूपी के मन में उपजी वियोग की कल्पना का दुःख क्षणिक तौर पर घुलकर विलीन हो गया।

फिर उलूपी ने अर्जुन से कहा, "कहते हैं कि पत्नी अपने पति का रक्षा-कवच होती है। ईश्वर न करे तुम पर कोई संकट आए, किंतु कभी ऐसा हुआ तो तुम्हें वचन देती हूँ कि मैं तुम्हारी सहायता के लिए अवश्य आ जाऊँगी।"

यह कहकर उलूपी मुड़ी और पानी की सतह पर चलती हुई आगे बढ़ने लगी। अर्जुन उसे जाते देखता रहा। फिर उलूपी ने अंतिम बार मुड़कर देखा और इसी के साथ अर्जुन की मनोरम छवि को अंतस में धारण करके उलूपी जलगत हो गई।

□

11

इरावान

एक ओर, अँधेरे की काली चादर ओढ़े समूचा नागलोक ऊँघ रहा था तो दूसरी ओर, वियोगजनित संताप की चादर बिछाए उलूपी अकेली अपने बिस्तर पर लेटी कक्ष की खिड़की से बाहर समुद्र में उठती-गिरती लहरों को ताक रही थी। नागलोक में समय बीत रहा था, किंतु उलूपी के जीवन की गति अर्जुन के जाने के बाद मानो थम-सी गई थी। उसे निरंतर प्रतीक्षा रहती कि कदाचित् किसी दिन अर्जुन उसे याद करता हुआ नागलोक आ जाए! इसी आशा की छाया में उलूपी का प्रसवकाल समाप्त हो गया, किंतु अर्जुन नहीं आया। और आखिर, एक दिन उलूपी ने एक तेजस्वी पुत्र को जन्म दिया। उसका नाम था—इरावान।

रात्रि का समय विचित्र होता है। उस समय कोई अपने प्रेमी के संग संयोग के स्वप्न-सागर में गोते लगाता है तो किसी के भाग्य में स्वप्न क्या, नींद भी नहीं होती! उलूपी की स्थिति कुछ ऐसी ही थी।

उलूपी बहुत देर से सोने का प्रयास कर रही थी, परंतु उसके पास लेटा नन्हा इरावान छोटे-छोटे हाथों से उलूपी के स्तनों पर लगातार चोट कर रहा था। उसके मुँह से धीमे-धीमे कुनमुनाने का व्याकुल स्वर उलूपी को सोने नहीं देता था। इरावान भूखा जो था! स्त्री जब माँ बनती है तो प्रकृति की दैवी शक्ति से उसके भीतर शिशु के मूक संकेत समझने का सामर्थ्य स्वत: विकसित हो जाता है। उलूपी को माँ बने अभी एक माह भी नहीं हुआ था, परंतु वह नवजात इरावान के समस्त संकेत सीख चुकी थी। इरावान को कब भूख लगती थी, कब उसे प्यास सताती थी, कब उसे अपनी माँ के आँचल में छिपकर सोना होता था और कब उसे रात्रि में सहसा उठकर खेलने की इच्छा होने लगती थी—यह सब उलूपी को पता था। उसने धीरे-से इरावान को अपने निकट खींचा और नन्हे इरावान को दूध

पिलाने लगी। होंठ पर माँ का स्तन और जिह्वा पर दूध की धार का स्पर्श पाते ही इरावान शांत हो गया।

उलूपी को भरोसा था कि दूध पीते-पीते इरावान को नींद आ जाएगी, इसलिए उसने भी आँखें बंद कर लीं, परंतु नवजात शिशुओं के संदर्भ में उनके माता-पिता के अनुमान प्राय: गलत सिद्ध होते हैं। दूध पीकर इरावान की क्षुधा तो शांत हो गई, किंतु नींद उससे अब भी कोसों दूर थी। उलूपी की आँख लगी ही थी कि इरावान ने फिर उलूपी के वक्ष और पेट पर नन्हे हाथ-पैर मारना आरंभ कर दिया। अब उसे माँ के साथ खेलना था! इरावान तो रात-भर जागकर फिर दिन में सो लेता था, किंतु उलूपी के दिन-रात जागते ही कट रहे थे।

अधिकतर नवजात बच्चों की यही दिनचर्या होती है कि वे रात में जागते हैं और दिन में सोते हैं लेकिन उनके माता-पिता दिन में नहीं सो पाते। उनके लिए करने को अन्य कार्य भी रहते हैं। इसलिए नींद पूरी करने के लिए माता-पिता प्राय: रात्रि में बारी-बारी से सोते-जागते हैं और इस तरह रात में बच्चे के साथ जागते रहने का कठिन कार्य दोनों में बँट जाता है और दोनों मानसिक एवं शारीरिक थकान से बच जाते हैं, परंतु उलूपी यह बोझ किसके साथ बाँटती?

यह लगातार छठी रात थी जब इरावान रात में पल भर को भी सोया नहीं था। उसके साथ उलूपी भी जागने को विवश थी। शरीर की थकान बढ़ती जाती थी और मानसिक तनाव भी, परंतु उलूपी करती क्या? किससे कहती अपना दु:ख? किसके कंधे पर सिर रखकर अपनी पीड़ा को भुलाती? कौन था, जो उसके केश सहलाता? कौन उसके मौन उदास अधरों पर स्नेह का लेप करता?

अर्जुन से विवाह के समय वह यह सब जानती थी कि किंतु सत्य की पहचान होने पर भी मन को भ्रम पालना अच्छा लगता है। इसके अतिरिक्त उलूपी को एक भ्रम यह भी था कि अर्जुन सदा के लिए उसके साथ भले न रहे, लेकिन अपनी संतान का मुख देख लेने तक वह नागलोक में अवश्य रुकेगा। अर्जुन के जाने पर उलूपी का यह भ्रम टूटा तो उसने एक नए भ्रम से नाता जोड़ लिया कि इरावान के जन्म का समाचार मिलने पर अर्जुन अपने पुत्र को देखने दौड़ा चला आएगा, परंतु कुछ और समय बीता तो उलूपी की यह आशा भी क्षीण होने लगी।

क्या अर्जुन इतना व्यस्त है कि उसके पास अपने पुत्र से मिलने तक का समय नहीं है? यदि व्यस्त है भी, तो ऐसी व्यस्तता किस काम की, जो अपनी ही संतान से मिलने की आतुरता का भक्षण कर ले!

नारी का हृदय घट के समान होता है। यदि वह आसक्ति के जल से परिपूर्ण हो

तो उसमें ईर्ष्या और क्रोध के लिए स्थान नहीं बचता, किंतु उसी घट में यदि विरक्ति का छोटा-सा छिद्र भी हो जाए तो फिर कितना ही प्रेम उँड़ेला जाए, वह घट अंत में रीता हो ही जाता है!

उलूपी कभी अर्जुन की मधुर स्मृतियों में खो जाती तो कभी उसे पांडु-पुत्र के निर्मोही स्वभाव पर क्रोध आता था और कभी-कभी वह द्रौपदी के भाग्य पर विचार करती तो उसका मन ईर्ष्या से भर उठता था। वह अर्जुन के प्रति प्रेम और ईर्ष्या के बीच हिचकोले खा रही थी। प्रेम का पलड़ा भारी होता तो उलूपी सोचती कि अर्जुन नागलोक आना भी चाहे तो कैसे आए? उसके ऊपर कुरुवंश की संपन्नता तथा इंद्रप्रस्थ के राज्य-विस्तार का महान् दायित्व है। फिर जब उस पर क्रोध हावी होता तो वह सोचती कि पत्नी और संतान से मिलने की बात हो तो व्यक्ति धरती-आकाश एक करके भी पहुँच जाता है। लेकिन उससे पहले हृदय में परिवार से मिलने की इच्छा जाग्रत् तो हो! अर्जुन तो नागलोक से गया तो फिर लौटकर ही नहीं आया।

बच्चे को बड़ा करना खेल नहीं होता। यह दायित्व अकेले माँ पर आ पड़े तो समस्या जटिल हो सकती है। हालाँकि उलूपी नागलोक की राजकुमारी थी और इसलिए उसे किसी वस्तु का अभाव न था, किंतु वस्तुएँ तो केवल भौतिक होती हैं। राजा कौरव्य ने अपनी पुत्री उलूपी और दौहित्र इरावान के लिए हर संभव सुख-सुविधा का प्रबंध कर दिया था, किंतु पिता का प्रबंध कौन कर सकता है?

नन्हा इरावान ज्यों-ज्यों बड़ा होने लगा उसकी दृष्टि अपनी आयु के बच्चों पर पड़ी और उसने देखा कि उन बच्चों पर माँ के अलावा अपने पिता का साया भी था। मेरे पिता कहाँ हैं? वह मुझे दिखाई क्यों नहीं देते? इरावान सोचने लगा। कुछ समय तो वह इस प्रश्न को मन में लिए घूमता रहा किंतु एक दिन उसके धैर्य का बाँध ढह गया।

"मेरे पिता कौन है?" इरावान ने एक दिन उलूपी से पूछ ही लिया।

"इरा! तुम जब थोड़े और बड़े हो जाओगे तो तुम्हारे पिता तुमसे मिलने अवश्य आएँगे।" उलूपी ने इरावान को बहलाने का प्रयास किया।

"माँ, मैंने मिलने की बात नहीं की," इरावान बीच में बोल पड़ा, "मैंने केवल यह पूछा है कि मेरे पिता कौन हैं?"

उलूपी ने लंबी श्वास भरकर कहा, "तुम्हारे पिता का नाम अर्जुन है। वे पृथ्वीलोक पर रहते हैं और एक बहुत शक्तिशाली राजपरिवार के वंशज हैं।"

"पृथ्वीलोक? क्या वे मनुष्य हैं?" नागलोक के राजकुमार का चकित होना

स्वाभाविक था।

"हाँ। विशेष परिस्थितियों में हमारा विवाह हुआ था। तुम बड़े हो जाओगे तो सब जान जाओगे···"

"नागलोक में अनेक पुरुष हैं। आपको मनुष्य से विवाह करने की क्या आवश्यकता थी? अगर मेरे पिता भी नागलोक में होते तो अन्य बच्चों की तरह मैं भी अपने पिता के साथ खेलता। मेरे साथ यह अन्याय क्यों?"

इरावान जल्दी-जल्दी इस प्रश्न को दोहराने लगा था। उलूपी हर बार उसे टालती रही। वह विवश जो थी! आठ वर्ष के इरावान को कैसे समझाती कि विवाहिता होकर भी वह एकाकी जीवन व्यतीत करने पर क्यों विवश है! यही स्थिति इरावान की थी; वह अपनी माँ को क्या समझाता कि पिता होते हुए भी पितृ-सुख से वंचित रहकर उसे कैसा लगता है! माँ और पुत्र, दोनों अपनी-अपनी पीड़ा के साथ जीवन काट रहे थे। यही दु:ख क्या कम था कि उलूपी को धीरे-धीरे एहसास हुआ कि नागलोक के पुरुषों का व्यवहार उसके प्रति बदलने लगा था।

अधिकतर पुरुषों को कोई स्त्री जब अकेली दिखाई पड़ती है तो उनके मन में सबसे पहले यही विचार उत्पन्न होता है कि अकेली है तो पुरुष-साहचर्य के लिए भी व्याकुल होगी। यही संकुचित सोच, पुरुषों के भीतर उस असहाय स्त्री के संग शारीरिक सुख की संभावना को तलाश करने लगती है। दैहिक साहचर्य, निस्संदेह, जीवन की एक बड़ी आवश्यकता है, किंतु इसका यह अर्थ तो नहीं कि हर अकेली स्त्री देह-सुख चाहती है और उसके लिए उपलब्ध भी है। दुर्भाग्य से, यह बात पुरुषों को समझ में नहीं आती! नाग पुरुष, इस अर्थ में, पृथ्वीलोक के मनुष्यों से किसी तरह भी अलग नहीं थे। यही कारण था कि उलूपी को अपना अधिक ध्यान रखना पड़ता था। वह प्राय: अर्जुन को याद करती थी, इसलिए नागलोक में पुरुषों से बात करते समय वह सावधान रहती कि किसी पुरुष से बात करते हुए उसकी आँखों में कामना का गुलाबी रंग न चमकने लगे या होंठों पर प्रेम-तृष्णा के कण न उभर आएँ, परंतु वह पुरुषों को यह सब कैसे समझाती!

उलूपी न केवल सुंदर थी, बल्कि अत्यंत बुद्धिमान् भी थी। उसके गुणों के चलते नागलोक के पुरुष-वर्ग में उलूपी का सान्निध्य पाने की जबरदस्त ललक देखने को मिलती थी। कभी मंत्री तो कभी कोई सिपाही अथवा राज्य-प्रबंधन से जुड़ा कोई विशेष अधिकारी किसी-न-किसी बहाने से उलूपी के पास पहुँच जाता और प्रेमालाप की संभावनाएँ तलाशने लगता।

अनेक नाग-पुरुष उलूपी से सचमुच प्रेम करने लगे थे। पुरुष का प्रेम लोकाचार

को नहीं मानता। वह उन्मुक्त रहता है। हर बंधन, हर मर्यादा से परे, परंतु उलूपी स्त्री थी। उसके लिए बंधन था, मर्यादा थी और लोकाचार भी। वह अर्जुन की पत्नी और कुरुवंश की पुत्रवधू होने के साथ नागलोक की राजकुमारी भी थी। उसके लिए बहक जाना जितना सरल था, सँभलना उतना ही कठिन! इसलिए उलूपी के मन में जब कभी ऐसे अवांछनीय अनुराग की चिनगारियाँ सुलगतीं तो वह संयम के छींटे मारकर उन्हें तत्काल बुझा दिया करती थी।

अनुराग का दमन किया जा सकता है, किंतु आत्मा पर उस अनुरक्ति के चिह्न स्थायी होते हैं। उलूपी अर्जुन की याद में तड़पकर रह जाती थी। हालाँकि उसके चाहने से न तो अर्जुन नागलोक आने वाला था और न वह स्वयं ही इस सत्य से भाग सकती थी कि उसे इरावान का पालन-पोषण अकेले ही करना था।

शीघ्र ही नागलोक में चर्चा होने लगी कि उलूपी ने उतावली में अर्जुन के आकर्षण-पाश में फँसकर अपना जीवन नष्ट कर लिया। वे सभी पुरुष, जो उलूपी को चाहकर भी पा नहीं सके और वे सभी स्त्रियाँ, जो अर्जुन जैसे पति की कल्पना करके उलूपी से ईर्ष्या करती थीं, उन सबके लिए उलूपी हँसी का पात्र बनकर रह गई। लोगों ने उलूपी को असहाय, अशक्त कहना आरंभ कर दिया था।

समय के साथ उलूपी अपने विरुद्ध बन रहे इस जनमत को कुंठाग्रस्त मानसिकता की उपज मानकर उसकी उपेक्षा करना सीख गई थी। वह पितृ-सत्तात्मक समाज की संरचना से परिचित थी और उसे यह भी पता था कि इरावान के बड़े होने तक समाज के साथ उसका यह संघर्ष जारी रहेगा। धीरे-धीरे वह मानसिक और शारीरिक दोनों तरह से तैयार हो चुकी थी। उसने तय कर लिया कि वह समाज की संकीर्णता के तंत्र को छिन्न-भिन्न करके एक नया उदाहरण प्रस्तुत करेगी और लोगों को दिखाएगी कि अकेली माँ न असहाय होती है और न अशक्त, बल्कि आवश्यकता पड़ने पर वह अपनी संतान के लिए सबसे शक्तिशाली संबल और शक्ति का स्रोत बनकर उभर सकती है।

इरावान बड़ा होने लगा। नागलोक के निवासी पहली बार एक ऐसे बालक को बड़ा होता देख रहे थे, जिसके तन और मन दोनों में मनुष्यता का समावेश था। नाग-कन्या का पुत्र होने के बावजूद इरावान का स्वभाव शांत और सौम्य था। उसकी आँखें और ठुड्डी अर्जुन जैसी थीं। उलूपी उसकी आँखों में दो क्षण से अधिक देख नहीं पाती थी, क्योंकि इतनी-सी देर में ही उसका मन अर्जुन की स्मृति से भर जाता था।

उलूपी के पिता कौरव्य ने उसे कई बार समझाया कि इरावान को आगे चलकर

नागलोक का शासन सँभालना है, इसलिए उसका प्रशिक्षण उसी के अनुरूप होना चाहिए, परंतु उलूपी चाहती थी कि कभी भविष्य में अर्जुन और इरावान की भेंट हो तो अर्जुन को यह कहने का अवसर न मिले कि संसार के सर्वश्रेष्ठ धनुर्धर का पुत्र धनुष उठाना भी नहीं जानता!

एक बात, जिसका उल्लेख उलूपी ने किसी से नहीं किया था, यह थी वह रातों को सहसा उठकर बैठ जाती थी। एक स्वप्न था, जो उसे नियमित रूप से दिखाई पड़ता था। वह देखती कि इरावान एक विशाल मैदान में खड़ा है। उसके तन पर दीप्तिमान कवच, सिर पर शिरस्त्राण, कानों में कुंडल, हाथों में तलवार और ढाल है। कमर पर विशाल धनुष और कंधे पर बाणों से भरा तूणीर बँधा है, जिसे देखकर पता लगता है कि इरावान किसी बड़े युद्ध में हिस्सा ले रहा था। उलूपी को इरावान के साथ अर्जुन और श्रीकृष्ण की छवि का भी आभास होता था। वह देखती थी कि इरावान अत्यंत वीरता के साथ युद्ध-भूमि में शत्रु से भिड़ रहा है। हर बार उलूपी को केवल यही स्वप्न दिखता था। वह इरावान की स्थिति और युद्ध का परिणाम देखना चाहती थी किंतु जिस तरह खुली आँखों से देखे गए स्वप्न सच नहीं होते, उसी तरह बंद आँखों से नींद में दिखने वाले स्वप्न को उसकी परिणति तक पहुँचाना स्वप्नद्रष्टा के वश में नहीं होता।

स्वप्न के बिखरने के साथ ही उलूपी की नींद टूट जाती थी। वह व्याकुल-सी कुछ देर बिस्तर पर बैठी रहती और फिर पुनः नींद आने तक उसकी आँखों के सामने युद्ध का वह बीभत्स और विचित्र दृश्य घूमता रहता था। उलूपी उस स्वप्न को अंत तक कभी नहीं देख पाई, किंतु उसे विश्वास था कि भविष्य में इरावान किसी बड़े युद्ध में महत्त्वपूर्ण भूमिका अवश्य निभाएगा। उलूपी ने इरावान को यह बात नहीं बताई, लेकिन उसके स्वप्न ने अनजाने में इरावान के युद्ध-प्रशिक्षण में उत्प्रेरक का काम अवश्य किया।

उलूपी का प्रोत्साहन और इरावान का परिश्रम रंग लाया। शीघ्र ही वह समय आ गया जब नागलोक में इरावान की टक्कर का योद्धा मिलना कठिन था। उलूपी को सबसे अधिक इस बात का गर्व था कि इरावान अपने पिता अर्जुन की भाँति सर्वगुण-संपन्न था, परंतु उलूपी यह नहीं जानती थी कि समय आने पर इरावान के यही दुर्लभ गुण उसके अंत का कारण बन जाएँगे!

□

12
नयनतारा-निरंजन

निरंजन के चेहरे पर उद्वेग स्पष्ट झलक रहा था और नयनतारा उस उद्वेग के कारण को समझने का प्रयत्न कर रही थी।

"क्या हुआ ?" नयनतारा ने पूछा, "तुम परेशान दिख रहे हो!"

"नागलोक में अर्जुन के प्राण संकट में थे और नागजाति के साथ मैत्री स्थापित करना राजनीतिक तौर पर हितकारी था, इसलिए यह माना जा सकता है कि अर्जुन ने उलूपी से विवाह करके भूल नहीं की, परंतु गर्भवती पत्नी को अकेला छोड़ देना ? मैं कल्पना भी नहीं कर सकता कि जिस पुरुष को समूचा संसार सर्वश्रेष्ठ धनुर्धर कहकर संबोधित करता है, उसकी आत्मा भीतर से इतनी दुर्बल होगी!"

"निरंजन, अर्जुन से विवाह करने का हठ तो उलूपी ने किया था। विवाह के बाद कन्या का गर्भवती होना भी स्वाभाविक ही है। यह अर्जुन की दुर्बलता कैसे हो गई ? इसमें उसका क्या दोष है ?" नयनतारा ने निरंजन को सोचने पर विवश कर रही थी।

"दोष अर्जुन का नहीं, उसकी संकुचित सोच का है!" निरंजन तपाक से बोला, "उलूपी ने अर्जुन से सच्चा प्रेम किया और अर्जुन से विवाह करने में उसका कोई स्वार्थ नहीं था, परंतु अर्जुन का निर्णय पूरी तरह स्वार्थ से प्रेरित था। उसने तो यह भी नहीं सोचा कि एक स्त्री उसके साथ प्रेम के कुछ क्षण पाने के लिए अपना संपूर्ण जीवन वियोग के आँगन में व्यतीत करने को तैयार बैठी थी। आह···कैसा अद्‌भुत प्रेम! कैसा निश्छल समर्पण···! धन्य है उलूपी और धन्य है उसका त्याग! परंतु अर्जुन ने क्या किया ? जिस उलूपी ने उसके लिए अपना सर्वस्व त्याग दिया, वह उसे ही त्याग कर चला गया!"

"लेकिन अर्जुन ने तो पहले ही स्पष्ट कर दिया था कि···" नयनतारा ने फिर अर्जुन का पक्ष लिया।

"...कि वह विवाह के बाद नागलोक से चला जाएगा," निरंजन का स्वर पहले से भी तीखा था, "जानता हूँ, किंतु अर्जुन को यह तो पता लग ही गया था कि उलूपी गर्भवती है। फिर वह नागलोक में कुछ और समय ठहरकर उलूपी को मानसिक रूप से वियोग के लिए तैयार तो कर ही सकता था। कंधे पर एक आत्मीय थपकी...स्नेह-भरा एक आलिंगन...प्रेम के दो मीठे बोल...क्या अर्जुन ने इतना करने की भी आवश्यकता नहीं समझी? क्या गांडीव की प्रत्यंचा चढ़ाने वाले धनुर्धर अर्जुन को अपनी पत्नी के मन की दुर्बल-सी डोर थामनी नहीं आई?"

नयनतारा ने निरंजन के विचार सुने तो वह भाव-विभोर हो उठी। अर्जुन की दुर्बलता को व्यक्त करने से निरंजन का मन कुछ हलका हो गया था।

"विधाता ने उलूपी की नियति भी शायद उसी कलम से लिखी होगी, जिससे हिडिंबा का भविष्य लिखा गया था," निरंजन ने हिडिंबा और उलूपी की घटनाओं के सिरे जोड़ते हुए कहा। फिर उसने पूछा, "उलूपी को अवश्य ही अर्जुन से प्रेम और विवाह करने पर पछतावा हुआ होगा, है ना?"

"नहीं," नयनतारा ने दु:खी, किंतु दृढ़ स्वर में कहा, "यही तो विडंबना है कि इतनी पीड़ा सहकर भी स्त्री को प्रेम का कभी पछतावा नहीं होता। कोई स्त्री जब किसी पुरुष को स्वीकार करती है और उसे अपने जीवन में स्थान देती है तो उसे अपना सर्वस्व सौंप देती है। स्त्री के लिए वह संबंध हानि-लाभ से ऊपर होता है, परंतु पुरुष ऐसे नहीं सोचता। उसके जीवन के अधिकतर निर्णय हानि और लाभ से प्रेरित होते हैं। प्रेम में डूबी स्त्री सोचने का कार्य भी हृदय से करती है, किंतु पुरुष प्रेम भी सोच-विचार करने के बाद करता है। यही कारण है कि तुम्हें दुनिया में ऐसे पुरुषों की अपेक्षा स्त्रियाँ अधिक मिलेंगी, जिनके साथ प्रेम में विश्वासघात हुआ है या जिन्होंने प्रेम में पड़कर कष्ट उठाए हैं, परंतु स्त्री का उदार और सहिष्णु मन प्रेमी की हर भूल को क्षमा करता चलता है। वह अपने साथ हुआ अन्याय याद रखती है, किंतु अपने हृदय-घट के निर्मल जल को प्रतिशोध की गंदगी से दूषित नहीं होने देती। यही कारण है कि स्त्री प्रेम-मार्ग में भटकने के बाद भी देवी का दर्जा पाती है और पुरुष देवता बनने की चाह में आजीवन भटकता रहता है।"

निरंजन ने देखा कि उसकी माँ की आँखों में दु:ख और सुख के कण साथ-साथ झिलमिला रहे थे।

□

13
चित्रांगदा

अर्जुन को नदी के तट पर खड़ा छोड़कर उलूपी जा चुकी थी। अरुणिमा के मद्धिम प्रकाश में पानी की सतह पर बने घेरे हलके पड़ने लगे थे। उलूपी के संग बिताए सुखमय क्षणों की स्मृति को मन में सँजोए नदी-तट पर खड़ा अर्जुन आगे की राह के विषय में विचार कर रहा था। तभी उसके कानों में श्रीकृष्ण का मधुर स्वर सुनाई पड़ा।

"क्या सोच रहे हो, कुंती-नंदन?"

"केशव! मैं सोच रहा हूँ कि नियति की डोर ने मुझे एक सिरे पर उलूपी के साथ बाँध दिया है, किंतु इस डोर का दूसरा सिरा मुझे कहाँ ले जाएगा?"

"अर्जुन, नियति की डोर है; कहीं तो अवश्य पहुँचाएगी! फिलहाल अतीत या भविष्य की चिंता में अपने वर्तमान की गति को अवरुद्ध मत करो। पार्थ, अगला कदम उठाओ।"

"परंतु अगला कदम किस दिशा में उठाऊँ, केशव?"

"मणिपुर की ओर!"

"मणिपुर? वहाँ क्यों?"

"मणिपुर तुम्हारे जीवन का अत्यंत महत्त्वपूर्व पड़ाव है। और हाँ, मणिपुर की अधिष्ठात्री कामाख्या देवी हैं। वहाँ पहुँचकर उनके दर्शन करना मत भूलना।" श्रीकृष्ण का स्वर मंद पड़ गया था।

अर्जुन के लिए आगे का मार्ग अब स्पष्ट था। उसे पूर्व दिशा की ओर बढ़ना था। अगस्त्यवट और वसिष्ठ पर्वत पार करके वह जल्द ही हिरण्य-बिंदु नामक तीर्थ तक पहुँच गया। इसके उपरांत अर्जुन ने कौशिकी नदी, महानदी, गयातीर्थ और कलिंग राज्य को भी पार कर लिया। आखिरकार अर्जुन अपने गंतव्य स्थान मणिपुर पहुँच गया।

दिन चढ़ने के साथ सूर्य का ताप प्रखर होता जा रहा था। अर्जुन चलते–चलते, एक विशाल मैदान में पहुँचा, जहाँ उसने देखा कि राजसी वस्त्र पहने एक नवयुवक उस निर्जन स्थान पर अकेला धुनर्विद्या का अभ्यास कर रहा था। अर्जुन को थोड़ा आश्चर्य हुआ। फिर उसने देखा कि राजकुमार ने धनुष पर बाण चढ़ा लिया। धनुर्धर होने के नाते अर्जुन के लिए यह रोमांचक क्षण था। इसके बाद राजकुमार ने निशाना साधा और बाण चला दिया। निशाना अचूक था। बाण ने लक्ष्य को भेद दिया।

युवक के धनु–कौशल से अर्जुन प्रभावित था। वह उसके पास पहुँचकर बोला, "युवक! तुम एक कुशल धनुर्धर हो। अपना परिचय तो दो।"

सहसा तपस्वियों के वस्त्र पहने अर्जुन को सामने देखकर युवक हड़बड़ा गया। फिर उसका ध्यान अर्जुन के बलिष्ठ कंधों, बलशाली भुजाओं और चौड़ी छाती पर गया। अर्जुन की वेशभूषा और सौष्ठव काया में सामंजस्य नहीं था।

"मैं मणिपुर के महाराज चित्रवाहन का पुत्र हूँ। मेरा नाम चित्रांगद है, परंतु आप कौन हैं?" युवक ने पूछा। उसका स्वर स्त्रियों की तरह मधुर और धीमा था।

"मेरा नाम अर्जुन है!"

"अर्जुन?" युवक आश्चर्य से बोला, "पांडु–पुत्र अर्जुन?"

"हाँ। मैं महाराज पांडु का पुत्र अर्जुन हूँ।"

धनुर्धर ने अर्जुन का परिचय सुना तो धनुष नीचे रखकर प्रणाम किया।

"अविश्वसनीय!" धनुर्धर अब तक चकित था, "मैं इसे विधि का खेल कहूँ या अपना सौभाग्य, जो मुझे संसार के सर्वश्रेष्ठ धनुर्धर के दर्शन हुए हैं।"

युवक ने प्रणाम किया तो अर्जुन की दृष्टि उसकी अँगुलियों पर पड़ी। उसके स्वर की भाँति उसके हाथ भी स्त्रैण थे। फिर अर्जुन ने युवक की ओर देखा। एक लंबा केश युवक के चेहरे की दाहिनी ओर से नीचे लटक रहा था। उसे देखकर अर्जुन को आश्चर्य हुआ और संदेह भी।

"आप कहीं पुरुषों के वेश में राजकुमारी तो नहीं?" अर्जुन ने मुसकराते हुए पूछ ही लिया।

अर्जुन का प्रश्न सुनकर युवक झेंप गया। उसने तुरंत अपने सिर पर बँधे जूड़े और ऊपर रखे मुकुट को सँभाला और मस्तक पर उभर आई पसीने की बूँदें पोंछ डालीं। अर्जुन के प्रश्न से युवक असहज हो गया था।

युवक की मुद्रा देखकर अर्जुन ने पूछा, "राजकुमार, क्या तुम कुछ छिपा रहे हो?"

"नहीं...कुछ भी तो नहीं!" युवक हड़बड़ाया।

परंतु अर्जुन कहाँ मानने वाला था! उसने लपककर युवक के सिर पर रखा मुकुट खींच लिया। मुकुट हटते ही युवक के लंबे घने केश खुलकर उसकी आँखों के सामने बिखर गए। अर्जुन का अनुमान सही था। वह युवक नहीं, अपितु एक युवती थी।

भेद खुल चुका था। युवती ने आँखें झुका लीं। वह अद्वितीय रूप से सुंदर थी। अर्जुन उसे देखते ही मंत्रमुग्ध हो गया। वह मुसकराते हुए बोला, "देवी! भेद तो खुल ही गया है तो अब फिर से पूछता हूँ। आप कौन हैं और आपने अपनी वास्तविक पहचान क्यों छिपाई?"

युवती भेद खुल जाने से अब तक सकपकाई हुई थी। उसने सिर झुकाकर उत्तर दिया, "अर्जुन! मैं मणिपुर की राजकुमारी हूँ! मेरा नाम चित्रांगद नहीं, बल्कि चित्रांगदा है। मेरे पिता महाराज चित्रवाहन मणिपुर के राजा हैं।"

"परंतु आपको वेश बदलने की क्या आवश्यकता है?" अर्जुन ने फिर पूछा।

"यह वेश मेरे जीवन का अंग भी है और विवशता भी!" चित्रांगदा ने उदास स्वर में कहा।

"कैसी विवशता?"

"हमारे पूर्वज राजा प्रभंजन निःसंतान थे। उन्होंने संतान-प्राप्ति के लिए भगवान् शिव की कठोर तपस्या की। आखिर, महादेव ने प्रभंजन को संतान का वरदान तो दिया, किंतु यह भी कहा कि मणिपुर के शासक के घर में केवल एक ही संतान जन्म लिया करेगी और उसी को राजा अपना उत्तराधिकारी घोषित करेगा। तब से राजा प्रभंजन और बाद में उनके वंशजों के यहाँ सदा पुत्र उत्पन्न होते आए, परंतु राजा चित्रवाहन, यानी मेरे पिता अपने पूर्वजों की तरह भाग्यशाली नहीं थे। उनके घर में मेरा जन्म हुआ। उन्हें लगा कि एक कन्या मणिपुर का राज्य कैसे सँभालेगी परंतु भगवान् शंकर के वरदान के चलते यही उनका प्रारब्ध था। उन्होंने निश्चय किया कि वे मुझे ही प्रशिक्षण देंगे और मणिपुर राज्य को युवराज का अभाव कभी महसूस नहीं होगा। इसलिए उन्होंने मेरा पालन-पोषण पुत्री नहीं, अपितु पुत्र की भाँति आरंभ कर दिया और यही मेरी छद्म वेश-भूषा का वास्तविक कारण है। मुझे राजकुमारों के वस्त्र पहनाए गए और मेरी आयु की लड़कियाँ जहाँ सुगंधित-पल्लवित फूलों और ठंडे जल के फव्वारों में खेलती-कूदती हैं, मैं इस निर्जन प्रदेश में चिलचिलाती धूप में धनुर्विद्या का अभ्यास करने पर विवश हूँ। संक्षेप में मेरी यही कहानी है। अब बताइए कि आप किस उद्देश्य से मणिपुर आए हैं?"

"मैं यूँ तो वनवास पर निकला था," अर्जुन ने कहा, "किंतु मैं आपके राज्य

में अपने अग्रज और इंद्रप्रस्थ के महाराज युधिष्ठिर की ओर से मैत्री-प्रस्ताव लेकर आया हूँ। मैत्री संकटकाल में सहायक होने के अतिरिक्त परस्पर विश्वास की नींव का पत्थर भी है।"

"यह तो बड़ा शुभ समाचार है!" चित्रांगदा ने कहा, "आपको अविलंब महाराज चित्रवाहन से मिलना चाहिए।"

अर्जुन और चित्रांगदा बहुत देर से एक-दूसरे को देख रहे थे। चित्रांगदा के मन में पहले तो अर्जुन के प्रति आदर का ही भाव जाग्रत् हुआ था, किंतु अब वह आकर्षण की परिधि में प्रवेश कर चुका था। इसी तरह चित्रांगदा की कहानी सुनकर अर्जुन के मन में उत्पन्न हुई सहानुभूति भी धीरे-धीरे स्नेह में परिवर्तित होने लगी थी।

चित्रांगदा अर्जुन को साथ लेकर महाराज चित्रवाहन से मिलने राजदरबार पहुँच गई। पांडवों की कीर्ति किसी से छिपी नहीं थी। अर्जुन का परिचय और मणिपुर आने का उद्‌देश्य सुनकर चित्रवाहन ने अर्जुन का अभिवादन किया।

"यह मणिपुर का सौभाग्य है कि कुरुवंश के यशस्वी राजकुमार अर्जुन स्वयं मैत्री-प्रस्ताव लेकर यहाँ पधारे हैं।" फिर चित्रवाहन ने पास खड़ी चित्रांगदा की ओर देखते हुए कहा, "भविष्य में चित्रागंदा को राज्य की कमान सँभालनी है इसलिए इंद्रप्रस्थ के मैत्री-प्रस्ताव पर अंतिम निर्णय लेने का अधिकार मैं चित्रांगदा पर छोड़ता हूँ।"

यह सुनकर चित्रांगदा प्रफुल्लित हो उठी तथा नेत्रों में चमक और होंठों पर मुसकान बिखेरते हुए बोली, "राजकुमार अर्जुन, आपके मैत्री-प्रस्ताव का उत्तर हम कल देंगे। इस बीच आप मणिपुर का आतिथ्य स्वीकार कीजिए।"

"जैसा आप चाहें, राजकुमारी!" अर्जुन ने हाथ जोड़कर कहा।

उसी दिन संध्या होने पर चित्रांगदा स्वयं अर्जुन के अतिथि-कक्ष में आ गई। उसे देखकर अर्जुन को आश्चर्य हुआ। एक राजकुमारी का अतिथि-कक्ष में सहसा आ जाना अस्वाभाविक था। अर्जुन उठकर खड़ा हो गया।

"राजकुमारी चित्रांगदा! आप···मेरे कक्ष में?" उसने शिष्टाचारवश पूछा।

"केवल चित्रांगदा कहो, अर्जुन!" वह मुसकराकर बोली, "'राजकुमारी' और 'आप' जैसे शब्दों की औपचारिकता में कब तक उलझे रहोगे?"

"मन तो नहीं चाहता, किंतु आप मणिपुर की राजकुमारी हैं और मैं आपका अतिथि···औपचारिकता कैसे न निभाऊँ?"

"तुम ऐसी बातें करोगे तो तुम्हारा मैत्री-प्रस्ताव अस्वीकार करने में मुझे तनिक

भी समय नहीं लगेगा!" चित्रांगदा ने नटखट ढंग से कहा, जिसे सुनकर अर्जुन स्तब्ध रह गया।

"तो आप···मेरा मतलब है···तुम ही बता दो चित्रांगदा, मुझे क्या करना चाहिए, जिससे मेरा मैत्री-प्रस्ताव स्वीकार हो जाए?"

"विवाह!"

"विवाह!···किससे?"

"मुझसे!"

"यह कैसे हो सकता है, चित्रांगदा?" अर्जुन के मस्तक पर तनाव की लकीरें उभर आईं। "मैं···मैं विवाहित···"

"मैं जानती हूँ कि तुम विवाहित हो," चित्रांगदा ने सहज ढंग से कहा, "तो क्या हुआ? क्षत्रियों को एक से अधिक विवाह करने का अधिकार है और यदि मुझे इस विवाह से आपत्ति नहीं तो तुम इतने व्याकुल क्यों हो?"

"यह क्षत्रिय अधिकार का विषय नहीं है चित्रांगदा, अपितु मेरे व्यक्तिगत जीवन का प्रश्न है," अर्जुन ने अनमने ढंग से कहा, "मैं नागलोक में एक भूल कर चुका हूँ। फिर से उसी तरह की भूल को दोहराना बुद्धिमानी नहीं होगी।"

"नागलोक में? कैसी भूल?" चित्रांगदा ने आश्चर्य से पूछा।

तब अर्जुन ने उलूपी द्वारा उसके अपहरण और फिर नागलोक की राजकुमारी से हुए विवाह का प्रकरण चित्रांगदा को कह सुनाया। "मेरी पहले ही से दो पत्नियाँ हैं—द्रौपदी और उलूपी। यदि मैंने तुमसे भी विवाह कर लिया तो यह उन दोनों ही के साथ विश्वासघात होगा। चित्रांगदा, मुझे धर्म-संकट में न डालो।"

"तुमने नागलोक में अपने प्राण बचाने के लिए उलूपी से विवाह किया था। मणिपुर में प्राणों का संकट तो नहीं है पार्थ, किंतु प्रतिष्ठा की रक्षा का प्रश्न अवश्य है।" अर्जुन के कानों में एक बार फिर श्रीकृष्ण का स्वर गूँजने लगा, 'यदि तुमने चित्रांगदा से विवाह नहीं किया तो संभव है कि वह तुम्हारा मैत्री-प्रस्ताव अस्वीकार कर दे। ऐसे में, इंद्रप्रस्थ लौटकर युधिष्ठिर को क्या उत्तर दोगे··· ?'

श्रीकृष्ण का प्रश्न पूरा भी नहीं हुआ था कि चित्रांगदा के स्वर ने अर्जुन का ध्यान भंग कर दिया।

"यदि मुझसे विवाह करने में समस्या है तो जो निर्णय कल होना था, वह आज भी हो सकता है। मणिपुर को इंद्रप्रस्थ का मैत्री-प्रस्ताव स्वीकार नहीं है! तुम चाहो तो अपने असफल अभियान का बोझ लेकर कल ही वापस जा सकते हो।"

एक ओर चित्रांगदा ने अर्जुन का मैत्री-प्रस्ताव ठुकराकर उस पर भावनात्मक

दबाव बना दिया था। दूसरी ओर, श्रीकृष्ण के शब्द अर्जुन को व्यथित कर रहे थे। वह दोनों ओर से घिर गया था। मैत्री-अभियान की सफलता के लिए चित्रांगदा से विवाह करना अनिवार्य था। जहाँ तक चित्रांगदा का प्रश्न था तो वह अर्जुन को पहले ही बता चुकी थी कि मणिपुर राजपरिवार की संतान ही राज्य की अगली उत्तराधिकारी होती है। इसलिए चित्रवाहन के बाद मणिपुर का राजसिंहासन चित्रांगदा को तथा उसके बाद चित्रांगदा की संतान को मिलना तय था।

"यदि मैंने तुमसे विवाह किया तो क्या हमारी संतान मणिपुर पर शासन करेगी?" अर्जुन चकित था कि उसके मन में उठा प्रश्न किसी अदृश्य प्रेरणा से मुख से बाहर आ गया था। अर्जुन समझ चुका था कि श्रीकृष्ण के अतिरिक्त वह अदृश्य प्रेरणा और कौन दे सकता था!

"निस्संदेह!" चित्रांगदा ने आत्मविश्वास से कहा, "यही मणिपुर की परंपरा है।"

सहसा अर्जुन को चित्रांगदा से विवाह करने के लाभ दिखाई देने लगे। चित्रांगदा, विलक्षण धनुर्धर होने के साथ अत्यंत सुंदर भी थी, इसलिए उनकी होने वाली संतान भी शक्तिशाली और आकर्षक होगी। चित्रांगदा मणिपुर छोड़कर नहीं जा सकती थी, इसलिए अर्जुन को यह सोचकर संतोष हुआ कि उसे उलूपी या द्रौपदी के कटाक्ष नहीं सुनने पड़ेंगे। अंतिम और सबसे महत्त्वपूर्ण लाभ यह था कि उनके विवाह से इंद्रप्रस्थ के संबंधों का विस्तार, भारतवर्ष के पूर्वी सीमा के राज्य मणिपुर तक हो जाना निश्चित था।

"मैं विवाह के लिए तैयार हूँ!" अर्जुन ने स्थिति को अपने पक्ष में कर लिया।

चित्रांगदा जानती थी कि अर्जुन ने यह समझौता अपने निजी स्वार्थ और चित्रांगदा की शर्त के दबाव में किया था, परंतु संसार के सर्वश्रेष्ठ धनुर्धर की पत्नी बनने के लिए उसे यह मूल्य अधिक नहीं जान पड़ा। चित्रवाहन की इकलौती कन्या होने के नाते चित्रांगदा को भरोसा था कि उसके महत्त्वाकांक्षी पिता ऐसे लाभकारी संबंध को कभी अस्वीकार नहीं करेंगे। अपने पिता के विषय में चित्रांगदा का अनुमान सही था। अर्जुन और चित्रांगदा के विवाह के लिए राजा चित्रवाहन ने सहर्ष अनुमति प्रदान कर दी। कौन पिता नहीं चाहेगा कि उसका दामाद संसार का श्रेष्ठ धनुर्धर हो और उनकी भावी संतान बलशाली एवं योग्य शासक बने!

इस तरह अर्जुन ने एक और विवाह करके चित्रांगदा को भी पत्नी बना लिया। विवाह के कुछ समय बाद वही हुआ, जो होना था। चित्रांगदा गर्भवती हो गई। नियति ने अर्जुन को फिर उसी काल-चक्र में फँसा दिया था, जिसमें से निकलकर वह

नागलोक से मणिपुर आया था।

फिर एक दिन अर्जुन ने चित्रांगदा से कहा, "चित्रा! मुझे यहाँ काफी समय बीत गया है। अब लौटना चाहिए।"

उलूपी की भाँति चित्रांगदा भी यह जानती थी कि अर्जुन सदा के लिए साथ नहीं रह सकता। फिर भी वह चाहती थी कि अर्जुन कुछ दिन और रुक जाए। उसने अर्जुन के सामने अपना पक्ष रखते हुए कहा, "एक स्त्री के लिए गर्भावस्था शारीरिक और भावनात्मक रूप से जीवन का अत्यंत कठिन और चुनौतीपूर्ण समय होता है। ऐसे में यदि पति साथ हो तो पत्नी के लिए तन और मन के कष्ट सहन करना सरल हो जाता है।"

"चित्रा, मैं तुम्हारी पीड़ा समझ सकता हूँ, परंतु प्रसव का कष्ट तो तुम्हें ही सहन करना होगा। मैं भला इसमें तुम्हारी क्या सहायता कर सकता हूँ?"

अर्जुन के प्रश्न की तह में लिपटी मंशा ने चित्रांगदा के हृदय को विष-बुझे बाण की भाँति बींध दिया। उसे अर्जुन से इतने अनासक्त उत्तर की अपेक्षा बिल्कुल नहीं थी। चित्रांगदा के मन को गहरा दुःख पहुँचा था। वह निराश हो गई। फिर उसने एक और प्रयास किया।

"अर्जुन, मैं जानती हूँ कि तुम्हारा वापस लौटना आवश्यक है, परंतु मणिपुर की मैत्री पाकर तुम्हारी यात्रा सफल हो चुकी है तो अब तुम वापस जाने के लिए इतने अधीर क्यों हो?"

"चित्रांगदा, मैंने तुमसे पहले ही कहा था कि हम कुरुवंशियों के लिए राज-हित सदा निजी हित से ऊपर होता है। मेरे जीवन का ध्येय मणिपुर की मैत्री अथवा यहाँ की यात्रा तक सीमित नहीं है। अभी ऐसे अनेक महत्त्वपूर्ण कार्य हैं, जिन्हें पूरा करना शेष है। मेरे लिए अब रुक पाना तो संभव नहीं होगा।"

चित्रांगदा अब वह कन्या नहीं थी, जो अर्जुन से पहली बार मिली थी; वह अब माँ बनने वाली थी। उसकी भावनाओं में तब से अब तक बहुत परिवर्तन हो चुका था। वह अर्जुन के प्रत्येक कार्य को संशय से देखने लगी। वह विवाह के समस्त उपक्रम को भी नियोजित स्वार्थ-सिद्धि की तरह देख रही थी। उसे अचानक अपना पति विश्वासघाती लगने लगा। चित्रांगदा के रोम-रोम में प्रतिहिंसा के बगूले उठने लगे, परंतु उसने चेहरे पर शांति के छद्मावरण से हृदय में उठे निराशा और तिलमिलाहट के झंझावात को दबा लिया।

"ठीक है!" वह धीमे स्वर में बोली, "जाओ तुम! जाने वाले को कौन रोक सकता है!"

"निराश मत होओ, चित्रा!" अर्जुन ने चित्रांगदा को छूना चाहा किंतु वह पीछे

हट गई, "मैं तुमसे और अपनी संतान से मिलने अवश्य वापस आऊँगा। अपना ध्यान रखना और मेरे पुत्र को मेरे जैसा वीर और श्रेष्ठ योद्धा बनाना।"

अर्जुन के मुख से 'मेरे जैसा···' सुनकर चित्रांगदा तिलमिला उठी। उसकी इच्छा हुई कि तत्काल कह दे कि 'ईश्वर करे कि वह जैसा भी हो, लेकिन तुम्हारे जैसा तो कदापि न हो!', परंतु चित्रांगदा ने कोई उत्तर नहीं दिया और अर्जुन की ओर पीठ करके खड़ी हो गई।

उलूपी और चित्रांगदा के व्यवहार में कितना अंतर था! उलूपी भी चित्रांगदा की तरह गर्भवती थी। फिर भी वह अर्जुन को विदा करने नदी-तट तक साथ आई थी और उसने अर्जुन को आवश्यकता होने पर सहायता का वचन भी दिया था, परंतु चित्रांगदा ने अर्जुन को न कोई वचन दिया और न उससे कोई वचन लिया। चित्रांगदा हताशा और विरक्ति के कृष्ण-गह्वर में फिसलती जा रही थी। उसने अर्जुन से अनासक्ति के कारण मुँह नहीं मोड़ा था। दरअसल, उसके हृदय के प्रेम-दीप में पड़ा आशा का तेल समाप्त होने को था और आने वाले दिनों में अकेलेपन का अंधकार प्रेम की लौ को लीलने वाला था। चित्रांगदा नहीं चाहती थी कि अर्जुन विदाई की इस पीड़ादायक बेला में उसके आँसुओं को देखकर सहानुभूति और प्रेम के कृत्रिम पुष्प खिलाने का प्रयास करे।

स्त्री को जब पति या प्रेमी से अपेक्षित प्रेम और सान्निध्य नहीं मिलता तो उसकी प्रतिक्रिया तीन चरणों में व्यक्त होती है। सर्वप्रथम भावनाएँ आहत होने पर वह निराश हो जाती है; यह अवस्था अल्पकालिक होती है। पुरुष चाहे तो तत्काल प्रयास करके स्त्री को प्रसन्न भी कर सकता है। दूसरे चरण में, स्त्री के नैराश्य में प्रखरता का समावेश हो जाता है, जिसकी रगड़ से मन में क्रोध की चिनगारियाँ उठती हैं। यदि पुरुष इस चरण पर भी सँभल जाए और भूल का परिमार्जन कर ले तो समझौते की संभावना बन सकती है, परंतु तीसरा और अंतिम चरण, मारक होता है। इस अवस्था में स्त्री के लिए पुरुष का अपराध लगभग अक्षम्य हो जाता है और वह परिमार्जन एवं प्रतिकार के बंधनों को तोड़कर फिर प्रतिशोध की खतरनाक परिधि में प्रवेश कर जाती है।

चित्रांगदा के साथ यही हुआ था। वह तीसरे चरण पर पहुँच चुकी थी। उसने निश्चय किया कि वह अपनी भावी संतान को अस्त्र-शस्त्र का प्रशिक्षण देकर कुशल योद्धा तो बनाएगी ही, किंतु पहले उसे एक संवेदनशील पुरुष बनने की शिक्षा देगी, जिसे पता हो नारी के सम्मान और उसकी भावनाओं का जीवन में क्या महत्त्व होता है। अर्जुन को उसी के वार से परास्त करना चित्रांगदा के जीवन का लक्ष्य भी था

और उसका प्रतिशोध भी।

चित्रांगदा से विवाह करके अर्जुन की मैत्री-यात्रा तो सफल हो गई थी, किंतु वह अपनी पत्नी और भावी संतान को सदा के लिए खो चुका था। वह यह सोच भी नहीं सकता था कि जिस मणिपुर राज्य का समर्थन उसने अर्जित किया था, इंद्रप्रस्थ लौटने की उसकी अधीरता के चलते एक दिन वही मणिपुर राज्य अर्जुन के यश की ढहती इमारत का साक्षी बनने वाला था।

चित्रांगदा के साथ बिताए अंतिम क्षणों से अर्जुन का मन खिन्न था। उसने मन में श्रीकृष्ण को याद किया और सोचने लगा, 'केशव, आपने मणिपुर भेजकर मुझे कैसी उलझन में डाल दिया?'

श्रीकृष्ण का सौम्य स्वर अर्जुन के कानों में गूँजने लगा, *'उलझन कैसी, अर्जुन? अन्य राज्यों से मैत्री करना तुम्हारी इच्छा नहीं, अपितु आवश्यकता थी और मणिपुर, इस मैत्री-अभियान की एक महत्त्वपूर्ण कड़ी है। यहाँ तो तुम्हें आना ही था।'*

'परंतु चित्रांगदा ने जिस भाव से मुझे विदा किया है उसे देखकर मेरे मन में संदेह उत्पन्न हो गया है।'

'कैसा संदेह?' कृष्ण ने पूछा।

'यही कि जिस चित्रांगदा का प्रेम प्राप्त करके मणिपुर की मित्रता अर्जित की है, कहीं उसके रोष के चलते मणिपुर राज्य मेरा शत्रु न बन जाए!'

'पार्थ, कोई सदा शत्रु या मित्र नहीं रहता। समय के बाद संबंध बदलते रहते हैं। कल जो शत्रु थे, वे मित्र बन जाते हैं तो मित्र कभी भी शत्रु हो सकते हैं। इसलिए भविष्य की चिंता न करके वर्तमान की अंगुली थाम लो। यदि मन खिन्न हो तो कुछ दिन मेरे पास आकर रह सकते हो!' इसी के साथ श्रीकृष्ण का स्वर मंद पड़ गया। लेकिन उन्होंने अर्जुन को यह संकेत अवश्य दे दिया था कि उसे मणिपुर से निकलकर किस दिशा में बढ़ना है।

अर्जुन ने बिना सोच-विचार किए द्वारिका की राह पकड़ी और मन हलका करने श्रीकृष्ण से मिलने चल पड़ा।

अर्जुन द्वारिका पहुँचा तो वहाँ उसकी भेंट श्रीकृष्ण की बहन सुभद्रा से हो गई। सुभद्रा गुण एवं सौंदर्य में अनुपम थी तो अर्जुन श्रेष्ठ धनुर्धर होने के अतिरिक्त कृष्ण को अत्यंत प्रिय था। अर्जुन और सुभद्रा को एक-दूसरे को देखते ही प्रेम हो गया। संसार की इच्छाओं के ज्ञाता श्रीकृष्ण से अपनी बहन और अपने प्रिय सखा के मन की बात भला कैसे छिपी रह सकती थी! उन्होंने तुरंत अर्जुन को सुभद्रा से विवाह करने की अनुमति दे दी, परंतु इसमें एक बाधा थी—कृष्ण के

बड़े भाई बलराम।

बलराम सुभद्रा का विवाह अपने प्रिय शिष्य दुर्योधन से करना चाहते थे परंतु विकृत मानसिकता वाला दुर्योधन न कृष्ण को पसंद था और न ही सुभद्रा को। लेकिन बलराम से यह कहने का साहस किसी में नहीं था। इसलिए कृष्ण ने चुपचाप एक योजना बनाई। उन्होंने अर्जुन को सुभद्रा के हरण का न केवल सुझाव दिया अपितु उसे क्रियान्वित करने में भी पूरा सहयोग दिया। बलराम को पता लगा कि उनका अतिथि अर्जुन ही सुभद्रा को भगा ले जा रहा था तो उन्हें क्रोध आ गया और वे अर्जुन को मारने दौड़ पड़े, परंतु जिन माधव के मनमोहक वचन देवताओं तक को दिग्भ्रमित कर देते हैं, उनके समक्ष बलराम भला कितनी देर ठहरते! आखिर, कृष्ण ने बलराम को भी अर्जुन-सुभद्रा विवाह के लिए सहमत कर ही लिया। इसी के साथ अर्जुन का वनवास और उसका मैत्री-अभियान दोनों समाप्त हो गए तथा वह सुभद्रा को साथ लेकर इंद्रप्रस्थ लौट आया।

□

14
बभ्रुवाहन

एक ओर जहाँ अर्जुन, जीवन की चादर का एक सिरा पकड़े सुभद्रा और द्रौपदी के साथ सुख भोग रहा था, वहीं उस चादर के दूसरे सिरे पर बैठी चित्रांगदा दुःख के सागर में डूबी हुई थी। चित्रांगदा शारीरिक रूप से भले ही मणिपुर में थी, किंतु उसका मन अर्जुन के संग-संग यात्रा कर रहा था। उसका मानना था कि वे सारे अंतरग क्षण, जो अर्जुन सुभद्रा और द्रौपदी के साथ बिता रहा था, वे दरअसल, चित्रांगदा के हिस्से के थे, परंतु सौतिया-डाह से भी अधिक अर्जुन द्वारा की गई उपेक्षा का दंश चित्रांगदा की आत्मा में निरंतर चुभ रहा था।

अर्जुन और चित्रांगदा का विवाह एक समझौता था, जिसमें अर्जुन ने प्रेम का कुछ अंश चित्रांगदा को देकर उसके बदले में मणिपुर राज्य का समर्थन प्राप्त किया था। चित्रांगदा ने बहुत प्रयास किया कि इस तथ्य को वह अपने जीवन का सत्य बना ले परंतु वह चाहकर भी ऐसा कर नहीं पाई।

समय बीतता गया और चित्रांगदा के मन में रोष की जड़ें गहरी और मजबूत होती गईं। उसे अपना संकल्प याद था कि वह अपने होने वाले पुत्र को अर्जुन जैसा नहीं, अपितु उससे श्रेष्ठ योद्धा बनाएगी और एक दिन अर्जुन का वही पुत्र, स्वयं अर्जुन को युद्ध में पराजित करेगा। चित्रांगदा ने इस संकल्प के बीज को मरने नहीं दिया अपितु वह उसे घृणा और प्रतिशोध के खाद-पानी से निरंतर सींचती रही। परिणाम वही हुआ, जो अपेक्षित था!

नियत समय पर चित्रांगदा ने एक अत्यंत तेजवान और सुंदर पुत्र को जन्म दिया। वह बालक लंबी भुजाओं तथा चौड़े स्कंध के साथ पैदा हुआ था। उसमें अर्जुन के समस्त शारीरिक गुण जन्मजात मौजूद थे। भगवान् शिव का वरदान फलीभूत हो गया था। मणिपुर राज्य का अगला उत्तराधिकारी किलकारियाँ मार रहा

था। जिस समय मणिपुर के महाराज चित्रवाहन और रानी वसुंधरा अपने दौहित्र में मणिपुर के भावी नरेश के दर्शन कर रहे थे, तब चित्रांगदा अपने पुत्र में अपने संकल्प को साकार होता देख रही थी। उसे अपने नवजात पुत्र में केवल अर्जुन के अहं को पानी पिला देने वाला शूरवीर दिखाई दे रहा था। चित्रांगदा ने अपने तेजस्वी पुत्र का नाम रखा—बभ्रुवाहन।

राजकुमार बभ्रुवाहन के जन्म पर मणिपुर में भव्य उत्सव होना स्वाभाविक था। सारी तैयारियाँ यथासमय पूर्ण हो गईं। चित्रवाहन ने यथासंभव अपने सभी मित्र-राज्यों को दौहित्र बभ्रुवाहन के जन्मोत्सव में सम्मिलित होने का निमंत्रण भेजा था और सब लोग नन्हे राजकुमार को आशीर्वाद देने आ भी गए, परंतु एक व्यक्ति उपस्थित नहीं था। वह था बालक का पिता—अर्जुन।

अर्जुन को सूचना देने के लिए चित्रवाहन ने विशेष दूत भेजा था, जिसने इंद्रप्रस्थ से लौटकर यह संदेश दिया—"महाबाहो अर्जुन ने अपने पुत्र बभ्रुवाहन के लिए अनेक अनमोल उपहार और आकाश-भर शुभाशीष भेजा है, परंतु कुंती-नंदन इंद्रप्रस्थ की एक अत्यंत महत्त्वपूर्ण प्रशासनिक समस्या को सुलझाने में व्यस्त हैं और समय मिलते ही अपने पुत्र को देखने मणिपुर पधारेंगे।"

मणिपुर से जाते समय अर्जुन का चित्रांगदा से मन-मुटाव हो गया था। पति-पत्नी कितना ही झगड़ें, किंतु उनकी संतान उनके बीच का सेतु होती है, जो चाहकर भी उन्हें एक-दूसरे से अलग नहीं होने देती। अत: चित्रवाहन और चित्रांगदा दोनों को पूरी आशा थी कि अर्जुन और चित्रांगदा के बीच कुछ भी हुआ हो, किंतु पुत्र-जन्म का शुभ समाचार मिलते ही अर्जुन सब कार्य छोड़कर बभ्रुवाहन को आशीर्वाद देने दौड़ा आएगा। दुर्भाग्य से, उनकी आशा निराधार सिद्ध हुई। अर्जुन नहीं आया। चित्रांगदा की अकुलाहट और रोष बढ़ने लगा था।

उसकी व्याकुलता देखकर चित्रवाहन ने उसे समझाया, "पुत्री, अर्जुन कोई साधारण राजकुमार नहीं है। वह कुरुवंशज है और उसके ऊपर अनेक तरह के उत्तरदायित्व हैं। मेरे विचार से वह अवश्य किसी आवश्यक कार्य में उलक्ष गया होगा, इसलिए मणिपुर नहीं आ पाया है।" परंतु चित्रांगदा का मन जानता था कि उसके पिता केवल मन रखने के लिए उसे दिलासा दे रहे थे। वास्तव में, सब जानते थे कि अर्जुन नहीं आएगा।

स्त्री माँ बन जाती है तो उसके भीतर पति-प्रेम का स्थान मातृत्व ले लेता है। वह अपने पति के द्वारा उपेक्षा भले ही सहन कर ले, किंतु अपनी संतान के साथ अन्याय कभी सहन नहीं करती। चित्रांगदा ने भी यह तो सहन कर लिया कि

उसके हिस्से का प्रेम अर्जुन बड़ी सहजता से सुभद्रा और द्रौपदी में बाँट रहा था, परंतु अर्जुन द्वारा अपने पुत्र की उपेक्षा ने चित्रांगदा के घाव को हरा कर दिया। उसके लिए अपमान का कड़वा घूँट पीना असह्य हो गया था। धीरे-धीरे उसके हृदय में स्नेह का स्थान अवसाद ने ले लिया। कुछ और समय बीता तो चित्रांगदा का अवसाद खीज में और खीज फिर क्रोध में बदल गई। क्रोध की विशेषता यह है कि समय पर उसका शमन न किया जाए तो उसमें से प्रतिशोध के अंकुर फूट पड़ते हैं। अब अर्जुन से प्रतिशोध लेना ही चित्रांगदा के जीवन का लक्ष्य बन गया।

बभ्रुवाहन के जन्म को अभी कुछ ही दिन हुए थे कि चित्रांगदा के मन में उथल-पुथल होने लगी। उसे पता था कि बभ्रुवाहन थोड़ा-सा समझदार होते ही अपने पिता के विषय में अवश्य पूछेगा। रक्त के संबंध व्यक्ति को भावनात्मक तौर पर दुर्बल और उसके संकल्प को क्षीण कर देते हैं, इसलिए यदि बभ्रुवाहन को पता लगा कि अर्जुन उसका पिता है तो स्नेह एवं आदर के चलते बभ्रुवाहन अर्जुन को कभी अपना शत्रु या प्रतिद्वंद्वी मान ही न पाएगा। यह विचार मन में आते ही चित्रांगदा ने निश्चय किया कि वह इस सत्य को उपयुक्त समय आने तक बभ्रुवाहन से छिपाकर रखेगी। उसने अवसर देखकर यही वचन अपने माता-पिता से भी माँग लिया।

एक दिन चित्रवाहन जब बभ्रुवाहन को अपनी गोद में बैठाकर खिला रहा था तो उसने कहा, "पुत्री! बभ्रुवाहन के जन्म से हमारी समस्त चिंताएँ दूर हो गईं, क्योंकि तुमने हमें एक प्यारा दौहित्र ही नहीं, अपितु मणिपुर राज्य को उसका राजा भी दिया है। हम तुमसे बहुत प्रसन्न हैं। माँगों तुम्हें क्या चाहिए?"

चित्रांगदा ने मुसकराते हुए अपने पिता से कहा, "आपके आशीर्वाद से मेरे पास सबकुछ है। फिर भी आप यदि मुझे कुछ देना ही चाहते हैं तो केवल एक वचन दीजिए।"

"कैसा वचन?" चित्रवाहन ने आश्चर्य से पूछा।

"मुझे वचन दे दीजिए कि आप बभ्रुवाहन को उसके पिता का नाम कभी नहीं बताएँगे!"

"परंतु...क्यों?"

"समय आने पर इस रहस्य का उद्‍घाटन मैं स्वयं करूँगी! मुझे वचन दीजिए।"

चित्रवाहन को आश्चर्य तो बहुत हुआ, किंतु उन्होंने चित्रांगदा से तर्क नहीं किया और उसे चुपचाप वचन दे दिया।

और फिर, चित्रांगदा ने बहुत कम उम्र से ही बभ्रुवाहन को शस्त्र एवं शास्त्र

की शिक्षा तथा सैन्य-प्रशिक्षण देना आरंभ कर दिया। वह उसे चिलचिलाती धूप में नंगे पैर चलाती और उसे मीलों दौड़ने को कहती। दिन में कई घंटे बभ्रुवाहन को व्यायाम करना पड़ता था। चित्रवाहन और उनकी पत्नी वसुंधरा जब कभी बभ्रुवाहन को इतना कड़ा अभ्यास करता देखते तो उन्हें बड़ा दुःख होता था। उन्होंने कई बार चित्रांगदा से कहा कि वह इतने छोटे बालक पर ऐसे अत्याचार न करे। उन्हें यह देखकर बुरा लगता था कि बभ्रुवाहन राजकुमार होते हुए भी नंगे पैर तपती धरती पर चलता था, ऊबड़-खाबड़ रास्तों पर मीलों दौड़ता था। इतना अभ्यास और व्यायाम करने के बाद भी चित्रांगदा उसे राजमहल की सुख-सुविधा उठाने का अवसर नहीं देती थी, जिसे पाने का बभ्रु को पूरा अधिकार था।

अनेक अवसर आए, जब बभ्रुवाहन के नाना-नानी से यह सब देखा नहीं जाता था। वे चित्रांगदा से झगड़ तक पड़ते थे, परंतु बहुत समझाने-बुझाने और लड़ने-झगड़ने के बावजूद चित्रांगदा ने हठ नहीं छोड़ा। वह निर्णय ले चुकी थी कि बभ्रुवाहन को भीतर से और बाहर से इतना शक्तिशाली बना देगी कि वह किसी भी तरह का भावनात्मक और शारीरिक प्रहार सहन करने में सक्षम हो जाएगा।

एक दिन उन्होंने चित्रांगदा से इसका कारण पूछा, "पुत्री, प्रशिक्षण देना अच्छी बात है, किंतु बभ्रुवाहन अभी बहुत छोटा है। इतने छोटे बालक को इतना कड़ा परिश्रम और युद्धाभ्यास क्यों करवा रही हो? क्यों इसे इतनी यातनाएँ और कष्ट दे रही हो?"

"पिताजी!" चित्रांगदा ने उत्तर दिया, "मैं आपकी भावनाओं को समझती हूँ। यह सत्य है कि बभ्रु को कम आयु में इतना कष्ट सहना पड़ रहा है, किंतु यह भी सत्य है कि यदि हमें अपनी संतान को बलशाली और योग्य बनाना है तो उससे पहले अपनी भावनाओं पर नियंत्रण रखना होगा, ममता पर अंकुश लगाना होगा। बच्चों में बचपन से ही परिश्रम और अभ्यास की आदत विकसित करनी होगी। यह मत भूलिए कि आग में तपने के बाद ही सोना कुंदन बनता है और मैं तो अपने पुत्र को कुंदन से अधिक शुद्ध बनाना चाहती हूँ। ऐसा नहीं है कि इसे कष्ट देते हुए मेरा मन दुःखी नहीं होता। मैं इसकी माँ हूँ। आप ही सोचिए कि इसे ऐसी हालत में देखकर मुझसे ज्यादा कष्ट और किसे होता होगा! परंतु मैंने स्वयं को समझा रखा है, क्योंकि मुझे पता है कि एक दिन आएगा जब बभ्रुवाहन किसी भी मानसिक एवं शारीरिक युद्ध के लिए तैयार हो चुका होगा। उस दिन मैं अपना समस्त स्नेह, अपनी सब ममता इस पर न्योछावर कर दूँगी और मुझे विश्वास है कि प्रशिक्षण पूरा हो जाने पर इसके सारे कष्ट आनंद में परिवर्तित हो जाएँगे। इसे सदा यह संतोष रहेगा कि इसने अपना

जीवन राजकुमारों की तरह भोग-विलास में नहीं, अपितु अपने जीवन को सार्थक बनाने में व्यतीत किया है।"

चित्रांगदा का इतना लंबा और विस्तृत तर्क सुनकर चित्रवाहन और वसुंधरा ने चित्रांगदा के संकल्प की शक्ति के सामने हार स्वीकार कर ली। इस बीच बभ्रुवाहन का प्रशिक्षण उसी कठोरता के साथ जारी रहा। अब वह थोड़ा बड़ा हो गया था और समझदार भी।

एक दिन बभ्रुवाहन ने अपनी माँ चित्रांगदा से कहा, "माँ, मैं मणिपुर राज्य का राजकुमार हूँ और संभवत: आने वाले समय में मुझे ही राज्य को सँभालने का दायित्व भी सौंपा जाएगा। आपने मुझे सदा राजमहल की सुख-सुविधाओं से दूर रखा। मैं उसका कारण जानता हूँ। आप चाहती थीं कि मैं सुख-सुविधाओं तथा भोग-विलास में लिप्त होकर मानसिक एवं शारीरिक रूप से दुर्बल न हो जाऊँ। आपने कठिन परिस्थितियों में मुझे प्रशिक्षण दिलावाया और मेरे शरीर को फौलाद बना दिया। मेरे जीवन को सही दिशा देने के आपके संकल्प को मैं प्रणाम करता हूँ।"

"प्रिय बभ्रु, यह हर माता-पिता का कर्तव्य है कि वे बचपन से ही अपनी संतान को सुख-सुविधओं के मोह-पाश से दूर रखें तथा उसे शिक्षा के साथ शक्ति का महत्त्व सिखाएँ। इसलिए मैंने जो किया वह मेरा कर्तव्य था और तुमने जो सीखा, वह तुम्हारा कर्तव्य था।"

"परंतु इस संपूर्ण प्रशिक्षण के बावजूद मुझे अपने जीवन में पिता का अभाव बहुत खलता है। मैंने आपसे इस विषय में कभी कोई प्रश्न नहीं किया और न ही अपने पिता के बारे में कुछ भी जानने की चेष्टा ही की। मैंने एक बार बहुत पहले नाना महाराज से अपने पिता का नाम पूछा था, किंतु उन्होंने यह कहकर मुझे टाल दिया कि उचित समय आने पर आप स्वयं मुझे मेरे पिता का नाम बता देंगी। इसलिए मैंने उनसे या आपसे यह प्रश्न नहीं किया।"

"यह सच है बभ्रु," चित्रांगदा बोली, "समय आने पर मैं तुम्हें न केवल तुम्हारे पिता का नाम बताऊँगी अपितु उनसे मिलवा भी दूँगी।"

"परंतु वह उचित समय आखिर आएगा कब, जब मुझे अपने पिता के दर्शन होंगे? और फिर जब उनसे भेंट होगी तब देखा जाएगा, किंतु तब तक मुझे उनका नाम तो बताइए।"

चित्रांगदा ने गहन भाव से बभ्रुवाहन की ओर देखते हुए कहा, "पुत्र, मैं अभी तुम्हें पिता का नाम तो नहीं बता सकती किंतु यह अवश्य बता सकती हूँ कि उनसे

तुम्हारी भेंट कब होगी।"

"बताइए माँ, मेरी अपने पिता से कब भेंट होगी?"

"बभ्रु, मैंने बचपन से तुम्हें इतना कठोर प्रशिक्षण इसलिए दिया, क्योंकि तुम्हारे जन्म के समय मैंने संकल्प लिया था कि मैं तुम्हें संसार का सर्वश्रेष्ठ योद्धा बनाऊँगी, परंतु सर्वश्रेष्ठ योद्धा के स्थान पर पहले से ही कोई बैठा है। जब तक वह स्थान रिक्त नहीं होता तब तक तुम सर्वश्रेष्ठ योद्धा का पद प्राप्त नहीं कर सकते। तुम जिस दिन उस व्यक्ति को पराजित करके सर्वश्रेष्ठ योद्धा का पद प्राप्त कर लोगे, उसी दिन मैं तुम्हारी भेंट तुम्हारे पिता से करवा दूँगी।"

"कौन है वह व्यक्ति? संसार किसे सर्वश्रेष्ठ योद्धा मानता है?" बभ्रुवाहन ने आश्चर्य से पूछा।

"अर्जुन!" चित्रांगदा ने उत्तर दिया।

"प्रख्यात धनुर्धर और द्रोण-शिष्य अर्जुन?" बभ्रुवाहन ने पूछा।

"हाँ, तुमने सही पहचाना बभ्रुवाहन!" चित्रांगदा ने पुष्टि की, "मैं उसी अर्जुन की बात कर रही हूँ। वही संसार का सर्वश्रेष्ठ योद्धा है। यदि तुम्हें वह स्थान प्राप्त करना है तो अर्जुन को परास्त करना होगा।"

यह सुनकर बभ्रुवाहन ने उत्साह से भरकर कहा, "मैं आपको वचन देता हूँ कि आपका प्रशिक्षण विफल नहीं होगा। मैं अवसर मिलते ही अर्जुन को न केवल चुनौती दूँगा अपितु उसे परास्त भी कर दूँगा।"

"विजयी भव!" चित्रांगदा ने बभ्रुवाहन के सिर पर हाथ फेरकर उसे आशीर्वाद दिया। "परंतु अर्जुन को परास्त करने के लिए तुम्हें युद्धाभ्यास के साथ देवी कामाख्या के आशीर्वाद की भी आवश्यकता होगी।"

"माँ, मैं अर्जुन से युद्ध के लिए तैयार हूँ। आप जब आज्ञा देंगी, मैं देवी कामाख्या का आशीर्वाद लेकर अर्जुन को परास्त करूँगा तथा अपने वचन और आपके संकल्प की रक्षा करूँगा। मुझे आशा है कि उस दिन आप भी अपना वचन निभाएँगी और मुझे मेरे पिता से मिलने का अवसर मिलेगा। आज्ञा दीजिए। मेरे अभ्यास का समय हो गया है।"

"अवश्य पुत्र! जाओ। यशस्वी भव!"

□

15

नयनतारा-निरंजन

"माँ, चित्रांगदा ने जो किया क्या उसे प्रेम कहा जा सकता है?" निरंजन ने नयनतारा को टोका, "क्या इस तरह दबाव से बनाया गया संबंध सच्चे प्रेम की श्रेणी में आता है? क्या यह उचित है?"

"निरंजन! युद्ध और प्रेम के संदर्भ में उचित और अनुचित के बीच की रेखा बहुत दुर्बल होती है!"

"यह कहावत तो मैंने अंग्रेजी में भी सुनी है—एवरीथिंग इज़ फेयर इन लव एंड वॉर!" निरंजन तपाक से बोला।

"कहावत तो ठीक है," नयनतारा बोली, "लेकिन स्त्रियों पर यह पुरुषों की तुलना में थोड़ा अलग ढंग से चरितार्थ होती है।"

"वो कैसे?" निरंजन के लिए इस अवधारणा को जानना एक नवीन अनुभव था, "क्या पुरुष प्रेम में भावुक नहीं होता?"

नयनतारा निरंजन के भोलेपन पर मुसकराते हुए बोली, "निस्संदेह, होता है! पुरुष भी प्रेम में बहुत भावुक हो जाता है, लेकिन स्त्री के हृदय में किसी पुरुष के प्रति प्रेम विकसित हो जाए तो वह पहले तो उस भाव को यथासंभव छिपाकर रखती है और फिर उसे जब विश्वास हो जाता है कि वह पुरुष भी उसे पसंद करता है तो फिर उसे पाने के लिए स्त्री किसी भी सीमा तक जा सकती है, कैसी भी बाधा को लाँघ सकती है। वह उलूपी की भाँति भावातिरेक में मोम-सी पिघल भी सकती है और चित्रांगदा की तरह कठोर बनकर पुरुष पर दबाव डालने से भी नहीं हिचकिचाती। उलूपी और चित्रांगदा दोनों को अर्जुन से प्रेम था। उलूपी ने समर्पण का मार्ग चुना, किंतु चित्रांगदा कठोर हो गई और उसने अपने हृदय में उठी प्रेम की धारा को

प्रतिशोध के मार्ग पर मोड़ दिया। दोनों में से क्या उचित था और क्या अनुचित, इसका निर्णय तो कहानी के अंत में हो पाएगा।"

"ओह! तो फिर कहानी सुनाओ···" निरंजन भी मुसकरा दिया।

□

16
भीम और हिडिंबा की भेंट

हस्तिनापुर में कौरवों के कपटी मामा शकुनि तथा और नेत्रहीन पिता धृतराष्ट्र के सहयोग से दुर्योधन ने द्यूत में पांडवों को हराकर छल से न केवल उनका इंद्रप्रस्थ राज्य हड़प लिया अपितु उन्हें बारह वर्ष के वनवास और एक वर्ष के अज्ञातवास पर भी जाने पर विवश कर दिया।

वनवास के दौरान पांडवों के कदम जिस ओर मुड़ जाते, वे उसी ओर चल पड़ते थे। वे कौरवों से भी दूरी बनाए रखना चाहते थे, इसलिए बीच-बीच में मार्ग बदल लेते थे। जब वे चलते-चलते थक जाते और उन्हें भूख-प्यास सताती तो भोजन के नाम पर कंद-मूल सरलता से मिल जाते थे, परंतु पानी की तलाश में वन के भीतर घुसना पड़ता था। यों तो सभी पांडव साहसी और निडर थे लेकिन विशालकाय भीम के होते हुए वन में किसी और को जाने की आवश्यकता ही नहीं थी। इसलिए वनों में भटकते हुए पानी की व्यवस्था भीम ही किया करता था।

ऐसे ही एक दिन भटकते हुए पांडव एक वन में पहुँच गए। वे इतने थक चुके थे कि उनका इस ओर ध्यान ही नहीं गया कि यह वही वन था जहाँ वर्षों पहले उनकी भेंट राक्षस-कन्या हिडिंबा से हुई थी। दोपहर के भोजन के उपरांत पांडवों को प्यास लगी थी, किंतु बहुत खोजने पर उन्हें कहीं पानी नहीं मिला। सबका गला सूखने लगा तो पाँचों भाई और द्रौपदी एक विशाल वट-वृक्ष के नीचे बैठ गए। भीम ने देखा कि द्रौपदी का प्यास से बुरा हाल था। आखिर वह पानी की खोज में निकल पड़ा।

भीम घूमता हुआ वन के अंदर पहुँच गया। उसे कुछ दूरी पर एक कुआँ दिखाई पड़ा। वह कुएँ के निकट गया, उसने अंदर झाँककर देखा तो पाया कि कुआँ साफ

पानी से भरा था, परंतु एक समस्या थी। कुएँ से पानी निकालने के लिए न कोई रस्सी थी और न ही जल-पात्र। भीम बहुत देर सोचता रहा, लेकिन उसे पानी निकालने का कोई तरीका नहीं सूझा। सूर्य अस्त होने वाला था। उसने सोचा यदि वह समय से पानी लेकर नहीं लौटा तो उसके भाई चिंतित होंगे और कहीं वे उसे खोजने निकल पड़े तो उनके वन में भटक जाने की संभावना भी थी।

भीम कुएँ के पास टहलता हुआ अंदर से पानी निकालने की युक्ति सोच रहा था कि तभी उसने किसी को अपनी ओर आते देखा। वह सतर्क हो गया। सूर्य की अंतिम किरण पश्चिमी क्षितिज पर झिलमिला रही थी। भीम ने उस आकृति को पहचानने की चेष्टा की परंतु ऊँचे वृक्षों के घने छत्र ने ढलते सूर्य की अंतिम किरण का मार्ग अवरुद्ध कर दिया था। भीम ने अपनी मोटी-बलशाली बाँहों को सहलाया और उस संकट से जूझने को तैयार हो गया। इस बीच वह आकृति भीम के सामने आकर खड़ी हो गई।

स्त्री!

भीम ठिठक गया। "कौन हो तुम?" उसने पूछा।

"डरो मत! मैं हूँ," स्त्री बोली तो भीम ने तुरंत उस स्वर को पहचान लिया।

"हिडिंबा!" भीम अविश्वास से चौंक पड़ा। "तुम यहाँ कैसे?"

"यह प्रश्न तो मुझे पूछना चाहिए," हिडिंबा ने धीरे से कहा, "मैं तो आज भी वहीं हूँ, जहाँ आप मुझे छोड़कर गए थे। यह निवास-स्थान मेरा है। यहाँ अजनबी आप हैं, मैं नहीं!"

"ओह! तो क्या यह वही वन है?" भीम ने चारों ओर दृष्टि घुमाते हुए कहा। "मैं···मेरा मतलब हम लोग फिर वहीं आ पहुँचे? यह कैसा आश्चर्य है?"

"इसे आश्चर्य नहीं नियति कहते हैं। जीवन वृत्ताकार है और वृत्त जहाँ से आरंभ होता है, वहीं समाप्त हो जाता है। हम इसकी परिधि पर चक्कर लगाते हैं और हमें केवल ऐसा लगता है कि आदि एवं अंत के बीच हमने लंबी यात्रा तय कर ली है, जबकि हम उस यात्रा के दौरान आने वाले पड़ावों से बार-बार गुजरते रहते हैं। हम उन्हीं स्थानों पर लौटते हैं, उन्हीं लोगों से मिलते हैं और हमारा अतीत बार-बार वर्तमान बनकर हमारे सामने से गुजरता रहता है। इसका कारण यह है कि अपनी यात्रा के दौरान हम कर्मों के अनेक बीज अपने मार्ग में डालते हुए चलते हैं। फिर उन कर्म-बीजों के फल निकलने आरंभ होते हैं। हम भूल जाते हैं बीज हमने बोए थे, इसलिए फल भी हमें ही खाने पड़ेगे, किंतु नियति कुछ नहीं भूलती! हमारे कर्म के फल जैसे ही पककर तैयार होते हैं, नियति हमें उन फलों के यथोचित स्थान पर

ले आती है। यह सब सुनने-देखने में आश्चर्यजनक लगता है, किंतु यही प्रकृति का अटल नियम है।"

हिडिंबा इतने वर्षों में पूरी बदल चुकी थी। उसका बाह्य रूप हालाँकि, आज भी पहले जैसा ही था, किंतु उसके भीतर के आध्यात्मिक प्रकाश में भीम के आसपास छाया समस्त अंधकार दूर हो गया। भीम को सब स्पष्ट दिख रहा था।

"बीज तो मैंने भी डाला था···क्या मेरी नियति मुझे भी उसी का फल देने के लिए यहाँ लाई है ?" भीम ने पूछा।

"आप अपवाद नहीं हैं···" हिडिंबा ने निस्संकोच उत्तर दिया, "और न ही मैं! हम सभी कर्म के बीज डालते हैं, परंतु उनका फल अलग-अलग समय पर मिलता है। इसलिए संभव है कि आपको अपने कर्म-बीज का फल आज मिला हो, जबकि नियति मुझे यहाँ कोई नया बीजारोपण करने लाई हो।"

भीम के मस्तिष्क में हिडिंबा के साथ बिताए समय की सरस स्मृतियाँ बिजली की तरह कौंधने लगीं। उसकी इच्छा हुई कि वह दौड़कर हिडिंबा को बाँहों में भर ले, किंतु यदि समय दूर बैठे लोगों को मिला सकता है तो वही समय लोगों के बीच की दूरियों को इतना बढ़ा भी देता है कि केवल बाँहों के आलिंगन से उस खाई को पाटना कई बार संभव नहीं हो पाता।

भीम को हिडिंबा के बातें अधिक समझ में नहीं आ रही थीं। उसने बीते वर्षों में कभी हिडिंबा अथवा अपने पुत्र के विषय में जानने का प्रयास तक नहीं किया।

"हमारा पुत्र कहाँ है ?" पुत्र का विचार भीम के मन में पहली बार उठा था। "उसका नाम क्या है ?"

"हमारा पुत्र··· ?" हिडिंबा ने मुँह बिचकाया, "मेरे पुत्र का नाम घटोत्कच है। उसकी काया अवश्य आपकी तरह विशाल है, लेकिन उसे अदम्य योद्धा मैंने बनाया है; उसके तन में आप जैसा असीम बल तो है, किंतु उस बल का सदुपयोग करना उसे मैंने सिखाया है; राक्षस-कुल में जन्म लेने के कारण उसे मायावी विद्याओं का नैसर्गिक ज्ञान है, लेकिन वह मनुष्यों की तरह संवेदनशील और भावुक भी है। उसमें वे समस्त गुण हैं, जिनके कारण वह शत्रुओं के लिए वज्रपात के समान घातक है तो मित्रों के लिए सौम्य और सरल। मैंने आपको वचन दिया था कि मैं उसे निपुण योद्धा बनाऊँगी और मुझे प्रसन्नता है कि मैंने अपना वचन पूरा किया है।"

भीम ने अपने पुत्र घटोत्कच के बारे में सुना तो उससे रहा न गया, "मैं उससे एक बार मिलना चाहता हूँ," वह बोला।

"अवश्य! घटोत्कच से आपकी भेंट होगी, लेकिन आज नहीं। उसके लिए प्रतीक्षा करनी होगी।"

"कब तक?"

"यह मैं नहीं बता सकती, किंतु वर्षों की एकाकी साधना ने मुझे इतना आत्मिक बल अवश्य दिया है कि मुझे कुछ घटनाओं का पूर्वाभास हो जाता है। इसलिए मैं कह सकती हूँ कि अपने पुत्र से आपकी भेंट जल्दी ही होगी। आपका इस वन में आना कैसे हुआ?"

"दरअसल...हम पाँचों भाई वनवास काट रहे हैं और..."

"...और आपको प्यास लगी है, किंतु इस कुएँ से पानी निकालने की युक्ति नहीं सूझ रही!" हिडिंबा ने कुएँ की ओर देखते हुए कहा। उसे सब पहले से पता था।

हिडिंबा कुएँ के पास गई। भीम भी उसके पीछे चला। हिडिंबा ने सहसा पलटकर भीम का श्वेत उत्तरीय खींच लिया। भीम को यह देखकर आश्चर्य हुआ कि वस्त्र तो छोटा ही था, किंतु हिडिबा का हाथ लगते ही वह खुलकर लंबा हो गया। हिडिंबा ने उत्तरीय का एक सिरा हाथ में पकड़ा और दूसरे सिरे को कुएँ के अंदर लटका दिया। भीम चुपचाप खड़ा देखता रहा। उसे समझ में नहीं आया कि हिडिंबा क्या करना चाह रही थी। हिडिंबा वस्त्र को पकड़कर खड़ी रही। कुछ ही देर में हिडिंबा का हाथ गीला हो गया। वस्त्र ने धीरे-धीरे कुएँ का पानी सोख लिया और वह पानी से सराबोर हो चुका था।

हिडिंबा ने धीरे-से वस्त्र को बाहर खींचा और उसे भीम को देते हुए बोली, "इसे ले जाइए। इसमें इतना पानी है कि आप सबकी प्यास मिट जाएगी। यदि फिर आवश्यकता पड़े तो आपको पता ही है कि बिना पात्र और रस्सी के कुएँ से पानी कैसे निकाला जाता है।"

हिडिंबा की बुद्धिमत्ता और सूझ-बूझ से भीम चकित था। उसने हिडिंबा के हाथ से गीला वस्त्र लिया और फिर साहस जुटाकर बोला, "इस सहायता के लिए तुम्हारा हृदय से आभारी हूँ। मैं तुम्हें वचन देता हूँ कि आज हमें पानी पिलाकर तुमने जो उपकार किया है, एक दिन उसका ऋण अवश्य चुकाऊँगा।"

"आपके वचन पर भरोसा करने को मन तो नहीं है, किंतु आप कहते हैं तो ठीक है..." हिडिंबा ने ठंडे स्वर में कहा।

"हिडिंबा, हम इतने वर्षों बाद मिले हैं। तुम्हें मुझ पर क्रोध भी आ रहा होगा। क्या तुम्हें मुझसे कुछ नहीं कहना?"

"मेरे मन में क्रोध था, किंतु मैंने वर्षों पहले ही उस क्रोध की ऊर्जा को घटोत्कच के पालन-पोषण करने में लगा दिया। आपके लिए मेरे पास अब सहानुभूति के अतिरिक्त कुछ नहीं है। जहाँ तक कुछ कहने-सुनने का प्रश्न है तो समझ लीजिए कि मैंने अपने मन की सारी बातें, सारी व्यथा, सारे दुःख-सुख घटोत्कच के साथ बाँट लिए हैं। आप दोनों की जब कभी भेंट होगी, वह आपको अवश्य कुछ बताएगा···वह जो भी कहे, उसे मेरे ही मन के उद्गार मानकर सुनिएगा। अब यह वस्त्र ले जाइए और घटोत्कच से मिलने की प्रतीक्षा कीजिए।" यह कहकर हिडिंबा मुड़ी और जिस तरह चुपचाप आई थी, वैसे ही वापस लौट गई।

भीम हतप्रभ खड़ा पानी से भीगे उत्तरीय को देखता रहा। हिडिंबा जा चुकी थी, परंतु उसके तीखे वचन चारों गूँज रहे थे। भीम को लगा जैसे कोई उसके गाल पर जोर से थप्पड़ मार उसकी आत्मा को झकझोरकर चला गया था। वह उत्तरीय लेकर अपने भाइयों के पास लौट आया। भीम को आता देख पांडवों को राहत मिली। उसके हाथ में भीगा हुआ उत्तरीय देखकर द्रौपदी मुसकरा दी। सबको विश्वास था साहसी और बुद्धिमान् भीम खाली हाथ वापस नहीं आएगा।

भीम चाहता तो वन में हिडिंबा से हुई भेंट के विषय में अपने भाइयों को बता सकता था, परंतु उसने ऐसा नहीं किया, क्योंकि जो वन में पानी लाने गया था, वह साहस और आत्म-विश्वास से भरा भीम था, परंतु पानी लेकर लौटने वाला भीम बदला हुआ था। वह एक स्त्री—जो संयोग से उसकी परित्यक्ता पत्नी भी थी—के हाथों ग्लानि और लज्जा का स्वाद चखकर लौटा था। और इन दोनों की कड़वाहट स्त्री की अपेक्षा, पुरुष की जिह्वा पर अधिक समय तक रहती है।

भीम ने कभी सोचा नहीं था कि वन में जल की खोज उसे पत्नी और पुत्र तक पहुँचा देगी। जैसे हर चमकने वाली वस्तु सोना नहीं होती, वैसे ही मनचाहे ढंग से शुरू हुई घटना का अंत भी मनचाहा हो, यह आवश्यक नहीं है। नियति जब करवट लेती है तो कोई नहीं जानता कि वह किसे आशीर्वाद देगी और किससे मुँह मोड़ लेगी। इसका उत्तर केवल समय के पास होता है और समय की प्रतीक्षा तो करनी ही पड़ती है।

□

17
इरावान का बलिदान

बारह वर्ष का वनवास और एक वर्ष का अज्ञातवास पूरा करने के बाद जब पांडवों ने हस्तिनापुर लौटकर दुर्योधन से अपना इंद्रप्रस्थ राज्य वापस माँगा तो दुष्ट दुर्योधन ने राज्य देने से साफ मना कर दिया और यह भी कहा कि राज्य तो दूर वह पांडवों को सुई की नोक के बराबर भूमि भी नहीं देगा! ऐसा कहकर दुर्योधन ने शांति और समझौते के सारे द्वार स्वयं बंद कर लिए, जिसके कारण पांडवों के पास कौरवों से युद्ध करने के अतिरिक्त कोई विकल्प शेष नहीं रहा। दोनों पक्ष महासमर की तैयारी में जुटे थे। पांडव शिविर में युद्ध की रणनीति पर चर्चा चल रही थी।

युधिष्ठिर ने कहा, "यह युद्ध हमारे जीवन का सबसे महत्त्वपूर्ण युद्ध है। मैं जानता हूँ कि आज संसार में कोई ऐसा योद्धा नहीं है, जो महाबाहो अर्जुन और गदाधर भीम के सामने टिक सके किंतु हमें नहीं भूलना चाहिए कि कौरवों की सेना में भीष्म पितामह, आचार्य द्रोण, कृपाचार्य, महारथी कर्ण, दुर्योधन और अश्वत्थामा जैसे महावीर हैं। इसलिए केवल अर्जुन के बाणों और भीम की गदा से काम नहीं चलेगा। विजय सुनिश्चित करनी है तो माँ काली का आशीर्वाद भी आवश्यक है। उन्हें प्रसन्न करने के लिए हमें एक बलि देनी होगी, परंतु बलि के लिए कोई सामान्य व्यक्ति नहीं, अपितु ऐसा व्यक्ति चाहिए, जो बत्तीस उत्तम लक्षणों से युक्त हो और मेरी जानकारी में केवल दो ही लोग हैं, जो इन लक्षणों से युक्त हैं—वासुदेव कृष्ण और प्रिय अर्जुन, परंतु इन दोनों ही की बलि देना संभव नहीं है।"

"तो फिर हमें देवी माँ का आशीर्वाद कैसे मिलेगा?" भीम ने चिंता व्यक्त की।

"इसका उत्तर तो केवल श्रीकृष्ण दे सकते हैं," युधिष्ठिर ने कहा। "मैं उन्हीं की प्रतीक्षा…"

युधिष्ठिर का वाक्य पूरा भी नहीं हुआ था कि योगेश्वर श्रीकृष्ण ने शिविर में प्रवेश किया। उनके आते ही जैसे खोई आशा लौट आई, परंतु कृष्ण अकेले नहीं थे। उनके साथ एक अत्यंत तेजवान नवयुवक भी था। पांडवों ने उस युवक को देखा तो वे उसके व्यक्तित्व से प्रभावित हुए बिना नहीं रह सके। युवक में संपूर्ण पुरुष के समस्त गुण दिखाई दे रहे थे। उसके सिर पर एक छोटा किंतु विलक्षण शिरस्त्राण था, जिसके शीर्ष पर कुंडलीदार सर्प की स्वर्णिम आकृति अंकित थी। वह युवक कृष्ण की भाँति श्याम वर्ण का था, उसकी त्वचा पर सूर्य जैसी कांति और आँखों में हरित आभा दिखाई पड़ रही थी।

"माधव! यह ओजवान युवक कौन है?" अर्जुन ने कृष्ण से सीधा प्रश्न किया, "इसका व्यक्तित्व बड़ा रहस्यमयी किंतु प्रभावशाली है। इसके हाव-भाव और कायिक सौष्ठव भी क्षत्रियों-सा है, किंतु इसके अन्य शारीरिक लक्षण मनुष्यों से भिन्न दिखाई पड़ते हैं।"

"मुझे लगा था कि तुम इसे देखते ही पहचान लोगे," कृष्ण ने उत्तर दिया। "यह मनुष्य और नागजाति का संयुक्त प्रतिबिंब है। अर्जुन, यह और कोई नहीं, अपितु तुम्हारा और उलूपी का पुत्र है। इरावान!"

"इरावान! क्या सचमुच?" अर्जुन आह्लादित मुद्रा में इरावान से मिलने को आगे बढ़ा, किंतु इरावान ने अपने कदम पीछे हटा लिए। अर्जुन ठिठककर रुक गया। फिर वह बोला, "पुत्र, मैंने पहली बार तुम्हें देखा है। मैं तुम्हें बता नहीं सकता कि तुमसे मिलकर मैं कितना प्रसन्न हूँ।" संसार के सर्वश्रेष्ठ धनुर्धर की आँखों से स्नेह के आँसू बह रहे थे।

परंतु इरावान ने अर्जुन की बात पर कोई प्रतिक्रिया नहीं दी और न ही वह अर्जुन को देखकर भावुक हुआ। उसके चेहरे पर कठोरता के अतिरिक्त कुछ नहीं था। फिर वह अर्जुन से बोला, "यदि आप मुझसे मिलकर सचमुच इतने प्रसन्न हैं तो यह खुशी तो आपको बहुत पहले मिल सकती थी! परंतु आपने कभी यह जानने की चेष्टा ही नहीं की कि आप जिस स्त्री से विवाह करके उसे गर्भवती अवस्था में अकेला छोड़ गए थे, उसने कन्या को जन्म दिया अथवा पुत्र को! इसलिए अब यह कह देने मात्र से कि मुझसे मिलकर आपको बहुत प्रसन्नता हो रही है, आपकी उस भूल का परिमार्जन संभव नहीं है।"

इरावान, नागवंशज था। उसके तन में विष होना स्वाभाविक था, परंतु उसके वक्तव्य सुनकर लग रहा था कि उसकी आत्मा में भी अर्जुन के प्रति विष भरा था। वर्षों से हुई उपेक्षा का दंश उसे गहरा चुभा था। अर्जुन सिर झुकाए खड़ा

रहा। इरावान के वचन सुनकर सब चकित थे, परंतु उनके मन में एक प्रश्न था।

"पुत्र! यदि तुम्हें अर्जुन से इतनी शिकायत है तो तुम यहाँ आए ही क्यों?" युधिष्ठिर ने इरावान से पूछ ही लिया।

यह सुनकर श्रीकृष्ण बोले, "महाराज युधिष्ठिर, इस प्रश्न का उत्तर मैं देता हूँ। मैंने ही अर्जुन की पत्नी और नागलोक की राजकुमारी उलूपी को युद्ध की सूचना भिजवाई थी, जिसे सुनकर उलूपी ने इरावान को हमारी सहायता के लिए भेजा है। इसलिए इरावान अर्जुन के प्रति प्रेम या आदर के चलते नहीं, अपितु अपनी माँ उलूपी के आदेश पर पुत्र का कर्त्तव्य निभाने आया है।"

"माधव! इरावान का हमारे शिविर में हार्दिक स्वागत है, परंतु इस समय हम एक गंभीर समस्या से जूझ रहे हैं," युधिष्ठिर ने कहा। "हमें माँ काली को प्रसन्न करने के लिए नर-बलि देनी है और उस बलि के लिए···"

"मुझे पता है," श्रीकृष्ण बीच में बोल पड़े, "बलि के लिए बत्तीस लक्षणों से युक्त एक संपूर्ण पुरुष की आवश्यकता है। लेकिन इसमें समस्या क्या है?"

"समस्या यह है वासुदेव कि आपकी या अर्जुन की बलि देने से अच्छा होगा कि हम यह युद्ध हार जाएँ!" भीम जोर से बोला, "हमें पराजित होकर वन में रहना स्वीकार है, किंतु हस्तिनापुर तो क्या स्वर्ग का राज्य पाने के लिए भी हम आपका या अपने प्रिय भाई अर्जुन का बलिदान नहीं देंगे।"

"मँझले भैया!" श्रीकृष्ण ने भीम से कहा, "इसीलिए तो मैंने उलूपी को युद्ध का संदेश भेजा था। अर्जुन पर संकट आए तो उलूपी पीछे कैसे रह सकती है! मुझे पता था कि वह युद्ध का समाचार सुनते ही इरावान को हमारी सहायता के लिए भेजेगी।"

"परंतु इरावान के आने से बलि की समस्या कैसे सुलझेगी?" नकुल ने पूछा।

श्रीकृष्ण ने नकुल की ओर देखते हुए कहा, "मेरे और अर्जुन के अतिरिक्त इस संसार में एक और पुरुष है, जो बत्तीस लक्षणों से युक्त है।"

"वह कौन है?"

"वह उत्तम पुरुष आपके सामने खड़ा है···इरावान!"

"इरावान!" अर्जुन चौंक गया, "यह आप क्या कह रहे हैं, केशव? इरावान··· मेरा पुत्र है···इसकी बलि देने का विचार भी कैसे आया आपको?"

"अच्छा! आज अचानक अपने पुत्र के लिए इतना मोह क्यों, पार्थ?" कृष्ण ने भी कटाक्ष कर दिया। "तुम तो आज ही इससे मिले हो और आज ही तुम्हें इतना स्नेह हो गया कि इसकी बलि देने का प्रस्ताव सुनकर ही तुम व्याकुल हो उठे! ध्यान

रखो कि बलि के बिना तुम यह युद्ध कभी नहीं जीत सकते। इसे अपना सौभाग्य मानो पार्थ कि तुम्हें उलूपी जैसी निष्ठावान पत्नी और इरावान जैसा गुणवान पुत्र मिला है। इरावान युद्ध में भाग लेने आया है। यह भी तो संभव है कि युद्ध में यह वीरगति को प्राप्त हो जाए। तब क्या करोगे?"

"हे ईश्वर! नियति कैसी परीक्षा ले रही है मेरी?" अर्जुन के मुँह से निकला। "पहले मेरी पत्नी उलूपी मुझसे दूर हो गई और अब इतने वर्षों बाद जब मुझे मेरा पुत्र मिला है तो वह भी···नहीं! नहीं···! मुझसे यह दु:ख सहन नहीं होगा केशव··· सहन नहीं होगा···" यह कहकर अर्जुन फूट-फूटकर रोने लगा।

"परंतु माधव···" युधिष्ठिर ने आपत्ति व्यक्त की, "युद्ध में वीरगति को प्राप्त होने और युद्ध आरंभ होने से पूर्व बलिदान हो जाने में बहुत अंतर है। क्या हमें इससे पहले उलूपी की अनुमति नहीं लेनी चाहिए?"

"नहीं!" इरावान ने युधिष्ठिर को टोक दिया, "मेरी माँ ने मुझे यह कहकर भेजा है कि मुझे युद्ध में आपकी हर संभव सहायता करनी है फिर चाहे मुझे अपने प्राणों का 'बलिदान' ही क्यों न देना पड़े! माँ के इन शब्दों में बलिदान की अनुमति स्वत: सम्मिलित है। मैं बलिदान के लिए तैयार हूँ। आप संकोच मत कीजिए।"

अर्जुन और इरावान दोनों एक-दूसरे को देख रहे थे, परंतु अर्जुन की आँखें जहाँ पुत्र की मृत्यु के दु:ख से भरी थीं, वहीं इरावान की आँखों में मृत्यु का भय नहीं, अपितु सार्थक जीवन का संतोष झलक रहा था।

वह सहसा अर्जुन को संबोधित करते हुए बोला, "आपको देखकर लगता है कि आप मेरे बलिदान से बहुत दुखी हैं, परंतु दु:ख करना आपको शोभा नहीं देता। आपको अपनी पत्नी को छोड़ने का दु:ख नहीं हुआ तो पुत्र से कैसा मोह! आप जिस व्यक्ति के अस्तित्व से आज तक अनवगत थे, अचानक उसके होने या न होने की चिंता से क्यों ग्रस्त हैं? मेरे आने और जाने को एक सामान्य घटनाक्रम की तरह देखना चाहिए। आप केवल अपने श्रेष्ठ धनुर्धर की छवि को बचाने का प्रयत्न कीजिए, क्योंकि मैं नहीं चाहता कि मेरी मृत्यु के बाद लोग आपको एक भावुक पिता के रूप में भी याद करें!"

इस अंतिम वाक्य द्वारा मन की समस्त कड़वाहट व्यक्त कर देने के उपरांत इरावान चुपचाप कृष्ण के निकट जाकर खड़ा हो गया। वह जानता था कि ऊहापोह, कष्ट और संशय से लिप्त संसार में प्राणी को केवल कृष्ण का सान्निध्य ही संतोष और सहारा दे सकता है।

कृष्ण ने धीरे से इरावान के कंधे पर हाथ रखकर कहा, "इरावान, जब भी

इतिहास इस युद्ध की कथा लिखेगा, उसमें तुम्हारा बलिदान स्वार्णक्षरों में अंकित होगा। पांडवों की विजय में तुम्हारे इस महत्त्वपूर्ण योगदान के बदले मैं तुम्हें दो वरदान देना चाहता हूँ। माँगो!"

इरावान बोला, "वासुदेव! मैं यहाँ केवल अपनी माँ के आदेश का पालन करने आया हूँ। उनको दिए वचन की रक्षा कर सका तो समझूँगा मुझे सब मिल गया। फिर भी आप कहते हैं तो दो वरदान माँगता हूँ। पहला, मैं अपनी मृत्यु से पूर्व विवाह करना चाहता हूँ। दूसरा, मैं इस महासमर में योद्धा की भाँति वीरगति प्राप्त करने आया था। हालाँकि मैं बलि के लिए भी तैयार हूँ, किंतु यदि किसी तरह मुझे युद्ध करने का भी अवसर मिल सके तो मैं समझूँगा कि मेरा जीवन सफल हो गया।"

इरावान की दोनों ही इच्छाएँ विचित्र थीं। कौन स्त्री होगी, जो ऐसे पुरुष से विवाह करेगी, जिसकी मृत्यु सामने दिखाई दे रही हो? युद्ध से पहले बलिदान हो जाने वाले योद्धा का फिर से युद्ध में वीरगति प्राप्त करना भला कैसे संभव हो सकता था? सब लोग आश्चर्य से कृष्ण की ओर देखने लगे।

कृष्ण ने कहा, "तथास्तु! इरावान, तुम्हारी दोनों इच्छाएँ पूर्ण होंगी।"

"कैसे?" अर्जुन ने पूछा।

"पार्थ, इरावान ने दोनों वरदान मुझसे माँगे हैं! वह अपने प्राणों की बलि तक देने को तैयार है तो क्या मैं उसकी दो सामान्य-सी इच्छाएँ भी पूर्ण नहीं कर सकता?"

"परंतु इरावान से विवाह कौन करेगा?"

"मैं!" श्रीकृष्ण ने मुसकराते हुए उत्तर दिया।

"केशव…आप? यह आप क्या कह रहे हैं?" युधिष्ठिर स्तब्ध था, "आप… कैसे विवाह…इरावान से?"

"बड़े भैया! स्त्री और पुरुष के भेद को केवल स्थूल नेत्र देखते हैं। सूक्ष्म नेत्रों से तो स्त्री और पुरुष में कोई भेद है ही नहीं! दोनों एक ही सिक्के के दो पहलू हैं। हर पुरुष में स्त्रीत्व और हर स्त्री में पुरुषत्व होता है। अंतर केवल इतना है कि सामान्य मनुष्य में दो में से कोई एक स्वरूप अभिव्यक्त होता है, परंतु आप भूल गए कि मैं साधारण मनुष्य की सीमाओं से परे हूँ और इस लोक में तो क्या, त्रैलोक्य में ऐसा कुछ नहीं है, जो मेरे सामर्थ्य से परे हो। मैं जब चाहूँ पुरुष से स्त्री और फिर स्त्री से पुरुष बन सकता हूँ। अत: मैं स्वयं स्त्री-रूप में इरावान से विवाह करके इसकी इच्छा को पूर्ण करूँगा।"

किसी ने आज तक ऐसा प्रस्ताव न सुना था और न ही उसे स्वीकार होते देखा था, परंतु इरावान का त्याग इतना शक्तिशाली था कि उसने त्रिलोक के स्वामी भगवान् नारायण तक को अपना रूप बदलने पर विवश कर दिया।

"और इरावान की दूसरी माँग का क्या होगा?" भीम ने पूछा, "उसकी बलि दे देंगे तो वह युद्ध में वीरगति कैसे प्राप्त करेगा?"

"मँझले भैया! पहले इरावान और मोहिनी का विवाह तो हो जाने दीजिए!" कृष्ण ने मुसकराते हुए कहा, "फिर इसकी दूसरी इच्छा भी पूर्ण कर देंगे।"

"कौन मोहिनी?" अर्जुन अचकचाकर बोला, "अब यह मोहिनी कौन है, वासुदेव?"

"मैं!" कृष्ण ने धीरे से कहा, "मैंने अभी तो कहा कि मैं इरावान से विवाह करूँगा। इसके बलिदान से एक दिन पूर्व मैं स्त्री-रूप धारण करूँगा। मेरे उसी स्त्री-रूप का नाम मोहिनी है। कल मोहिनी और इरावान का विवाह होगा।"

इरावान का भाग्य कितना विचित्र था! उसने जीवन में पहली बार अपने पिता अर्जुन के दर्शन किए थे किंतु दुर्भाग्य से उसके मन में अपने पिता के लिए नेह उत्पन्न ही नहीं हुआ। उसका जीवन शुरू भी नहीं हुआ कि अंत सामने मुँह बाए खड़ा था। उसकी बलि दी जाने वाली थी! बलि के बदले सौदा किया जा रहा था। कृष्ण ने स्त्री-रूप में इरावान से विवाह के लिए हामी भर दी और उसे बलि के बाद वीरगति का अद्भुत वरदान भी दिया। दो बार मृत्यु! इरावान के लिए यह किसी दिवास्वप्न से कम न था, परंतु श्रीकृष्ण की यही तो विशेषता है कि कोई उनके समक्ष स्नेहपूर्वक समर्पण कर दे तो फिर उसे कुछ और माँगने की आवश्यकता नहीं रहती; सब स्वत: प्राप्त हो जाता है।

अगले दिन, निश्चित समय पर श्रीकृष्ण मोहिनी रूप धारण करके विवाह-मंडप में पहुँचे तो उनके दिव्य और अलौकिक सौंदर्य को देखकर सब चकित रह गए। वासुदेव कृष्ण की माया के प्रभाव से इरावान ऐसा भ्रमित हुआ कि कृष्ण के मोहिनी रूप को सचमुच स्त्री समझ बैठा। यह भ्रम आवश्यक भी था, जिससे विवाह के उपरांत मिलन की बेला में इरावान को अपनी पत्नी में किसी पुरुष अथवा ईश्वर के होने का आभास न हो। इस तरह इरावान से मोहिनी रूप में विवाह करके कृष्ण ने इरावान को दिया एक वरदान पूर्ण कर दिया।

अब युद्ध आरंभ होने में दो दिन शेष थे। अत: यह तय हुआ कि अगले दिन प्रात: ब्रह्म-मुहूर्त में पांडव शिविर के ईशान कोण में स्थापित माँ काली के मंदिर में विशेष पूजा होगी और वहीं इरावान की बलि दी जाएगी। इरावान के हृदय में बलि

को लेकर न किसी तरह का भय था और न ही निराशा, परंतु वह दूसरे वरदान को लेकर अवश्य आशंकित था।

अगले दिन सूर्योदय से पूर्व ब्रह्म-मुहूर्त में मंत्र-जाप के साथ शस्त्रागार में माँ काली की आराधना आरंभ हो गई। इरावान समय पर पहुँच चुका था। उसके मुख पर दिव्य तेज था। राजपुरोहित ने इरावान के मस्तक पर चंदन का तिलक लगाया और उसे निकट रखे आसन पर बैठने को कहा। इरावान के बैठने के बाद युधिष्ठिर ने देवी के चरणों में धूप-दीप अर्पित किया। कृष्ण अपने वास्तविक रूप में आ चुके थे और पूजा की गतिविधि को ध्यान से देख रहे थे। बलि के लिए पुरोहित ने खड्ग उठा ली और इरावान को सौंप दी, क्योंकि परंपरा के अनुसार बलि देने वाला अपना शीश स्वयं ही धड़ से अलग करता था।

इरावान ने खड्ग हाथ में पकड़ी और व्याकुल दृष्टि से कृष्ण को देखने लगा। वासुवेद तुरंत समझ गए कि इरावान को दूसरे वरदान की चिंता सता रही थी और उस शंका का समाधान जाने बिना इरावान आसक्ति रहित होकर बलि की प्रक्रिया को पूरा नहीं कर सकेगा।

तब कृष्ण ने यज्ञ-वेदिका से निकल रहे धुएँ के बीच बैठे इरावान से कहा, "उलूपीनंदन, तुम्हें दिया हुआ दूसरा वरदान मुझे अच्छी तरह स्मरण है। मैं किसी को मिथ्या वचन नहीं देता, परंतु तुम्हारी आशंका को मिटाने के लिए मैं तुम्हें बता देता हूँ कि इस बलि के उपरांत तुम फिर से जीवित हो जाओगे और युद्ध में भाग ले सकोगे जहाँ शत्रु से लड़ते हुए तुम्हें वीरगति प्राप्त हो जाएगी।"

"माधव, यदि आप मुझे यह संपूर्ण प्रक्रिया समझा सकें तो मैं निश्चिंत होकर अपनी बलि दे सकूँगा।"

"सुनो, इरावान," कृष्ण ने कहा, "तुम नागवंशी हो। इसलिए मैंने भगवान् शेषनाग से आग्रह किया है कि तुम्हारी बलि के उपरांत वे स्वयं आत्मा का स्वरूप बनकर तुम्हारे शरीर में प्रवेश कर जाएँगे, जिससे तुम फिर से जीवित हो उठोगे और कल आरंभ होने वाले महासमर में अपनी भूमिका निभाओगे, परंतु तुम्हें युद्ध में मारना तो दूर पराजित करना भी असंभव है। इसके लिए मैंने पक्षिराज गरुड़ को बुलाया है। युद्ध के दौरान तुम्हारा सामना दुर्योधन के मित्र अलंबुष नामक राक्षस से होगा, परंतु अलंबुष के साथ तुम्हें पक्षिराज गरुड़ के भी दर्शन होंगे। गरुड़ नागों के भक्षक हैं। इसलिए गरुड़ को देखते आदिशेषरूपी आत्मा भयभीत होने लगेगी और तुम्हारा बल क्षीण हो जाएगा। उस समय तुम अलंबुष के हाथों वीरगति प्राप्त करोगे और तुम्हें मिला दूसरा वरदान सत्य हो जाएगा। प्रिय इरावान, क्या तुम इससे संतुष्ट हो?"

"जी योगेश्वर!" इरावान ने कृष्ण को प्रणाम किया। फिर उसने अर्जुन की ओर देखा। उसकी दृष्टि में विक्षोभ था। वह मुख से कुछ नहीं बोला, किंतु उसकी आँखों में वह सब दिख रहा था, जो इरावान अपने अंतिम क्षण में अपने पिता अर्जुन से कहना चाहता था।

"इतिहास में जब भी आपके शौर्य और पराक्रम की कथा लिखी जाएगी तो उसमें स्वार्थ और सत्ता-सुख हेतु आपके द्वारा पत्नी और पुत्र के परित्याग का यह अध्याय भी अवश्य लिखा जाएगा।"

अर्जुन का सिर लज्जा और ग्लानि से झुक गया। वह भी अपने पुत्र इरावान से कुछ कहना चाहता था, किंतु इरावान ने मुँह मोड़ लिया और पास रखी खड्ग उठा ली। इससे पहले अर्जुन कुछ कह पाता मंदिर में एक धीमी-सी सिसकी सुनाई पड़ी और इरावान का सिर उसके धड़ से अलग होकर देवी के चरणों में लुढ़क गया।

शिविर में पांडवों का संयुक्त स्वर गूँज रहा था—"इरावान अमर रहें! महाराज युधिष्ठिर की जय!!"

बलि के तुरंत बाद पुरोहित ने माँ काली की आराधना संपन्न की और युधिष्ठिर से आग्रह किया कि वह देवी से विजय की प्रार्थना करें। युधिष्ठिर ने पुरोहित के निर्देशानुसार माँ के चरणों में शीश झुकाते हुए विजय श्री का आशीर्वाद माँगा। देवी के साक्षात् दर्शन की आशा किसी को नहीं थी और ऐसा कुछ हुआ भी नहीं! परंतु कृष्ण की उपस्थिति में इरावान के इस विराट त्याग को देखते हुए पांडवों ने मान लिया कि उन्हें देवी का सहयोग अवश्य प्राप्त होगा और युद्ध में विजय उन्हीं की होगी।

अर्जुन और उलूपी के पुत्र इरावान ने युद्ध में पांडवों की विजय सुनिश्चित करने के लिए अपने प्राणों को होम कर दिया था। यह दृश्य देखकर अर्जुन से रुका न गया। वह दौड़कर इरावान के धड़ से लिपटकर रोने लगा। कृष्ण आगे बढ़े, लेकिन उन्होंने अर्जुन को नहीं सँभाला अपितु इरावान का कटा सिर उठाकर ज्यों-का-त्यों उसके धड़ पर रख दिया। फिर उन्होंने नेत्र मूँदे और मन में आदिशेष का स्मरण किया।

विश्व के पालनहार का आदेश हुआ तो आदिशेष तत्काल इरावान के शरीर में प्रवेश कर गए और अगले ही क्षण इरावान पुन: जीवित हो उठा। इरावान को पूरा भरोसा हो चुका था कि कृष्ण द्वारा दिया गया वीरगति का वरदान समय पर अवश्य फलीभूत हो जाएगा। इरावान निश्चिंत होकर अपने अंतिम युद्ध के लिए तैयार था।

आखिरकार कुरुक्षेत्र की पावनभूमि पर कुरुवंश के विनाश की पटकथा का लिखा जाना आरंभ हो गया। युद्ध के नियम तय किए जा चुके थे। कौरवों की ग्यारह

अक्षौहिणी सेना की कमान गंगा-पुत्र भीष्म सँभालने वाले थे तो वहीं पांडवों की सात अक्षौहिणी सेना का सेनापति द्रुपद-पुत्र धृष्टद्युम्न को चुना गया था।

शंखनाद होने के साथ ही कौरवों तथा पांडवों के बीच महाभारत का भीषण युद्ध आरंभ हो गया। रणभूमि अश्वों की हिनहिनाहट, हाथियों की चिंघाड़ और सैनिकों की चीख-पुकार से काँप उठी। पहले ही दिन रणभूमि शवों से पट गई और धरती को देखकर लगा मानो दिन भर आकाश से रक्त की वर्षा हुई थी। अगले कुछ ही दिन में दोनों सेनाओं के हजारों योद्धा मारे गए और उससे कहीं अधिक गंभीर रूप से घायल हुए। प्रतिदिन सैनिक घायल होते और मरते रहे, लेकिन युद्ध जारी रहा।

आठ दिन बीत चुके थे, किंतु युद्ध की दिशा निर्धारित नहीं हो पाई। कभी पांडव सेना हावी हो जाती तो कभी कौरवों का पलड़ा भारी हो जाता था। फिर एक दिन इरावान युद्ध-भूमि में उतर आया। वह अपने रथ पर सवार होकर रणभूमि में चक्रवात की भाँति शत्रु का संहार कर रहा था। कौरवों की दृष्टि जिधर भी जाती उन्हें केवल इरावान दिखाई पड़ता था। ऐसा लगने लगा था कि इरावान अकेला ही उस युद्ध को समाप्त कर देगा।

पांडवों और वासुदेव कृष्ण के अतिरिक्त कोई नहीं जानता था कि इरावान की नियति युद्ध से पहले ही निर्धारित हो चुकी थी। इरावान के अपने परिवार ने उस नव-युवक को विजय के लिए बलि-वेदी पर चढ़ा दिया था। फिर भी श्रीकृष्ण की लीला में निमग्न और हृदय में वीरगति की इच्छा लिए इरावान बड़े मनोयोग से युद्ध करता रहा। दुर्योधन ने जब देखा कि इरावान किसी के रोके नहीं रुक रहा तो उसने भयभीत होकर अपने मित्र अलंबुष नामक राक्षस को युद्ध में सहयोग के लिए बुला लिया। यह अलंबुष उसी बकासुर का भाई था, जिसका वध भीमसेन ने एकचक्रा नगरी में किया था। अत: स्वाभाविक तौर पर अलंबुष अपने भाई के वध के कारण पांडवों से प्रतिशोध लेने के लिए आतुर था। वह पांडवों के विरुद्ध दुर्योधन के एक ही बुलावे पर रणभूमि में पहुँच गया। दुर्योधन ने उसे विशेष रूप से इरावान से लड़ने के लिए बुलवाया था।

इधर इरावान अपने शत्रुओं पर वज्रपात की भाँति भारी था तो उधर मायावी शक्तियों का ज्ञाता अलंबुष भी अपने भाई बकासुर की हत्या का प्रतिशोध लेने के इरादे से पांडव सेना पर टूट पड़ा। उसने इरावान को देखते ही माया से अनेक अश्व उत्पन्न कर दिए जिन पर बीभत्स राक्षस सवार थे। वे सब इरावान पर टूट पड़े, परंतु उस दिन इरावान के सामने हर बाधा तुच्छ थी। उसने क्षण भर में ही अपनी प्रचंड शक्ति से अलंबुष के मायावी राक्षसों को ढेर कर दिया। दोनों योद्धाओं में भयंकर युद्ध

चल रहा था। इरावान के पराक्रम को देखकर अलंबुष भी चकित रह गया। उसने इससे पहले किसी मनुष्य को ऐसा भीषण युद्ध करते नहीं देखा था।

दरअसल, उस समय इरावान के शरीर में आदिशेष की दिव्यात्मा मौजूद थी। उसी के दैवीय प्रभाव से इरावान महामानव की भाँति युद्ध कर रहा था। कुछ समय बाद अलंबुष थकने लगा, किंतु इरावान के तन में पहले सी स्फूर्ति मौजूद थी। अलंबुष ने अनेक बार माया का प्रयोग किया, किंतु इरावान पर कोई प्रभाव नहीं पड़ा।

इसी बीच अर्जुन का सारथ्य करते हुए श्रीकृष्ण वहाँ आ पहुँचे। उन्होंने देखा कि इरावान और अलंबुष का विकट युद्ध चल रहा था, जिसमें इरावान की पराजय होने का कोई संकेत दिखाई नहीं पड़ रहा था, परंतु नियति के निर्देशानुसार इरावान को अलंबुष के हाथों वीरगति प्राप्त होनी थी। तब श्रीकृष्ण ने योजनानुसार गरुड़ का आह्वान किया और अगले ही क्षण पक्षिराज गरुड़ प्रकट हो गए परंतु जगदीश्वर कृष्ण की माया से गरुड़ का दर्शन केवल इरावान को हुआ। गरुड़ का रौद्र रूप सामने देखते ही इरावान के शरीर के भीतर विराजमान आदिशेष की दिव्यात्मा भी घबरा उठी। अचानक इरावान का बल और तेज क्षीण होने लगा। उसे दुर्बल और थका हुआ देखकर अलंबुष ने एक क्षण का विलंब किए बिना अपनी तलवार को इरावान की छाती में घोंप दिया। इरावान के शरीर से निकली रक्त की धारा ने कुरुक्षेत्र की भूमि को थोड़ा और लाल कर दिया।

हालाँकि, इरावान की बलि तो युद्ध से पहले ही दी जा चुकी थी परंतु युद्ध-भूमि में उपस्थित योद्धाओं ने वही देखा, जो कृष्ण की माया ने उन्हें दिखाया और वही कहा, जो वासुदेव कृष्ण ने उन्हें कहने को विवश किया—अर्जुन-पुत्र वीर इरावान, युद्ध-भूमि में अलंबुष के साथ अत्यंत वीरता से लड़ते हुए वीरगति को प्राप्त हो गया!

□

18
युद्ध-गाथा

युद्ध और अग्नि में एक समानता है। जैसे अग्नि अपने-पराए में भेद नहीं करती और मार्ग में आने वाली हर वस्तु को भस्म करती चलती है, उसी तरह युद्ध भी जब तक चलता है, वह दोनों ओर के योद्धाओं की बिना पक्षपात के आहुति लेता रहता है। इस महाभारत युद्ध में भी यही हो रहा था। प्रतिदिन दोनों ओर के महारथी वीरगति को प्राप्त हो रहे थे।

भीष्म-वध

मोह कैसा भी हो, उसकी परिणति अनिष्ट लाती है। कुरुक्षेत्र में कुरु राजवंश के विनाश का जो अध्याय लिखा जा रहा था, उसकी स्याही नेत्रहीन धृतराष्ट्र के पुत्र-मोह से बनकर तैयार हुई थी। धृतराष्ट्र की भाँति भीष्म को भी मोह था लेकिन पांडवों से। यह भीष्म के जीवन की विडंबना थी कि उनका आशीर्वाद सदा पांडवों के साथ रहा, किंतु निष्ठा हस्तिनापुर के सिंहासन के प्रति रही, जिस पर दुर्भाग्य से पुत्र-मोह में अंधा धृतराष्ट्र बैठा था। इसलिए भीष्म न चाहते हुए भी दुर्योधन की ओर से युद्ध करने को विवश थे।

गंगा-पुत्र भीष्म आँधी बनकर पांडव सेना का विनाश करने में लगे थे। श्रीकृष्ण जानते थे कि युद्ध को पांडवों के पक्ष में मोड़ने के लिए भीष्म का मरना अनिवार्य था। उन्होंने अर्जुन से कहा, "शिखंडी को युद्ध में उतारने का समय आ गया है!"

युद्ध के दसवें दिन का सूर्य कौरव पक्ष के लिए अनिष्ट की आशंका लेकर उदय हुआ था। अर्जुन के रथ के आगे एक-दूसरा रथ चल रहा था, जिस पर द्रुपद-पुत्र शिखंडी सवार था। शिखंडी अपने पूर्वजन्म में काशी नरेश की पुत्री अंबा था। एक दिन भीष्म ने अपने अनुज विचित्रवीर्य के लिए अंबा का स्वयंवर में हरण कर

लिया, किंतु अंबा शाल्व नरेश से प्रेम करती थी। इसलिए भीष्म ने उसे शाल्व के पास छोड़ दिया, किंतु फिर शाल्व ने उसे स्वीकार नहीं किया और इस तरह भीष्म के कारण अंबा का जीवन नष्ट हो गया। उसने अपमान का बदला लेने के लिए भीष्म-वध की प्रतिज्ञा ली और आत्म-दाह करके अपना जीवन समाप्त कर लिया।

अंबा ने अगला जन्म राजा द्रुपद के घर में शिखंडी नामक कन्या बनकर लिया। बाद में उसे एक यक्ष ने पुरुष में परिवर्तित कर दिया था। यह बात कृष्ण के अलावा भीष्म भी जानते थे, इसलिए वे शिखंडी को सदा स्त्री ही मानते रहे और स्त्री पर वार करना क्षत्रिय मर्यादा के विरुद्ध था। इसी का लाभ उठाकर वासुदेव कृष्ण ने महाभारत युद्ध में भीष्म के सामने शिखंडी को खड़ा कर दिया। भीष्म ने शिखंडी को देखकर बाण-वर्षा रोक ली। तभी कृष्ण का संकेत पाकर अर्जुन ने भीष्म पितामह पर बाण चला दिए। कोई सामान्य योद्धा होता तो तत्काल ही काल के गाल में समा जाता, किंतु भीष्म को इच्छा-मृत्यु का वरदान प्राप्त था इसलिए वे बाणों से रक्तरंजित तो हो गए, किंतु उनकी इच्छा के बिना यमराज को भी उनके प्राण हरने की अनुमति नहीं थी! उनका शरीर गिरा और अर्जुन के चलाए बाणों पर, जो उनके शरीर में धँसे हुए थे, टिक गया। भीष्म के प्रिय पौत्र अर्जुन के बाण ही उनकी अंतिम शय्या बने!

अभिमन्यु-वध

भीष्म की अनुपस्थिति से कौरवों का मनोबल टूटने लगा। उन्हें कोई ऐसा दाँव खेलना था, जिससे पांडवों को बड़ी क्षति पहुँचाई जा सके। तब द्रोणाचार्य ने चक्रव्यूह की रचना की, जिसका उद्देश्य शत्रु-सेना के अधिकाधिक सैनिकों को घेरकर मार डालना था। व्यूह-निर्माण में सिद्धहस्त द्रोण का बनाया वह चक्रव्यूह सचमुच पांडव सेना के लिए काल बन गया। उसके भेदन की कला केवल अर्जुन को आती थी, परंतु दुर्योधन की योजना के अनुसार, उस समय संशप्तक नामक जाति के योद्धा अर्जुन को ललकारते हुए रणभूमि से दूर ले जा चुके थे। इसी बीच द्रोण का बनाया व्यूह धीरे-धीरे आगे बढ़ता हुआ पांडव-सेना को लीलता जा रहा था।

पांडव-शिविर में खलबली मच गई। किसी को द्रोण के व्यूह की काट नहीं सूझ रही थी। तभी अर्जुन का सत्रह वर्षीय पुत्र अभिमन्यु आगे आया और बोला, "मैं इस व्यूह को भेद सकता हूँ!"

अभिमन्यु का दावा सुनकर पांडवों को विश्वास नहीं हुआ। तब अभिमन्यु ने इस रहस्य से परदा हटाते हुए बताया, "जब मैं अपनी माँ सुभद्रा के गर्भ में था तो

एक दिन मेरे पिता अर्जुन माँ को चक्रव्यूह-भेदन की कला समझा रहे थे। उस समय मैंने वह कला गर्भ में ही सीख ली थी! परंतु जब पिताश्री माँ को व्यूह से बाहर निकलने की विधि बता रहे थे तो माँ को बीच में ही नींद आ गई और मैं उस विधि को पूरा नहीं सुन पाया।"

तब यह तय हुआ कि अभिमन्यु जैसे ही व्यूह को भेदकर भीतर घुसेगा शेष पांडव और कुछ सैनिक उसके पीछे व्यूह में प्रवेश कर जाएँगे और व्यूह को भीतर से छिन्न-भिन्न कर देंगे। इस तरह योजना के अनुसार, अभिमन्यु व्यूह का द्वार भेदकर भीतर चला गया। चारों पांडव और अन्य योद्धा भी पीछे-पीछे घुसने ही वाले थे कि सिंधुनरेश जयद्रथ ने अपने सैन्य-दल के साथ व्यूह का मार्ग फिर से बंद कर दिया। यह सब इतनी शीघ्रता से हुआ कि अभिमन्यु के अतिरिक्त कोई उस व्यूह में प्रवेश नहीं कर सका और अभिमन्यु अंदर अकेला फँस गया। व्यूह के अंदर छह सशस्त्र महारथी उसकी प्रतीक्षा कर रहे थे। उन्होंने सत्रह वर्ष के अभिमन्यु को घेर लिया, लेकिन उसने हिम्मत नहीं हारी, परंतु वे छह थे और वह अकेला! उसका शरीर, तलवारों और गदाओं के प्रहार से छलनी हो गया। उसने बहुत प्रयास किया, किंतु कौरव सेना के छह महारथियों ने निहत्थे और अकेले अभिमन्यु की हत्या कर दी।

जयद्रथ-वध

अर्जुन जब संशप्तकों से लड़कर वापस आया और उसने अपने वीर पुत्र अभिमन्यु की हत्या के विषय में सुना तो क्रोध से उसका तन सूखे पत्ते की तरह काँपने लगा और बाँहें फड़कने लगीं। चूँकि व्यूह का द्वार जयद्रथ ने बंद किया था, इसलिए अर्जुन ने प्रण किया कि वह अगले दिन सूर्यास्त से पूर्व जयद्रथ-वध करेगा अन्यथा आत्म-दाह करके अपने प्राणों का उत्सर्ग कर देगा!

अर्जुन की इस भीषण प्रतिज्ञा को सुनकर कौरव बड़े प्रसन्न हुए। उन्हें जयद्रथ को अगले दिन सूर्यास्त तक अर्जुन से दूर रखना था और अगले दिन अर्जुन केवल जयद्रथ ही को मारने के उद्देश्य से रणभूमि में उतरा था। आवेश और क्रोध से भरा अर्जुन युद्ध-भूमि के एक कोने से दूसरे कोने तक रथ को दौड़ाता रहा। सूर्यास्त होने वाला था और जयद्रथ का कहीं पता न था। कौरव प्रसन्न थे।

तभी चारों ओर अंधकार छा गया और सबको यही लगा कि सूर्यास्त हो चुका। यह देखकर कौरव-शिविर में छिपा जयद्रथ बाहर निकल आया और अट्टहास करते हुए बोला, "अर्जुन! सूर्यास्त हो गया। अपने रथ से उतरो और आत्म-दाह की तैयारी··· !"

जयद्रथ का वाक्य पूरा भी नहीं हुआ था कि घने बादलों के कारण छाया अंधकार लुप्त हो गया और सूर्य की किरणें फिर आकाश में चमकने लगीं। दरअसल, श्रीकृष्ण ने अपनी अकाट्य माया से सूर्य को घने बादलों से ढक दिया था, जिसे देखकर सबको लगा कि सूर्यास्त हो गया। जयद्रथ घबराकर भागने लगा, लेकिन तब तक देर हो चुकी थी। अर्जुन गांडीव की प्रत्यंचा चढ़ा चुका था। अगले ही क्षण जयद्रथ का सिर कटकर अलग हो गया और अर्जुन की प्रतिज्ञा सफल हुई।

द्रोण-वध

अर्जुन के प्राण बच जाने से पांडव-सेना में नवीन ऊर्जा का संचार हो गया। युद्ध-भूमि में दृश्य पल-पल बदल रहा था। जयद्रथ-वध से निराश कौरव सेना के योद्धा फिर कोई युक्ति सोचने लगे, किंतु युद्ध में जब युक्तियाँ समाप्त हो जाती हैं तो उस रिक्त स्थान को केवल पराक्रम से भरा जा सकता है। द्रोणाचार्य ने यही किया। उन्होंने अपनी समस्त ऊर्जा और रण-कौशल झोंक दिया। द्रोण के शौर्य की आँधी कुरुक्षेत्र में चलनी शुरू हुई तो पांडव सेना के पैर उखड़ने लगे।

द्रोण के शस्त्र-ज्ञान से पांडव भली-भाँति परिचित थे, किंतु उन्होंने अपने गुरु का ऐसा रौद्र रूप पहले कभी नहीं देखा था। द्रोण ने अपने शिष्यों को निर्भय होकर युद्ध करने का प्रशिक्षण दिया था, किंतु उस दिन अर्जुन भी युद्ध में भयभीत दिख रहा था। श्रीकृष्ण ने अर्जुन का भय भाँप लिया। उन्हें पता था कि द्रोण के हाथ में धनुष रहने तक उनकी विनाश-लीला नहीं रुकेगी।

"परंतु द्रोण ने जो धनुष शत्रु के विनाश के लिए उठाया है, उसका वह त्याग क्यों करेंगे?" अर्जुन ने पूछा।

"पुत्र की मृत्यु का समाचार सुनकर किस पिता के कंधे से धनुष नहीं गिर जाएगा, पार्थ?" कृष्ण ने मुसकराते हुए कहा।

"मैं कुछ समझा नहीं, केशव!" अर्जुन दुविधा में था।

"मैं अश्वत्थामा की मृत्यु के समाचार की बात कर रहा हूँ!" कृष्ण ने कहा।

"अश्वत्थामा की मृत्यु?" युधिष्ठिर आगे आया, "परंतु वह तो जीवित है।"

"मैंने अश्वत्थामा की मृत्यु नहीं कहा, बड़े भैया!" कृष्ण मुसकराए। "मैंने केवल उसकी मृत्यु का समाचार द्रोण को देने की बात कर रहा हूँ और यह कार्य आप करेंगे!"

युधिष्ठिर का मुँह आश्चर्य से खुला रहा गया, "परंतु केशव, अश्वत्थामा जीवित है और आपको पता है कि मुझे युद्ध में पराजय स्वीकार है, किंतु मैं धर्म के

मार्ग को छोड़कर असत्य का सहारा कभी नहीं लूँगा।"

"मैं जानता हूँ। इसलिए यह समाचार द्रोणाचार्य को केवल आप दे सकते हैं··· और उसका तरीका मैं बताऊँगा!"

"क्या झूठ बोलने का भी तरीका होता है?" युधिष्ठिर ने चिढ़कर कहा।

"यह कटाक्ष करने का समय नहीं!" कृष्ण बोले, "मालवा नरेश इंद्रवर्मा के हाथी का नाम भी अश्वत्थामा है। यदि भीम उसे मार दे, तब तो आप द्रोणाचार्य से कह सकते हैं ना कि 'अश्वत्थामा मारा गया'? चूँकि द्रोण को पता है कि आप झूठ कभी नहीं बोलेंगे, इसलिए उन्हें आपकी बात पर विश्वास करना पड़ेगा। इसके बाद उनके कंधे से धनुष सरकने में तनिक भी समय नहीं लगेगा!"

युधिष्ठिर का मन नहीं था परंतु तर्क-वितर्क का समय भी नहीं था। आखिर युधिष्ठिर ने हामी भर दी। भीम ने इंद्रवर्मा के गज अश्वत्थामा को मार डाला और योजनानुसार, युधिष्ठिर ने द्रोण के पास जाकर कहा, "गुरुदेव! आपको दु:ख के साथ सूचित कर रहा हूँ कि अश्वत्थामा मारा गया!" परंतु इसके बाद युधिष्ठिर ने धीमे से जोड़ दिया, "···मनुष्य नहीं, अपितु हाथी!" उसका स्वर इतना धीमा था कि द्रोण बाद के वाक्यांश को सुन नहीं सके।

कृष्ण की युक्ति एक बार फिर काम कर गई थी। सत्यनिष्ठ युधिष्ठिर के मुख से अश्वत्थामा की मृत्यु का समाचार सुनकर द्रोण के तन में जैसे रक्त का संचार ही रुक गया। उनके हाथ-पैर शिथिल पड़ने लगे। उनके कंधे से धनुष सरक गया और वे रथ से नीचे उतरकर धरती पर बैठ गए।

युद्ध में नीति के साथ अवसर का बहुत महत्त्व होता है। श्रीकृष्ण ने तुरंत द्रुपद-पुत्र धृष्टद्युम्न को संकेत दे दिया। द्रोण बहुत पहले से जानते थे कि धृष्टद्युम्न का जन्म उनके वध के लिए हुआ था। इसलिए धृष्टद्युम्न को अपनी ओर आता देख वे घबराए नहीं, अपितु उन्होंने आँखें बंद कर लीं। अश्वत्थामा की मृत्यु के उपरांत उनके जीवन में कोई आकर्षण शेष नहीं था। धृष्टद्युम्न ने एक झटके में धरती पर बैठे निहत्थे द्रोण का सिर काट डाला। द्रोण-पुत्र अश्वत्थामा को जब अपने पिता के साथ हुए छल का पता लगा तो उसने प्रतिज्ञा की कि वह धृष्टद्युम्न और पांडवों से अपने पिता की हत्या का प्रतिशोध अवश्य लेगा।

उस महासमर के फलस्वरूप कुरुक्षेत्र की भूमि रक्तपात से यदि लाल हो गई थी तो उस पर छल की काली स्याही और प्रतिशोध के अंगारे भी कुछ कम नहीं गिरे थे!

□

19

घटोत्कच का बलिदान

द्रोण-वध के तुरंत बाद कौरव-सेना की कमान महारथी कर्ण को सौंप दी गई। कर्ण के कुशल नेतृत्व में पांडव-सेना पर जैसे विपदा के बादल फट पड़े। कर्ण की सतत बाण-वर्षा ने कुछ ही समय में भीष्म और द्रोण दोनों के अभाव को भर दिया। युद्ध की स्थिति फिर पलट गई। अब पांडवों के लिए कर्ण को रोकना अगली चुनौती थी।

युधिष्ठिर ने कृष्ण से कहा, "वासुदेव! कर्ण को रोकने का सामर्थ्य केवल अर्जुन में है। मेरे विचार से अर्जुन को कर्ण के सामने उतारने का समय आ गया है।"

यह सुनकर कृष्ण बोले, "बड़े भैया! यह भूल कदापि मत कीजिएगा। कर्ण के पास 'शक्ति' नामक अमोघ दिव्यास्त्र है, जो उसने देवराज इंद्र से केवल अर्जुन को मारने के लिए ही लिया था। यदि अर्जुन कर्ण के समक्ष आया तो अर्जुन का अंत निश्चित मानिए, परंतु कर्ण उस दिव्यास्त्र का प्रयोग एक ही बार कर सकता है। इसलिए अर्जुन को जीवित रखना है तो हमें कर्ण के सामने एक ऐसा योद्धा उतारना होगा, जो पराक्रम में अर्जुन के समान हो और जिस पर कर्ण अमोघ दिव्यास्त्र का प्रयोग करने के लिए विवश हो जाए। अर्जुन की रक्षा का यही एक मार्ग है!"

"परंतु ऐसा कौन योद्धा है, जो पराक्रम में अर्जुन के समान हो और कर्ण का सामना कर सके?" भीम ने पूछा।

कृष्ण मुड़े और भीम को संबोधित करते हुए बोले, "मँझले भैया! क्या आपको याद है कि आपकी पत्नी हिडिंबा ने आपको चलते समय क्या वचन दिया था?"

भीम की भँवें सिकुड़ गईं। उसने स्मृति-पटल पर जमा हुई समय की धूल को झाड़ा और फिर हिडिंबा से हुई अंतिम भेंट को याद करने लगा। कुछ क्षण सोचकर भीम ने कहा, "हाँ केशव, हिडिंबा ने चलते समय कहा था कि किसी भी समय

अपने पुत्र की सहायता चाहिए तो हिडिंबा के पास एक संदेश भेज दूँ और मेरा पुत्र मेरी सेवा में तत्काल उपस्थित हो जाएगा।"

"ठीक! और क्या हिडिंबा ने यह नहीं कहा था कि आवश्यकता पड़ी तो वह अपने प्राण न्योछावर करने से भी पीछे नहीं हटेगा?" कृष्ण ने आगे की योजना का संकेत दे दिया था।

"हाँ केशव, हिडिंबा ने यह भी कहा था," भीम ने याद करते हुए उत्तर दिया।

यह सुनकर कृष्ण मुसकराए और बोले, "फिर आप प्रतीक्षा किसकी कर रहे हैं? आपका पुत्र घटोत्कच अब बड़ा हो चुका है। मैंने सुना है कि वह न केवल आपकी तरह अतुल्य बलवान है अपितु अपनी माँ हिडिंबा से उसने अनेक तरह की मायावी शक्तियाँ भी पाई हैं। हिडिंबा को संदेश भेजकर घटोत्कच को तत्काल यहाँ बुलाइए। वही एकमात्र योद्धा है, जो अर्जुन के समान पराक्रमी है और कर्ण का सामना करने में सक्षम भी।"

"किंतु...केशव! इरावान और अभिमन्यु के बलिदान के बाद अब क्या घटोत्कच भी..." भीम को कहने में संकोच हो रहा था।

"युद्ध तो बलिदान माँगता ही है, मँझले भैया! युद्ध यज्ञ है, जो क्षत्रिय की आहुति से ही पूर्ण होता है। और यह तो फिर धर्म-युद्ध है। आप यदि इसमें आहुति देने से संकोच करेंगे तो फिर फल की कामना करना ही व्यर्थ है। इसलिए संकोच मत कीजिए और हिडिंबा को संदेश भेजिए; शेष सब नियति पर छोड़ दीजिए।"

"परंतु..." भीम फिर सकुचाया।

"क्या आपको यह भी मैं याद दिलाऊँ कि वनवास के दौरान आपकी अचानक जब हिडिंबा से भेंट हुई थी तो आपने उसे वचन दिया था कि पानी पिलाकर उसने जो उपकार आप पर किया था, एक दिन आप उसका ऋण अवश्य चुकाएँगे..." यह कहकर कृष्ण दृष्टि तिरछी करके भीम को देखने लगे।

"आपको कैसे पता?" भीम ने पूछा। फिर तुरंत ही उसे अहसास हो गया कि उसका प्रश्न मूर्खतापूर्ण था। जगदीश्वर कृष्ण से भला कोई बात कहाँ छिपी रह सकती थी!

भीम ने तुरंत एक दूत को हिडिंबा के पास संदेश देकर भेज दिया। उसने संदेश में लिखा—

प्रिय हिडिंबा,

हमारे विवाह को बहुत समय बीत चुका है और समय ने तुम्हारे और मेरे मध्य एक चौड़ी खाई बना दी है, परंतु तुम्हारे लिए मेरा प्रेम आज भी

उतना ही प्रगाढ़ है जितना तब था। मैं जानता हूँ कि तुमने हमारे पुत्र को अकेले बड़ा किया है और मैं पिता की भूमिका निभा पाने में असमर्थ रहा हूँ। फिर भी मुझे विश्वास है कि तुम मेरी जटिल परिस्थितियों को समझ सकोगी। विदाई के अंतिम क्षण में तुमने वचन दिया था कि आवश्यकता पड़ने पर हमारा पुत्र सहयोग के लिए मेरे साथ खड़ा रहेगा। सुनो, वह घड़ी आ पहुँची है! पांडवों और कौरवों के बीच महायुद्ध आरंभ हो चुका है, जिसका अंत निस्संदेह दुःखद और त्रासदी-भरा होगा। एक ही परिवार के बीच हो रहे इस युद्ध में जीतने वाले की भी पराजय ही होनी है! फिर भी युद्ध क्षत्रिय का धर्म है। इस धर्म-युद्ध में मुझे अपने पुत्र का सहयोग चाहिए। मैं तुम्हें उसके दीर्घायु होने का वचन तो नहीं दे सकता, किंतु इतना अवश्य कहता हूँ कि समय जब कभी इस महासमर की गाथा लिखेगा तो उसके रक्तरंजित पृष्ठों पर हमारे पुत्र के पराक्रम का अध्याय स्वर्णिम अक्षरों से लिखा जाएगा! प्रिय घटोत्कच को भेजने में विलंब मत करना।

तुम्हारा,
भीमसेन

स्वार्थ में डूबा उथला-सा प्रेम-संदेश पढ़कर हिडिंबा की आँखें भर आईं। भीम सामने होता तो वह उसे बताती कि उसने कितनी विषम परिस्थितियों में घटोत्कच को बड़ा किया था, उसके जीवन की रक्षा हेतु उसने कैसे-कैसे प्रयास किए थे, भीम की अनुपस्थिति में उसने कितनी रातें जागकर और कितने दिन व्याकुल रहकर काटे थे। हिडिंबा चाहती तो प्रतिशोध लेने लिए भीम को युद्ध में असहाय भी छोड़ सकती थी, परंतु जहाँ पुरुष अपना सब कुछ खोकर भी अहंकार की रक्षा करना पसंद करता है, वहीं स्त्री अपने अहंकार को होम करके अपना सर्वस्व बचा ले जाती है।

भीम का संदेश बहुत स्पष्ट था। हिडिंबा जानती थी कि वह अपने पुत्र को फिर कभी नहीं देख पाएगी। फिर भी उसने बिना एक पल सोचे पुत्र घटोत्कच को उसके पिता की सहायता हेतु रण में भेजने का निर्णय ले लिया। भीम के जाने के बाद से हिडिंबा ने घटोत्कच में सदा भीम की छवि देखी। वही हिडिंबा के जीवन का केंद्र-बिंदु था, वही साध्य था, वही लक्ष्य था, वही जीवन और वही प्राण था। इसलिए युद्ध में घटोत्कच के उतरने के विचार से हिडिंबा का भाव-विह्वल हो जाना तो स्वाभाविक ही था।

अगले दिन घटोत्कच जाने लगा तो हिडिंबा ने स्नेहपूर्वक उसके गाल चूमे और

उसका मस्तक सूँघकर उसके दीर्घायु होने की कामना की। फिर वह बोली, "पुत्र! मैं जानती हूँ तुम अपनी सुरक्षा करने में पूर्ण रूप से सक्षम हो, इसलिए मैं तुमसे यह नहीं कहूँगी कि युद्ध कैसे करना है, क्योंकि वह तो तुम मुझसे बेहतर जानते हो। मैं तुमसे केवल इतना कहना चाहती हूँ कि कुरुक्षेत्र का समर धरती के एक टुकड़े के लिए लड़ा जा रहा कोई साधारण युद्ध नहीं है। वह महासंग्राम है, जो धर्म और अधर्म के बीच हो रहा है। मैं नहीं जानती कि तुम्हारे पिता ने अपने पारिवारिक जीवन में हमारे साथ जो किया, भावी पीढ़ियाँ उसे धर्म मानेंगी या नहीं, किंतु इस क्षण तो वह निस्संदेह धर्म के पक्ष में हैं। अत: उनकी और उनके समस्त परिवार की रक्षा करना भी तुम्हारा धर्म है। किसी भी क्षण तुम्हें अपने पिता भीमसेन अथवा उनके किसी प्रियजन पर संकट दिखाई पड़े तो अपने प्राण देकर भी उनकी रक्षा करना! मैंने तुम्हारे पिता को यही अंतिम वचन दिया था इसलिए मेरे वचन की रक्षा करना। इतिहास सदा इस बात को याद रखेगा कि हिडिंबा ने अन्याय और उपेक्षा सहकर भी अपने पुत्र के हृदय में उसके पिता के प्रति क्षोभ नहीं, अपितु श्रद्धा का संचार किया है। मुझे आशा है तुम अपने माता-पिता को निराश नहीं करोगे।"

"माँ, आप निश्चिंत रहिए!" घटोत्कच ने हिडिंबा को प्रणाम किया, "घटोत्कच के तन में जब तक रक्त की एक भी बूँद शेष है, पांडव परिवार के किसी सदस्य पर आँच तक नहीं आएगी। उन्होंने अपने पति-धर्म और पिता-धर्म का कितना पालन किया है, इसका निर्णय तो समय करेगा, किंतु मैं अपने धर्म से तिल-भर भी नहीं डिगूँगा, यह मेरा वचन है। आज्ञा दीजिए!" घटोत्कच मुड़ा और चला गया।

घटोत्कच को जाते देख हिडिंबा को वही दिन याद आ गया जब भीम उसे छोड़कर गया था। भीम और घटोत्कच के जाने में एक अजीब-सी समानता थी। दोनों ने जाते समय लौटने का वचन नहीं दिया और दोनों ही बृहद् लक्ष्य की प्राप्ति के लिए निकले थे।

परंतु हिडिंबा का क्या? उसके जीवन की महत्ता को कौन समझता? क्या हिडिंबा और उसके जैसी स्त्रियों के जीवन की त्रासदी के साथ समय कभी न्याय करेगा? फिर वही बात! इस प्रश्न का उत्तर भी तो समय ही देगा।

अगले दिन सूर्योदय के साथ घटोत्कच कुरुक्षेत्र पहुँच गया। उसने पांडव शिविर में चारों ओर घूमकर सबको देखा। सब उसे देखने लगे। अन्य सभी योद्धाओं के बीच दिव्य आभा से युक्त पाँच पांडव अलग दिखाई पड़ रहे थे। उनमें सुडौल और विशाल काया वाले भीम को पहचानना कठिन नहीं था। घटोत्कच सबसे पहले भीम के पास गया और उसे प्रणाम किया।

भीम ने भी घटोत्कच को देखते ही पहचान लिया, "घटोत्कच! मेरे पुत्र!" भीम की आँखों से हर्ष की अश्रुधारा बह निकली। पांडवों ने भीम को रोते पहली बार देखा था, "इस संसार में आज मुझसे अधिक प्रसन्न कोई नहीं होगा। इतने वर्षों के बाद मैं अपने पुत्र से मिल रहा हूँ। लेकिन मुझे दु:ख है कि हमारी भेंट जीवन के ऐसे मोड़ पर हुई है जहाँ मेरे पास तुम्हारे साथ बिताने के लिए समय ही नहीं है। यह हमारे जीवन का सबसे महत्त्वपूर्ण युद्ध है और मुझे तुम्हारी सहायता चाहिए।"

भीम ने हिडिंबा के विषय में पूछा तक नहीं। उसके शब्द घटोत्कच के कानों में पड़कर ऐसे बिखर रहे थे जैसे समुद्र की लहरें तट की चट्टानों से टकराकर बिखर जाती हैं।

घटोत्कच सोचने लगा, 'क्या यह वही व्यक्ति है, जिसके लिए मेरी माँ ने अपना जीवन, त्याग और तप की वेदिका में होम कर दिया? माँ, जिसका नाम लेते नहीं थकती, उसने एक बार भी अपनी पत्नी का नाम नहीं लिया!' घटोत्कच के मन में एक गहरी टीस उठी। उसकी इच्छा हुई कि उसी क्षण भीम को छोड़कर अपनी माँ के पास लौट जाए और उससे कहे कि वह जिस भीम से प्रेम करती है और जीवन-भर से आशा लगाए बैठी है, यह व्यक्ति वह भीम है ही नहीं! परंतु घटोत्कच को फिर अपना वचन याद आ गया जो उसने चलते समय हिडिंबा को दिया था—कुछ भी हो जाए, वह अपने पिता को संकट में अकेला नहीं छोड़ेगा! घटोत्कच ने अपनी माँ के संघर्ष की कटु स्मृति को कुछ देर के लिए भुला दिया और युद्ध के लिए तैयार हो गया।

घटोत्कच ने अपना आकार बढ़ाया और युद्ध-भूमि में उतर गया। उसे देखते ही कौरव सेना में हाहाकार मच गया। उसकी पर्वताकार काया को देखकर शत्रु सेना को यह समझते देर नहीं लगी कि उस दिन का सूर्य कौरव-सेना के सूर्यास्त की पूर्वसूचना लेकर उदय हुआ था।

कौरव सेना ने घटोत्कच पर बाणों की वर्षा आरंभ कर दी, किंतु उनके तीर घटोत्कच के अभेद्य तन से टकराकर घास के तिनकों की तरह बिखर रहे थे। यहाँ तक कि घटोत्कच पर दुर्योधन और अश्वत्थामा जैसे विकट योद्धाओं के अस्त्र-शस्त्रों तक का प्रभाव नहीं हुआ। घटोत्कच जिधर से निकलता, उधर ही मृत्यु एवं विनाश नृत्य करने लगते। उसके निरंतर भयावह अट्टहास से कौरव-सेना के हाथ-पैर ठंडे पड़ने लगे। उसके विशालकाय पैरों के नीचे दबकर दर्जनों सैनिक प्रति क्षण मारे जा रहे थे। कुछ ही देर में कौरव सेना पस्त हो गई और दुर्योधन को पराजय सामने दिखने लगी। तब उसने कर्ण से कहा, "मित्र कर्ण! यदि इस राक्षस को रोका नहीं गया तो आज हमारी पराजय निश्चित है!"

यह सुनकर कर्ण बोला, "मित्र दुर्योधन! यह सामान्य योद्धा नहीं है। इसके पास अतुल्य बल के अलावा मायावी शक्तियाँ भी हैं। मैं देख रहा हूँ कि इस पर साधारण अस्त्र-शस्त्र का कोई प्रभाव नहीं हो रहा। मैं स्वयं दुविधा में हूँ कि इसे कैसे रोका जाए?"

"कर्ण, साधारण अस्त्र-शस्त्र तो हम सबके पास हैं, किंतु हमें इस राक्षस से कोई दिव्यास्त्र ही बचा सकता है। तुम अमोघ 'शक्ति' का प्रयोग करके इसे तत्काल मार डालो।"

"शक्ति! परंतु मित्र, वह अस्त्र तो मैंने अर्जुन को मारने के लिए प्राप्त किया था!" कर्ण ने उत्तर दिया।

"यह तो मैं भी जानता हूँ," दुर्योधन बोला, "परंतु अर्जुन को मारने का अवसर तो तब मिलेगा जब हम घटोत्कच से बच पाएँगे। जिस निर्ममता से यह हमारी सेना का विनाश कर रहा है उसे देखते हुए मुझे नहीं लगता कि हम और तुम 'शक्ति' का प्रयोग करने या अर्जुन को मारने तक जीवित भी रहेंगे।"

कर्ण के जीवन का एकमात्र ध्येय अर्जुन-वध था, परंतु दुर्योधन और कर्ण की मैत्री का आधार ही यही था कि दोनों संकट के समय एक-दूसरे की सहायता के लिए कृतसंकल्प थे। आखिरकार, कर्ण ने भारी मन से शक्ति का आह्वान किया और उसे अपने धनुष पर तानकर घटोत्कच के सामने जा खड़ा हुआ।

युद्ध-भूमि में घटोत्कच का आतंक चरम पर था। किसी ने नहीं सोचा था कि केवल एक योद्धा कौरव सेना को इतनी क्षति पहुँचा देगा कि उनकी विजय की संभावनाएँ ही समाप्त होने लग जाएँगी। घटोत्कच, शत्रु-सेना को रौंदता हुआ तेजी से आगे बढ़ रहा था।

सहसा रणभूमि घटोत्कच की भीषण गर्जना से गूँज उठी, किंतु वह गर्जना पीड़ा से जनित थी। समूची युद्ध-भूमि काँप उठी और कुछ पल के लिए रण भी थम गया।

घटोत्कच गरदन झुकाकर अपने वक्ष में धँसे अस्त्र को देख रहा था। उसने उस विलक्षण दिव्यास्त्र को बाहर खींचने के लिए हाथ उठाया, किंतु शक्ति का प्रहार घटोत्कच के तन में रक्त के प्रवाह को शिथिल कर चुका था। घटोत्कच की विशाल काया धड़धड़ाती हुई धरती पर गिर पड़ी और उसके वक्ष से गाढ़े रक्त की धारा बह निकली। उसके हाथों जितने शत्रु सैनिक मारे गए थे, उससे अधिक पर्वताकार काया के नीचे दबकर मर गए।

"वह मारा गया! राक्षस मार गया!!" कौरव शिविर में गूँजा नारा सुनकर पांडव सेना में कोहराम मच गया। घटोत्कच के गिरने का समाचार पाते ही पांडव

दौड़कर उसके पास पहुँचे। उन्होंने देखा घटोत्कच अंतिम साँसें गिन रहा था।

भीम घुटनों के बल बैठकर घटोत्कच के शरीर से लिपट गया और जोर-जोर से रोने लगा, "घटोत्कच! मुझे क्षमा कर दो, पुत्र! मुझे क्षमा कर दो! मेरे कारण ही आज तुम्हारी यह दशा हुई है। अच्छा होता मैं युद्ध में तुम्हें न बुलाता। तुम अपनी माँ के साथ वन में सुरक्षित तो रहते! अब मैं कौन-सा मुख लेकर हिडिंबा के पास जाऊँगा? कैसे करूँगा उसका सामना? क्या कहूँगा उसे?…"

घटोत्कच के शरीर से काफी रक्त बह चुका था। उसकी आँखें आधी बंद हो गई थीं और श्वास बहुत धीमी चल रही थी। उसने क्षुब्ध दृष्टि से भीम की ओर देखा। फिर वह बोला, "क्या आप सचमुच माँ से मिलने जाएँगे?"

घटोत्कच ने इस एक ही प्रश्न से सिद्ध कर दिया था भीम का यह दु:ख और चिंता भी बनावटी ही थे। हिडिंबा को छोड़कर जाने और फिर कभी उससे न मिलने की घटना ने घटोत्कच के भोले मन पर भीम की छवि को इतना गहरा चिह्नित कर दिया था कि घटोत्कच के अंतिम क्षणों में भीम जब सचमुच दु:खी था और हिडिंबा से मिलने का इच्छुक था तो भी घटोत्कच को उस पर भरोसा नहीं हुआ।

घटोत्कच की आँखों में अनेक प्रश्न तैर रहे थे, जिनका उत्तर देने का साहस भीम में नहीं था। वह घटोत्कच का हाथ थामे शांत बैठा रहा। घटोत्कच के होंठ हिले। उसने अपनी जीभ को होंठों पर फेरा। उसे प्यास लगी थी। भीम को सहसा वह क्षण याद आ गया जब वनवास के समय हिडिंबा ने पांडवों के लिए पानी की व्यवस्था की थी। घटोत्कच के होंठों पर प्यास देखकर भीम समझ गया कि हिडिंबा के उस उपकार का ऋण चुकाने का समय आ चुका था!

भीम के संकेत पर एक सैनिक, एक विशाल पात्र में घटोत्कच के लिए जल लेकर आ गया। भीम ने अंजलि में जल लिया और घटोत्कच के प्यासे होंठों पर कुछ बूँदें टपका दीं। किसी युद्ध-भूमि ने ऐसा दृश्य पहले नहीं देखा था जहाँ एक पिता अपने मरणासन्न पुत्र को उसके अंत समय में जल पिला रहा था। दो घूँट जल पीने के उपरांत घटोत्कच के चेहरे पर छाई पीड़ा कुछ कम हो गई।

"पुत्र…" भीम ने फिर साहस जुटाकर घटोत्कच से बात शुरू की, "मुझे गर्व है कि मुझे तुम जैसा बलशाली, वीर और निष्ठावान पुत्र प्राप्त हुआ। हालाँकि मुझे दु:ख है कि मैं तुम्हारे लिए कुछ कर नहीं पाया।"

"क्या आप…आपको और किसी बात का…दु…दु:ख नहीं?" घटोत्कच ने लड़खड़ाते स्वर में पूछा। इतना रक्त बह जाने के उपरांत किसी सामान्य योद्धा का बोल पाना संभव नहीं था, परंतु उस समय घटोत्कच के तन में मानो हिडिंबा की

इच्छाशक्ति प्रवेश कर गई थी।

घटोत्कच ने आत्मा की समस्त शक्ति को बटोरा और धीरे-से कहा, "माँ को सदा विश्वास रहा कि एक दिन आप अवश्य हमारी सुध-बुध लेंगे। इसी विश्वा···" घटोत्कच की श्वास टूटने लगी थी, "इसी विश्वास की थरथराती लौ के सहारे माँ अपने एका···एकाकीपन के अंधकार से जूझती रहीं। उन्होंने उस लौ को मेरे भीतर भी ज···जग···जगाने में ही अपनी सारी ऊर्जा, अपना सारा जीवन खपा दिया। मैंने उन्हें कभी यह महसूस नहीं होने दिया मेरे भीतर वास्तव में वह लौ कभी जगी ही नहीं! जानते हैं, क्यों? वह इसलिए कि मेरी माँ राक्षस-कन्या हैं···और राक्षस किसी पर विश्वास कर लेते हैं तो फिर उनका विश्वास आजीवन कायम रहता है,···लेकिन मैं··· मुझमें तो आपका भी अंश शामिल है··· मैं आधा मनुष्य भी तो हूँ! और मनुष्यों में विश्वास करने जैसा कुछ होता ही कहाँ है! मैं केवल अपनी माँ के कहने पर यहाँ आया था···मुझे आपसे कभी कोई आशा···थी ही नहीं···" घटोत्कच की गरदन एक ओर ढुलक गई और वह सदा के लिए मौन हो गया।

घटोत्कच की मृत्यु से भीम को सचमुच बहुत दुःख हुआ था, लेकिन उससे कहीं अधिक दुःख उसे घटोत्कच के अंतिम वचन सुनकर हुआ। भारत के सबसे संपन्न राजपरिवार का सर्वशक्तिशाली योद्धा पर—जिसके शौर्य एवं बल पर समूचे संसार को विश्वास था—उसके अपने ही पुत्र ने कभी विश्वास नहीं किया!

भीम दोनों हाथों से सिर पकड़े बैठा था। समय तेजी से बीत रहा था और युद्ध का पलड़ा एक बार फिर कौरवों के पक्ष में झुकने को था। कृष्ण ने भीम के कंधे पर हाथ रखा और कहा, "मँझले भैया, घटोत्कच की मृत्यु से सेना का मनोबल टूट गया है। आपकी तरह हम भी दुखी और आहत हैं, किंतु रक्तपात, प्रियजनों की मृत्यु तथा नरसंहार तो युद्ध की नियति है। वीर पुरुष नियति पर शोक नहीं करते, वे दुःखी होकर नियति से मुँह भी नहीं मोड़ते। वे शोक को भुलाकर अपना कर्म करते हैं, और इस समय युद्ध करना ही आपका कर्म है और यही धर्म भी!"

□

20

युद्ध का अंत

कर्ण-वध

वासुदेव कृष्ण का दाँव बिल्कुल ठीक बैठा था। कर्ण ने जो शक्ति नामक दिव्यास्त्र अर्जुन-वध के लिये बचा रखा था, उसका प्रयोग घटोत्कच पर हो चुका था। हालाँकि, अर्जुन बच गया और उसका मूल्य निर्दोष घटोत्कच ने अपने प्राण देकर चुकाया। युद्ध की यही त्रासदी है कि इसमें किसी की भूल का दंड किसी और को मिलता है। युद्ध की एक विशेषता यह भी है कि वह जय-पराजय का निर्णय होने से पहले रुकता नहीं। घटोत्कच की मृत्यु के बाद कुछ क्षण के लिए थमा युद्ध का झंझावात, फिर सक्रिय हो उठा। योद्धा मरते रहे और युद्ध जारी रहा। घटोत्कच-वध के प्रकरण ने कर्ण को एक सशक्त सेनापति और अतुल्य योद्धा के रूप में तो स्थापित कर दिया, किंतु वह उसके दुर्भाग्य का मुँह नहीं मोड़ सका, जो कर्ण के जन्म के समय से ही उसके साथ-साथ चल रहा था।

कुंती जब अविवाहित थी तो एक बार महर्षि दुर्वासा ने कुंती को देवताओं का आह्वान-मंत्र दिया था। कुंती ने मंत्र से सूर्यदेव का आह्वान तो कर लिया, किंतु जाने से पहले सूर्यदेव कुंती के गर्भ में संतान छोड़ गए। वह तेजस्वी बालक, जिसका जन्म दिव्य कवच-कुंडल के साथ हुआ था, कोई और नहीं, अपितु कर्ण था। अविवाहित कुंती माँ बन चुकी थी। उसने लोक-लाज के भय से बालक को नदी में प्रवाहित कर दिया जो बाद में धृतराष्ट्र के निस्संतान सूत (सारथि) अधिरथ को मिल गया। अधिरथ और उसकी पत्नी राधा ने कर्ण का पालन-पोषण किया। यही कारण था कि अर्जुन के समान विलक्षण धनुर्धर होने के बावजूद कर्ण की पहचान सबसे छिपी रही और वह आजीवन सूत-पुत्र और राधेय बनकर जिया। बाद में दुर्योधन ने कर्ण के शौर्य से प्रभावित होकर उसे अंग देश का राजा बना दिया जिसके बदले उसे ज्येष्ठ

कुंती-पुत्र कर्ण की निष्ठा और मैत्री प्राप्त हो गई। इसलिए कर्ण, दुर्योधन के पक्ष में युद्ध कर रहा था, परंतु अर्जुन से उसका विशेष वैर था और अर्जुन-वध उसके जीवन का एकमात्र लक्ष्य!

अर्जुन और कर्ण, दोनों के लिए वह उनके अपने-अपने जीवन का निर्णायक युद्ध था। इसी बीच कर्ण के रथ का एक पहिया मिट्टी में धँस गया। रथ झुका तो घोड़े लड़खड़ाने लगे। कर्ण अपने अस्त्र-शस्त्र रथ में छोड़कर नीचे कूदा और उसने पूरी शक्ति रथ को मिट्टी से निकालने में लगा दी। कर्ण के माथे से पसीना टपकने लगा, शरीर थक गया और आत्मा असहाय हो गई, किंतु रथ का पहिया नहीं हिला।

युद्ध के अनेक नियमों में से एक यह भी था कि निहत्थे पर वार नहीं किया जाएगा परंतु महाभारत-युद्ध के नियम तो जैसे बने ही टूटने के लिए थे। कर्ण निहत्था भी था और असहाय भी। फिर भी अर्जुन ने उस पर बाणों की वर्षा आरंभ कर दी। कर्ण बुरी तरह आहत हो चुका था। उसके बार-बार कहने के बावजूद अर्जुन ने उसे धनुष-बाण उठाने का अवसर नहीं दिया। आखिर अर्जुन ने एक घातक बाण कर्ण पर चला दिया।

कर्ण के मुख से पीड़ा-भरी चीख निकली। उसने ढलते सूर्य के दर्शन किए और अपने पिता को अंतिम प्रणाम कर इस संसार से विदा हो गया। कर्ण की मृत्यु के साथ ही दुर्योधन का सबसे विश्वसनीय संबल भी टूट गया था। उसे युद्ध में पराजय के साथ अपना अंत भी दिखने लगा।

दुर्योधन-वध

हठ और अहंकार मिल जाएँ तो व्यक्ति का सर्वनाश निश्चित है। पांडवों को इंद्रप्रस्थ न लौटाने का हठ तथा नेत्रहीन एवं अयोग्य धृतराष्ट्र से विरासत में मिलने वाले राजसिंहासन का अहंकार दुर्योधन के सिर पर हावी था, परंतु अपने प्रमुख योद्धाओं की मृत्यु तथा सेना के विनाश के बाद भी मूर्ख दुर्योधन ने वास्तविकता को स्वीकार नहीं किया। वह युद्ध के उन अंतिम क्षणों में यदि पांडवों को उनका अधिकार लौटा देता तो कदाचित् अपने जीवन और राज्य दोनों की रक्षा कर सकता था, परंतु उसे सिर कटवा लेना स्वीकार था, झुकाना नहीं! कई दिन से निरंतर युद्ध कर रहा दुर्योधन गदा लेकर भीम से लड़ने को तैयार हो गया। हालाँकि भीम का तन भी शिथिल हो चला था, किंतु विजय की संभावना ने पांडवों में उत्साह का संचार कर दिया था।

युद्ध के अठारहवें और अंतिम दिन दुर्योधन तथा भीम का गदा-युद्ध आरंभ हो गया। दोनों ने गदा-युद्ध की शिक्षा श्रीकृष्ण के अग्रज बलराम से ली थी, इसलिए दोनों दाँव-पेच और युद्ध-कौशल से समान रूप से परिचित थे। युद्ध आरंभ तो हो गया, लेकिन फिर लगा कि वह अनंत काल तक जारी रहेगा। दोनों एक-दूसरे के रक्त के प्यासे थे।

सहसा कृष्ण ने बाएँ हाथ से अपनी बाईं जाँघ पर थपकी दी। गदा-युद्ध के नियमों के अनुसार कमर से नीचे वार करना वर्जित होता है, परंतु यह कहा जा चुका है उस युद्ध में कोई नियम टूटने से बचा नहीं था। श्रीकृष्ण का संकेत पाते ही भीम ने पूरी शक्ति से दुर्योधन की बाईं जाँघ पर गदा से प्रहार किया और उसकी जाँघ तोड़ दी। दुर्योधन गदा-नियम के उल्लंघन के विरुद्ध चिल्ला भी नहीं पाया था कि भीम ने एक और प्रहार से दुर्योधन की दाईं जाँघ भी तोड़ डाली। दुर्योधन कराह उठा। हाथ से गदा छूट गई। दुर्योधन की दोनों जाँघें टूट चुकी थीं और युद्ध-भूमि से उसे सुरक्षित ले जाने वाला कोई नहीं था। अतः दुर्योधन की मृत्यु निश्चित थी। हालाँकि नियम की दृष्टि से दुर्योधन के साथ अन्याय हुआ था, किंतु दुर्योधन ने आजीवन पांडवों के साथ जितने अन्याय किए थे उनके लिए उसे एक बार नहीं, अपितु कई बार मृत्युदंड दिया जा सकता था।

पांडव के दुर्योधन को रणभूमि में छोड़कर जाने के कुछ देर बाद कौरवों के अंतिम तीन योद्धा—अश्वत्थामा, कृपाचार्य और कृतवर्मा—जो अब तक जीवित थे, वहाँ पहुँच गए। दुर्योधन अंतिम साँसे गिन रहा था। तब द्रोण-पुत्र अश्वत्थामा ने प्रण लिया कि अपने पिता द्रोण और मित्र दुर्योधन के साथ हुए अन्याय का प्रतिशोध लेगा।

अश्वत्थामा को शाप

अट्ठारहवें दिन दुर्योधन की मृत्यु के साथ ही महाभारत का युद्ध भी समाप्त हो गया, परंतु अश्वत्थामा ने अर्द्धरात्रि के अंधकार को हृदय में धधकती प्रतिशोध की ज्वाला से दूर कर रखा था। उसे सबसे पहले धृष्टद्युम्न को खोजना था, जिसने अश्वत्थामा के पिता द्रोण का वध किया था। अश्वत्थामा को पंचाल-शिविर खोजने में समय नहीं लगा जहाँ धृष्टद्युम्न गहरी नींद में सो रहा था। उसे सोता देख अश्वत्थामा को अपने पिता का कटा सिर याद आ गया। उसने धृष्टद्युम्न को इतनी जोर से लात मारी कि वह अपनी शय्या से नीचे गिर पड़ा। तभी अश्वत्थामा ने उसकी गरदन दबा दी और फिर धृष्टद्युम्न के मर्मस्थल पर जोर का प्रहार किया, जिससे धृष्टद्युम्न के प्राण निकल गए। अब अश्वत्थामा का अगला लक्ष्य थे पांडव।

उस दिन अश्वत्थामा के भीतर मानो रुद्र का समावेश हो गया था। वह आगे बढ़ा तो उसे एक शिविर में पाँच युवक दिखे, जो गहरी नींद में सो रहे थे। अश्वत्थामा ने तलवार सँभाली और एक ही झटके में पाँचों युवकों के सिर काटकर उन्हें ढेर कर दिया। चारों ओर रक्त और मांस के लोथड़े बिखर गए, परंतु उसने जिन पाँच युवकों को मौत के घाट उतारा था, वे पांडव नहीं, अपितु पांडवों के पुत्र थे!

अश्वत्थामा को अपनी भूल पर क्षणिक दु:ख तो हुआ, किंतु प्रतिशोध की अग्नि क्षणिक दु:ख के जल से बुझ नहीं सकती। उन्मत्त अश्वत्थामा ने पूरे शिविर में आग लगा दी और जो सामने आया उसे मार गिराया। उसे स्वयं नहीं पता था कि उसने उस रात कितने निर्दोष लोगों की हत्या कर डाली थी। अश्वत्थामा की पूरी रात नृशंस नरसंहार करते बीत गई। सुबह हुई तो पंचाल शिविर के चारों ओर की भूमि को लाल करके अश्वत्थामा वहाँ से निकल गया।

अपने पुत्रों की हत्या से बौखलाए पांडवों ने कुछ ही देर में अश्वत्थामा को खोज लिया। वे उसे मार डालना चाहते थे। मृत्यु को सामने देख भयभीत अश्वत्थामा एक और भूल कर बैठा। उसने पांडवों को मारने के लिए द्रोण से प्राप्त ब्रह्मास्त्र का प्रयोग कर डाला। उसके ब्रह्मास्त्र को रोकने के लिए अर्जुन को भी ब्रह्मास्त्र का प्रयोग करना पड़ा। यदि वे दोनों ब्रह्मास्त्र टकराते तो सृष्टि का विनाश हो जाता, इसलिए अनेक ऋषियों और देवताओं ने अश्वत्थामा और अर्जुन को अपने-अपने ब्रह्मास्त्र वापस लेने का निर्देश दिया। अर्जुन ने अपना अस्त्र वापस ले लिया। अश्वत्थामा को ब्रह्मास्त्र चलाना तो आता था, किंतु उसे वापस लेने की कला से वह अनभिज्ञ था। आखिर उसने ब्रह्मास्त्र की दिशा बदली और उसे अर्जुन-पुत्र अभिमन्यु की गर्भवती पत्नी उत्तरा के ऊपर छोड़ दिया। दिव्यास्त्र के प्रहार से गर्भस्थ शिशु की तत्काल मृत्यु हो गई।

यह देखकर श्रीकृष्ण ने अश्वत्थामा को विनाशकारी अस्त्र के दुरुपयोग, निर्दोष पांडव-पुत्रों के निर्मम संहार तथा भ्रूण-हत्या जैसे जघन्य अपराध के लिए तीन हजार वर्ष तक धरती पर अपने आहत, जर्जर तन के साथ जीवित भटकते रहने का शाप दिया।

युद्ध में उत्तरा अपने पति अभिमन्यु को पहले ही खो चुकी थी। फिर ब्रह्मास्त्र के प्रहार से उसका पुत्र भी निष्प्राण हो गया तो उत्तरा अचेत होकर धरती पर गिर पड़ी। तब बहन सुभद्रा के आग्रह पर श्रीकृष्ण ने अपने योगबल से प्रारब्ध की चाल को बदल दिया तथा उत्तरा का निष्प्राण बालक फिर से जीवित हो उठा। चूँकि कुरुवंश के परिक्षीण हो जाने के समय उस बालक का जन्म हुआ था, इसलिए

वासुदेव कृष्ण ने उसका नाम 'परीक्षित' रखा।

युद्ध से अधिक भयंकर युद्ध का परिणाम होता है। युद्ध में एक पक्ष पराजित होता है तो दूसरे की विजय होती है, परंतु विनाश दोनों का होता है। स्वजन की मृत्यु, धन एवं ऐश्वर्य का ह्रास आदि ऐसे कष्ट हैं जिनसे उबरने में व्यक्ति को वर्षों लगते हैं परंतु उन पीड़ादायक स्मृतियों के चिह्न आत्मा पर स्थायी रूप से अंकित हो जाते हैं।

महाभारत का युद्ध भी पांडवों के स्मृति-पटल पर ऐसे ही असंख्य चिह्न छोड़ गया था।

□

21
अर्जुन-वध

मृत परिजनों एवं सैनिकों का दाह-संस्कार करने तथा उन्हें जलांजलि दे चुकने के उपरांत दु:ख से बोझिल युधिष्ठिर धरती पर ऐसे गिरा जैसे व्याध के बाणों से आहत हुआ मृग पृथ्वी पर गिरता है। युद्धोपरांत अवसाद ने युधिष्ठिर के अंगों और इंद्रियों को शिथिल कर दिया था। कृष्ण जानते थे कि युधिष्ठिर का ऐसी अवस्था में अधिक समय रहना राज्य और परिवार दोनों के लिए अहितकारी हो सकता था।

एक दिन कृष्ण ने युधिष्ठिर से कहा, "बड़े भैया! आपने भीषण युद्ध करके विजय प्राप्त की है। जिस राज्य और सुख के लिए आपने यह कष्ट उठाया उसे भोगने का समय आ चुका है। शोक का त्याग करके अश्वमेध यज्ञ की तैयारी कीजिए। वह यज्ञ आपको चक्रवर्ती सम्राट बना सकता है।"

कृष्ण के सुझाव को कौन टाल सकता था! युधिष्ठिर ने अश्वमेध यज्ञ का निश्चय कर लिया। यज्ञ के अश्व को खुला छोड़ दिया गया और धनुर्धारियों में श्रेष्ठ अर्जुन अपने अस्त्र-शस्त्र लेकर अश्व के पीछे चल पड़ा। याज्ञवल्क्य मुनि के एक शिष्य भी विघ्न-शांति के लिए अर्जुन के साथ गए थे। यज्ञ का अश्व जहाँ से गुजरता, उसे देखने के लिए लोगों की भारी भीड़ जुट जाती। युधिष्ठिर ने अर्जुन को कहकर भेजा था कि मार्ग में यथासंभव किसी राजा से वैर न करे और आवश्यकता पड़ने पर ही युद्ध किया जाए, क्योंकि अश्वमेध-यज्ञ का उद्देश्य रक्तपात करना नहीं शांतिपूर्ण ढंग से राज्यों को अपने साथ जोड़ना था।

अश्व ने उत्तर दिशा की ओर चलना आरंभ कर दिया। वहाँ अर्जुन का सामना त्रिगर्तों से हुआ। उन्हें पराजित करने के उपरांत अश्व ने प्राग्ज्योतिष्पुर का रुख कर लिया जहाँ के राजा भगदत्त के पुत्र वज्रदत्त ने अश्व को रोक लिया। अर्जुन

के समझाने पर भी वज्रदत्त ने अश्व को नहीं छोड़ा तो फिर अर्जुन को युद्ध करना पड़ा, जिसमें वज्रदत्त की पराजय हुई। इसके बाद वह अश्व सिंधु देश पहुँच गया। सिंधुनरेश जयद्रथ को अर्जुन ने ही महाभारत-युद्ध में मारा था। उसकी पत्नी दुश्शला दुर्योधन की बहन थी। उसके पुत्र की भी मृत्यु हो गई थी। वह अपने पौत्र को साथ लेकर अर्जुन से मिलने आई। उनसे मिलकर अर्जुन ने युद्ध की इच्छा त्याग दी तथा अपने मार्ग पर आगे बढ़ गया। अंततः युधिष्ठिर के अश्वमेध यज्ञ का अश्व मणिपुर राज्य की सीमा पर पहुँच गया। यह वही मणिपुर राज्य था, जिसकी मैत्री के लिए कई वर्ष पूर्व अर्जुन ने समझौते के तौर पर मणिपुर की राजकुमारी चित्रांगदा से विवाह किया था। अर्जुन को ध्यान आया कि चित्रांगदा ने अर्जुन के पास उसके पुत्र के जन्म का समाचार भी भेजा था, परंतु अर्जुन उस समय अपनी अन्य व्यस्तताओं के चलते और बाद में वनवास तथा महाभारत-युद्ध के कारण अपने पुत्र से मिल ही नहीं पाया था।

कैसी होगी चित्रांगदा? मेरा पुत्र अब कैसा दिखता होगा? अर्जुन सोच-विचार में डूब गया।

इसी बीच, मणिपुर की सीमा पर तैनात प्रहरियों ने राजमहल में सूचना पहुँचा दी कि हस्तिनापुर के महाराज का अश्व मणिपुर सीमा में प्रवेश कर रहा है और उसकी रक्षा के लिए ओजस्वी पांडव कुमार अर्जुन अपने विशाल सैन्य-दल के साथ पहुँच चुके हैं। दूत ने जिस समय यह सूचना दी, उस समय राजकुमारी चित्रांगदा कामाख्या देवी के दर्शन हेतु गई हुई थी। परंतु उसका पुत्र बभ्रुवाहन राजसभा में उपस्थित था।

अर्जुन का नाम सुनते ही बभ्रुवाहन को वर्षों पहले अपनी माँ चित्रांगदा को दिया वचन याद आ गया : *'मैं आपको वचन देता हूँ कि आपका प्रशिक्षण विफल नहीं होगा। मैं अवसर मिलते ही अर्जुन को न केवल चुनौती दूँगा अपितु उसे परास्त भी कर दूँगा।'*

बभ्रुवाहन यह सोचकर अचंभित था कि जिस व्यक्ति का सामना करने के लिए उसने वर्षों तक प्रशिक्षण प्राप्त किया और धूप-वर्षा-शीत की प्रचंडता सहन की, वह व्यक्ति स्वयं चलकर उसके द्वार पर आ गया था!

मैंने इसी क्षण की प्रतीक्षा में तो अपना जीवन काटा है! आज इस अवसर को हाथ से नहीं जाने दूँगा। यह सोचकर बभ्रुवाहन उठ खड़ा हुआ। उसकी माँ चित्रांगदा को मंदिर से लौटने में समय था। बभ्रुवाहन को अपनी शिक्षा, प्रशिक्षण और सामर्थ्य पर पूरा भरोसा था। उसने निश्चय किया कि माँ के मंदिर से लौटने से पूर्व ही वह

अपना वचन पूरा कर देगा। बभ्रुवाहन ने अस्त्र-शस्त्र लिए और रथ पर सवार होकर राज्य की सीमा पर पहुँच गया।

बभ्रुवाहन ने देखा कि ऊँचे कद और बलिष्ठ काया, चौड़े कंधे और सिंह के समान ओजस्वी दिखने वाला एक क्षत्रिय योद्धा कंधे पर अतिविशाल धनुष और तरकश लटकाए मणिपुर की सीमा लाँघ चुका था। उसके आगे-आगे एक सफेद अश्व चल रहा था, जिसके ऊपर हस्तिनापुर का राज-छत्र तना हुआ था। राजकुमार बभ्रुवाहन देखते ही समझ गया कि वह अश्वमेध यज्ञ का अश्व था, जिसे पकड़ा नहीं गया तो यह मान लिया जाएगा कि मणिपुर ने चुपचाप हस्तिनापुर का आधिपत्य स्वीकार कर लिया है। बभ्रुवाहन को यह कदापि स्वीकार्य नहीं था। वह तीव्रता से आगे बढ़ा और उसने पलक झपकते ही अश्व की लगाम पकड़ ली। लगाम के साथ एक संदेश बँधा था, जिसमें लिखा था—

"यह अश्व चक्रवर्ती सम्राट और हस्तिनापुर के राजा महाराज युधिष्ठिर के अश्वमेध यज्ञ का अश्व है। इसे दिग्भ्रमण के उद्देश्य से छोड़ा गया है। जो राज्य इस अश्व को सीमा पार करने देगा उसे महाराज युधिष्ठिर की शरण प्राप्त होगी, परंतु जो इस अश्व को पकड़ने या इसके मार्ग में बाधा उत्पन्न करने का प्रयत्न करेगा, उसे महाराज युधिष्ठिर के प्रतिनिधि अर्जुन की चुनौती स्वीकार करनी पड़ेगी।"

अर्जुन ने बभ्रुवाहन को देखा। उसके राजसी वस्त्र और उत्साह देखकर अर्जुन को संदेह हुआ। कहीं यह मेरा पुत्र तो नहीं? लेकिन फिर उसने सोचा यदि यह युवक उसका पुत्र होता तो यहाँ स्वयं न आकर पहले अपने किसी प्रधान सैनिक को भेजता। इसलिए अर्जुन ने मान लिया कि उसके सामने खड़ा युवक उसका पुत्र नहीं था।

"युवक, तुम कौन हो? इस अश्व को छोड़ दो, क्योंकि यह साधारण अश्व नहीं है।" अर्जुन ने समझाने का प्रयास किया।

"मेरा परिचय जानकर क्या करेंगे?" बभ्रुवाहन ने प्रश्न से प्रश्न का उत्तर दिया। "जहाँ तक अश्व का विषय है तो इसे मैंने इसलिए पकड़ा है, क्योंकि यह बिना अनुमति के राज्य की सीमा में घुसा है और मणिपुर की सीमा की रक्षा करना मेरा दायित्व है।"

"युवक! तुम जो भी हो, किंतु मैं फिर कहता हूँ कि इसे छोड़ दो। यह पांडु-पुत्र महाराज युधिष्ठिर के अश्वमेध यज्ञ का अश्व है और शायद तुम जानते नहीं कि इसे पकड़ने का अर्थ…"

"मैं इसे पकड़ने का अर्थ भली-भाँति समझता हूँ," बभ्रुवाहन ने अर्जुन की बात काटते हुए कहा। "मैंने इसके गले में बँधा संदेश पढ़ लिया है।"

"फिर तो तुम यह भी जानते होगे कि इसे न छोड़ने का परिणाम क्या हो सकता है…"

"मैं युद्ध करने से नहीं डरता," बभ्रुवाहन ने पहले ही बात समाप्त कर दी।

"सब जानते हो फिर हठ क्यों कर रहे हो?" अर्जुन चिढ़ गया। उसे बभ्रुवाहन की धृष्टता पर क्रोध आने लगा।

"हठ कैसा?" बभ्रुवाहन बोला, "अपने राज्य-हित का ध्यान रखना तो प्रत्येक नागरिक का कर्तव्य है। आप अपना कर्तव्य पूरा कीजिए और मुझे अपना कर्तव्य पूर्ण करने दीजिए।"

"युवक! ऊर्जावान और साहसी होना अच्छी बात है, किंतु हर जगह साहस-प्रदर्शन की आवश्यकता नहीं होती," अर्जुन को क्रोध आने लगा था, "कभी-कभी विवेक का प्रयोग भी करना चाहिए। तुम बहुत निरंकुश हो; क्या तुम्हारे माता-पिता ने तुम्हें शिष्टाचार नहीं सिखाया?"

"हमारे राज्य को हथियाने के उद्देश्य से सीमा में आप घुसे हैं और शिष्टाचार का पाठ मुझे पढ़ा रहे हैं?" बभ्रुवाहन ने अर्जुन के अहं पर एक और प्रहार किया।

"युवक! सोच-समझकर बात करो," अर्जुन का स्वर उग्र हो गया, "तुम जानते नहीं तुम किससे बात कर रहे हो?"

"मैं तो बात करना ही नहीं चाहता था, किंतु आप संभवतः बातों से ही काम चलाते हैं! कंधे पर यह विशाल धनुष क्या सिर्फ दिखाने के लिए लटका रखा है?" बभ्रुवाहन के तेवर तीखे होते जा रहे थे।

"बहुत हुआ!" अर्जुन ने कंधे से गांडीव उतार लिया, "मुझे कहते दु:ख हो रहा है कि तुम आज यहाँ से जीवित नहीं लौटोगे। तुमने अर्जुन और उसके गांडीव धनुष को ललकारा है।"

बभ्रुवाहन तो पहले से ही जानता था कि वह महान् योद्धा और सर्वश्रेष्ठ धनुर्धर अर्जुन के सामने खड़ा था, परंतु अर्जुन को नहीं पता था कि वह अपने ही पुत्र के वध की तैयारी कर रहा था।

अर्जुन ने गांडीव सँभाला तो बभ्रुवाहन ने भी अपने अस्त्र-शस्त्र उठा लिए। उसने अपनी माँ चित्रांगदा को मन में प्रणाम किया और धनुष पर बाण तान लिया। इस बीच अर्जुन भी बाण चढ़ा चुका था, परंतु अर्जुन से पहले बभ्रुवाहन ने बाण चला दिया। बभ्रुवाहन के पहले ही वार ने अर्जुन को चकित कर दिया था, परंतु अर्जुन तो फिर अर्जुन था!

उसने अगले ही क्षण बाण-वर्षा आरंभ कर दी, जिसके लिए वह विख्यात था,

परंतु बभ्रुवाहन अर्जुन से कम न था और होता भी कैसे? उसकी शिराओं में भी तो अर्जुन का ही रक्त था! काश, अर्जुन यह जान पाता!

दोनों के बीच भयंकर युद्ध छिड़ गया। वर्षों के कड़े अभ्यास और अनुशासन ने बभ्रुवाहन के तन को अभेद्य और उसके मन को दृढ़ बना दिया था। उसकी तुलना में अर्जुन वृद्ध हो चुका था। कुछ ही देर में बभ्रुवाहन अर्जुन पर हावी हो गया। अर्जुन का क्रोध बढ़ने लगा, क्योंकि कौरवों की कई अक्षौहिणी सेना पर अकेला भारी पड़ने वाला अर्जुन, अज्ञातवास के दौरान विराट-युद्ध में भीष्म, द्रोण, कृप, अश्वत्थामा, कर्ण और दुर्योधन जैसे महारथियों पर अकेला भारी पड़ने वाला अर्जुन आज एक साधारण नव-युवक के सामने असहाय महसूस कर रहा था। मस्तिष्क में चलते ऊहापोह ने अर्जुन के शस्त्र-कौशल को शिथिल तथा बाण चलाने की गति को मंथर कर दिया, जबकि उसके सामने खड़े बभ्रुवाहन का आक्रमण निरंतर प्रखर और प्रचंड होता जा रहा था।

अर्जुन के साथ आया सैन्य-दल उसकी सहायता के लिए आगे आया, किंतु तब अर्जुन का अहंकार मार्ग में रुकावट बनकर खड़ा हो गया। गांडीवधारी अर्जुन एक अकेले योद्धा से लड़ने के लिए सेना का सहारा कैसे लेता! अर्जुन ने संकेत से अपने सेनापति को आगे बढ़ने से रोक दिया और फिर बभ्रुवाहन से युद्ध करने लगा।

दोनों योद्धाओं का निशाना अचूक था, दोनों धनुर्विद्या में निपुण थे, दोनों पराक्रमी थे और दोनों का उद्‌देश्य एक ही था—शत्रु का घमंड चूर करना। किसी समय पर अर्जुन इतनी द्रुत गति और अद्‌भुत शक्ति से बाण चलाता था कि उसका बाण लक्ष्य को भेदने से पहले किसी को दिखाई तक नहीं देता था, परंतु उस दिन बभ्रुवाहन की फुरती और अपरिमित ऊर्जा के सम्मुख अर्जुन का रण-कौशल फीका दिख रहा था। अर्जुन जितनी देर में एक बाण चलाकर दूसरा धनुष पर चढ़ाता, उतनी देर में बभ्रुवाहन के धनुष से अनेक बाण चल चुके होते थे। परिणाम यह था कि अर्जुन बाण कम चला रहा था और बभ्रुवाहन के वार से अपनी रक्षा के लिए अधिक झुक रहा था। युद्ध की उग्रता ऐसी थी कि देखने वालों को यह स्पष्ट हो गया कि वह युद्ध उन दोनों में एक के प्राण हर लेने के बाद ही रुकेगा। आखिरकार, वह क्षण आ ही गया!

अर्जुन ने धनुष पर अपना बाण चढ़ाया ही था कि उसके मुँह से चीख निकली। वह इतनी भयंकर पीड़ा का कारण नहीं समझ पाया। उसके हाथ से धनुष छूटकर गिर पड़ा। फिर उसने अपने हाथ कवच पर रखे तो उसके हाथ में एक बाण का केवल पिछला हिस्सा आया। अर्जुन ने अपना हाथ देखा; वह लहूलुहान

हो गया था। इस बीच अर्जुन को केवल असहनीय पीड़ा का अनुभव हो रहा था। कुछ क्षण के बाद उसे पता लगा कि बभ्रुवाहन का बाण उसके हृदय को बींधकर पार हो गया था!

इधर, देवी कामाख्या के दर्शन के लिए गई चित्रांगदा को पूजा के दौरान कुछ असहज महसूस हुआ। यह किसी अनिष्ट की आशंका का अहसास था। वह मंदिर से बाहर निकली तो बाहर खड़े प्रहरी ने उसे महारथी अर्जुन के मणिपुर में प्रवेश करने और बभ्रुवाहन के साथ उसके युद्ध की सूचना दी।

किसी समय अर्जुन के नाम से ही चित्रांगदा मचल उठती थी और उसका हृदय मधुर स्मृतियों से भर उठता था, परंतु उस दिन अर्जुन का नाम सुनकर चित्रांगदा घबरा गई। उसने बभ्रुवाहन को इतने वर्षों, जिसके नाम का विष पिलाकर बड़ा किया था, उसका इस तरह अचानक बभ्रुवाहन से सामना हो जाना! चित्रांगदा के मन में उत्पन्न हुई अनिष्ट की आशंका सत्य होने जा रही थी। चित्रांगदा तत्काल रथ पर सवार हुई और राज्य की सीमा पर पहुँच गई जहाँ अर्जुन और बभ्रुवाहन का युद्ध चल रहा था।

चित्रांगदा ने दूर से देखा कि एक योद्धा धरती पर अचेत पड़ा था और दूसरा उसके निकट खड़ा मुसकरा रहा था। बभ्रुवाहन और अर्जुन—उसे तो दोनों ही प्रिय थे! एक पुत्र और दूसरा पति! दोनों में कौन आहत हुआ होगा? चित्रांगदा का रक्त जमने लगा और हाथ-पैर ठंडे पड़ गए, परंतु भय को दूर करने का एक ही तरीका है—भय का सामना किया जाए! चित्रांगदा काँपते पैरों से युद्ध-स्थल पर पहुँची। उसके सामने जो दृश्य था, उसे देखकर चित्रांगदा को अपनी आँखों पर विश्वास नहीं हुआ।

"अर्जुन मारा गया!" बभ्रुवाहन हर्षित था। "मेरी प्रतिज्ञा पूर्ण हुई!"

"यह तुमने क्या किया?" चित्रांगदा ने रोते हुए कहा, "मैंने तुमसे अर्जुन को केवल परास्त करने को कहा था। बभ्रु, तुम नहीं जानते, तुमने अर्जुन को मारकर कितना बड़ा अनर्थ कर डाला है!"

चित्रांगदा को रोते देखकर बभ्रुवाहन चकित रह गया। उसने अपना धनुष नीचे रखा और अपनी माँ के साथ सर्वश्रेष्ठ धनुर्धर अर्जुन के खून से लथपथ शरीर के पास बैठ गया। उसका चलाया बाण अब भी अर्जुन की छाती में धँसा हुआ था और अर्जुन की खुली निष्प्राण आँखें आकाश को ताक रही थीं मानो अर्जुन स्वयं अपनी मृत्यु पर चकित था!

चित्रांगदा नीचे बैठ गई। वह सुबक रही थी। उसके निकट बैठा बभ्रुवाहन

दुविधा–भरी दृष्टि से अब भी अपनी माँ को देख रहा था। वह समझ नहीं पा रहा था कि अर्जुन को मारकर उसने आखिर क्या भूल कर दी थी।

"माँ, आपने ही तो कहा था कि अर्जुन को परास्त करके ही मैं सर्वश्रेष्ठ योद्धा कहला सकता हूँ और आपने तभी मुझे मेरे पिता से मिलवाने का वचन भी दिया था। माँ, परास्त क्या करना···मैंने तो अर्जुन को मारकर सदा के लिए अपने प्रतिद्वंद्वी का अंत ही कर दिया है। मैंने अपना वचन पूरा किया। अब आपकी बारी है। मुझे मेरे पिता से मिलवाइए, ताकि मैं उनके चरण छूकर उनका आशीर्वाद ले सकूँ।"

परंतु चित्रांगदा केवल रोती जा रही थी। यह देखकर बभ्रुवाहन बोला, "माँ, युद्ध में एक की पराजय और दूसरे की विजय होती है। कई युद्ध केवल जय–पराजय पर समाप्त नहीं होते और दोनों योद्धाओं में से एक को अपने प्राण गँवाने ही पड़ते हैं। आज का युद्ध भी ऐसा ही था। इसमें दु:खी होने की क्या बात है ? मैंने तो सोचा था कि आप यह दृश्य देखकर अत्यंत प्रसन्न होंगी, किंतु आप तो···"

"क्या तुमने किसी स्त्री को उसके विधवा होने पर प्रसन्न देखा है ?" चित्रांगदा ने रोते हुए पूछा।

"विधवा··· ? मैं···मैं कुछ समझा नहीं···" बभ्रुवाहन ने आश्चर्य से कहा। "कौन है विधवा ?"

"मैं!" चित्रांगदा का गला रुँध गया, "मैं विधवा हो गई···और मुझे विधवा बनने वाला और कोई नहीं, अपितु मेरा अपना ही पुत्र है। यह तुमने क्या किया, बभ्रुवाहन ?"

"आप और विधवा ?" बभ्रुवाहन को अभी तक बात समझ में नहीं आई थी। उसने चित्रांगदा को देखा, फिर वह अर्जुन के शव की ओर ताकने लगा। "तो क्या अर्जुन, आपके··· ?"

"हाँ पुत्र, यही मेरे पति हैं और तुम्हारे पिता भी!" चित्रांगदा के लिए सत्य को छिपाना अब असंभव था।

"हे इश्वर! यह मुझसे कैसा पाप हो गया ?" बभ्रुवाहन स्तब्ध था, "अब मैं क्या करूँ ? इस पाप का बोझ लेकर मैं जी नहीं सकता। धिक्कार है मुझ पर! अपने पिता की हत्या करके भी मैं जीवित हूँ। मैं निश्चित ही नरक में जलूँगा। आपने इनके विषय में मुझे पहले बता दिया होता तो आज मेरे पिता और आपके पति जीवित होते। इस युद्ध को जीतकर मैं अपना सर्वस्व हार गया हूँ, परंतु माँ आपने मुझसे इतनी बड़ी बात छिपाई ही क्यों ? आपने मुझसे अपने ही पिता को पराजित करने का वचन क्यों माँगा ? बताइए मुझे···"

"पुत्र बभ्रु, यह बहुत लंबी कहानी है। मुझसे विवाह करने के कुछ दिन बाद अर्जुन ने मुझे छोड़कर जाने का मन बना लिया था। तुम मेरे गर्भ में आ चुके थे और मैंने अर्जुन से तुम्हारे जन्म तक रुक जाने का आग्रह भी किया, किंतु वह नहीं माने। इन्हें अपने युद्ध-कौशल पर घमंड था और इनका समर्पण अपने परिवार एवं जीवन के लक्ष्यों के प्रति अधिक था। लक्ष्य के प्रति समर्पण बुरी बात नहीं है, किंतु मेरे जीवन, मेरे लक्ष्य और मेरी अभिलाषाओं का क्या? उनका कोई महत्त्व नहीं? इस व्यक्ति ने यह तक नहीं सोचा कि संतान के पालन-पोषण का दायित्व केवल माँ का नहीं, अपितु माँ और पिता दोनों का होता है। आखिरकार यह मुझे छोड़कर चला गया। मैंने विवश होकर उपेक्षा और अपमान को नियति मानकर चुपचाप सहन कर लिया, परंतु मैं यह स्वीकार करती हूँ कि मैंने उसी समय निश्चय कर लिया था कि इस प्रतिशोध की अग्नि के शमन में तुम मेरे सहायक बनोगे और मैंने यही एकमात्र वचन तुमसे माँगा था। मैंने तुम्हें अकेले बड़ा किया, तुम्हें युद्ध-कौशल में निपुण बनाया, तुम्हें तन-मन से इस कठिन युद्ध के लिए तैयार किया।"

"परंतु आपने मुझसे मेरे पिता की पहचान क्यों छिपाई?" बभ्रु के लिए इस प्रश्न का उत्तर जानना आवश्यक था।

"यदि तुम्हें पता लग जाता कि अर्जुन ही तुम्हारे पिता हैं तो मेरे लाख चाहने पर भी तुम अपने भीतर अर्जुन से युद्ध की न तो लालसा जगा पाते और न ही साहस··· और युद्ध नहीं होता तो मेरा प्रतिशोध कैसे पूरा होता! परंतु मैंने यह कल्पना तक नहीं की थी कि इस प्रतिशोध की अग्नि में एक दिन मैं स्वयं ही जल मरूँगी। आज मैंने अपने प्रतिशोध के लिए अर्जुन के साथ तुम्हारा और अपना भी जीवन नष्ट कर लिया। मुझे क्षमा कर दो, पुत्र··· क्षमा कर दो···" चित्रांगदा पुनः फूट-फूटकर रोने लगी।

"माँ, ऐसा मत कहिए। आज मैं जो कुछ बन पाया हूँ, यह सब आपके कारण संभव हुआ है।" फिर बभ्रुवाहन ने अर्जुन के शव को देखते हुए कहा, "मेरे पिता ने तो मुझे और आपको त्याग ही दिया था। जिस तरह समुद्र के बीच माँझी द्वारा छोड़ दी गई नाव का भविष्य नहीं होता, उसी तरह मेरे पिता के छोड़ जाने के बाद आपका और मेरा भविष्य भी अनिश्चितता के सागर में डूब सकता था, परंतु आपने साहस और दृढ़ता की पतवार थामे रखी और इस डूबती नाव को पार लगा दिया। मेरे नाना-नानी तो मुझे राजकुमारों की तरह लाड़-प्यार से बड़ा करना चाहते थे। उस स्थिति में मैं न केवल एक अक्षम राजा सिद्ध होता, बल्कि मेरा व्यक्तित्व भी दुर्बल ही रहता, परंतु आपने यह नहीं होने दिया। आपने मुझे कड़े अनुशासन की आग में

तपाया, अभ्यास के साँचे में ढाला और शौर्य तथा निर्भयता की छाया में बड़ा किया। यही कारण है कि आज मैं ओजस्वी, पराक्रमी और अजेय बन पाया हूँ।"

"परंतु मेरी भूल से तुमने अपने पिता को खो दिया···" चित्रांगदा मायूस हो गई।

"इन्हें तो मैंने जन्म से पहले ही खो दिया था," बभ्रुवाहन ने अर्जुन के शव की ओर देखते हुए खिन्न स्वर में कहा। "सत्य तो यही है कि अपने पिता के विषय में विचार करने पर मुझे कभी प्रसन्नता का अनुभव नहीं हुआ। मैं केवल यह जानने को उत्सुक था कि वह कौन निर्मोही पुरुष है, जिसके हृदय में अपनी पत्नी और पुत्र से मिलने की कभी इच्छा ही जाग्रत् नहीं हुई···वह कौन है, जिसने हमें कभी अपना 'परिवार' माना ही नहीं!"

"बभ्रु! शांत हो जाओ!" चित्रांगदा का स्वर बदल गया था। "यह मत भूलो कि अर्जुन जैसे भी हैं, वे तुम्हारे पिता हैं। तुम्हारा दुःख, तुम्हारा उलाहना अनुचित नहीं है, किंतु हर संबंध की अपनी मर्यादा होती है, जिसे भंग नहीं करना चाहिए। मैं नहीं चाहती कि तुम्हारे पिता की मृत्यु की पीड़ा में मर्यादा-उल्लंघन की कटुता भी जुड़ जाए। इसलिए जो हुआ, उसे भूल जाओ···अपने पिता के अंतिम-संस्कार की तैयारी करो, बभ्रुवाहन!"

बभ्रुवाहन कुछ करता, उसके पहले ही नदी की ओर से आता शोर सुनाई पड़ा।

बभ्रुवाहन और चित्रांगदा ने देखा कि नदी के भीतर से क्रंदन करती एक स्त्री दौड़ती हुई आ रही थी। वह अर्जुन के शव के निकट आकर रुक गई। फिर वह बैठकर अर्जुन का सिर अपनी गोद में रखकर उसे सहलाने लगी। चित्रांगदा ने देखा कि स्त्री राजसी वस्त्र पहने थी और उसके सिर पर रखे मुकुट पर नाग-चिह्न अंकित था।

"क्या तुम···उलूपी हो?" चित्रांगदा ने पूछा।

"हाँ!" उलूपी ने अर्जुन की छाती पर लगे घाव को सहलाते हुए कहा, "मैं नागलोक की राजकुमारी और अर्जुन की पत्नी उलूपी हूँ। आज अर्जुन की एक पत्नी के कारण उसके प्राण गए हैं, किंतु उसकी दूसरी पत्नी अर्जुन को पुनरुज्जीवित करेगी।"

"पुनरुज्जीवित?" बभ्रुवाहन चौंका। "किंतु कैसे?"

उलूपी ने अपनी बंद मुट्ठी खोल दी। उसकी हथेली पर हरे रंग की एक मणि चमक रही थी। "यह दिव्य नागमणि है! मुझे समाचार मिल गया था कि अर्जुन के प्राण संकट में हैं। इसलिए मैं यह मणि साथ लेकर आई हूँ···"

फिर उलूपी ने तुरंत वह मणि अर्जुन के वक्ष पर रख दी, जहाँ से रक्त का स्राव

हो रहा था। मणि के दैवी प्रभाव से अर्जुन के तन का रक्त धीरे-धीरे गाढ़ा होने लगा और फिर बहना बंद गया। अर्जुन की आँखें बंद थीं, किंतु उसके शांत मुखमंडल के भाव परिवर्तित होने लगे थे।

सहसा अर्जुन का हाथ हिला और उसकी श्वास फिर से चलने लगी। वह धीरे से उठ बैठा। उसने चारों ओर दृष्टि घुमाई। सामने उलूपी और चित्रांगदा थीं। उनके निकट वही नवयुवक बैठा था, जिसके बाण ने अर्जुन के प्राण लिये थे। अर्जुन ने अपने वक्ष पर हाथ रखा जहाँ बाण लगा था, परंतु वहाँ न बाण था, न रक्त और न ही कोई घाव। अर्जुन ने उठने का प्रयास किया। वह लड़खड़ा गया। निर्जीव तन में प्राणों का संचार अवश्य हो चुका था, किंतु पार्थिव तत्त्व में स्फूर्ति और शक्ति लौटने में तो समय लगता है।

□

22

पुनर्मिलन की आस

जिस बीच अर्जुन की चेतना लौट रही थी, उसकी पत्नी उलूपी आँखें बंद किए बैठी थी। उलूपी की चेतना इस भौतिक जगत् से विलग होकर आस्था के अबूझे संसार में कहीं तैर रही थी। वह निस्संदेह मन में अर्जुन के नवजीवन की कामना कर रही होगी। चित्रांगदा की तुलना में उलूपी ने अर्जुन के साथ बहुत कम समय व्यतीत किया था। फिर भी, अर्जुन के लिए उसकी व्याकुलता देखते ही बनती थी।

चित्रांगदा ने चाहा कि उलूपी की भाँति उसके हृदय में भी अर्जुन के प्रति वैसा ही समर्पण का भाव जाग्रत् हो जाए। उसने भी आँखें मूँदीं और अपनी चेतना को नया आयाम देने का प्रयत्न किया, परंतु उसने पाया कि मौन के क्षणों में भी उसके हृदय में अर्जुन के लिए उलूपी-सी व्यग्रता उत्पन्न नहीं हो पाई।

क्या मैं अर्जुन को जीवित नहीं देखना चाहती? क्या है, जो मुझे अर्जुन के लिए रोने से रोक रहा है? उसने स्वयं से प्रश्न किया। तभी उसे एक स्वर सुनाई दिया।

"निश्छलता! प्रेम का अभाव! समर्पणहीनता!" यह चित्रांगदा के अंतस की आवाज थी, "चित्रांगदा, तेरा मन उलूपी की तरह निश्छल नहीं है! तुझे अर्जुन से प्रेम तो है, किंतु उस प्रेम-भवन का निर्माण स्वार्थ की आधारशिला पर हुआ है। तू समर्पण करना नहीं जानती! तेरी तरह उलूपी ने भी अर्जुन को खोया था, किंतु उलूपी का रुदन, तेरे रुदन से उत्कृष्ट है, उलूपी की पीड़ा, तेरी पीड़ा से श्रेष्ठ है और उलूपी का त्याग भी तेरे त्याग से महान् है। तूने अपने पुत्र बभ्रुवाहन को वैमनस्य और प्रतिशोध के साए में बड़ा किया है, किंतु उलूपी ने इरावान के साथ ऐसा नहीं किया। उसने समय आने पर अपने पति की रक्षा हेतु पुत्र का बलिदान दे दिया, जबकि तूने अपने

ही पुत्र के हाथों अपने पति की हत्या करवा दी। तूने अपना सौभाग्य स्वयं उजाड़ लिया। तुझसे अधिक दुर्भाग्यशाली स्त्री इस संसार में और कौन होगी···!"

चित्रांगदा की आँखें खुल गईं। उसके आँसू बह रहे थे, किंतु इस बार उसके आँसुओं में सच्चा विषाद था। उलूपी के क्रंदन ने किसी उत्प्रेरक की भाँति चित्रांगदा के भीतर सुप्त पड़े दुःख को भी जगा दिया था, जो अब सैलाब बनकर उसकी आँखों में उमड़ आया था। चित्रांगदा को अधिकतर उत्तर तो अपने भीतर ही मिल गए थे परंतु फिर भी वह उलूपी से उसके मन की बात सुनना चाहती थी।

उसने आखिर उलूपी से पूछा, "अर्जुन ने जो मेरे साथ किया, वही उसने तुम्हारे साथ भी किया। उसकी मृत्यु का जितना दुःख तुम्हें है, उतना ही मुझे भी है। मेरी तरह तुमने भी अपने पुत्र को अत्यंत कठिनाई से अकेले बड़ा किया। तुम नाग-कन्या हो और मैं मनुष्य। उस नाते मेरा संबंध अर्जुन से अधिक निकट का है। फिर भी तुम्हारा त्याग मेरे त्याग से श्रेष्ठ क्यों दिखाई पड़ता है?"

"चित्रांगदा, मैं नाग-कन्या अवश्य हूँ, किंतु अर्जुन की पत्नी भी हूँ! अर्जुन ने पति या पिता होने का दायित्व भले न निभाया हो, किंतु वह मुझे पत्नी के कर्तव्य-निर्वहन से वंचित नहीं कर सकता। अर्जुन ने मेरा परित्याग ऐसे समय पर किया जब मुझे उसकी सबसे अधिक आवश्यकता थी। फिर भी, मैंने अर्जुन को वचन दिया था कि उसे जब भी मेरी आवश्यकता होगी, मैं उपस्थित हो जाऊँगी। भगवान् शिव अर्द्धनारीश्वर की अवधारणा के सबसे बड़े प्रतीक होने के अलावा हम नागवंशियों के इष्ट भी हैं। हमने सदाशिव से यही सीखा है कि पुरुष और स्त्री एक-दूसरे के पूरक हैं और एक के बिना दूसरे का अस्तित्व नहीं है। कुरुवंश के प्रतापी राजा पांडु के पुत्र और योग्य आचार्यों एवं गुरुओं द्वारा शिक्षित-दीक्षित हुए राजकुमार अर्जुन को यह बात समझ में नहीं आई, क्योंकि वैवाहिक बंधन की गरिमा, प्रेम की शुचिता और समर्पण की महिमा की समझ कदाचित् गुरुकुलों में नहीं मिला करती। उस समझ तक पहुँचने के लिए कर्तव्य-मार्ग का बोध और संयम का संबल चाहिए। तुम्हें कर्तव्य का बोध तो था, किंतु तुमने संयम को संबल बनाने की जगह प्रतिशोध का हाथ थामना पसंद किया। यही कारण है कि हमारी परिस्थितियाँ समान होते हुए भी तुम्हें मेरा त्याग अपने त्याग से श्रेष्ठ दिखाई पड़ता है।"

उलूपी और चित्रांगदा के इस संवाद के बीच अर्जुन पूर्ण रूप से सचेत हो चुका था। उसे श्रीकृष्ण ने सहारा देकर उठाया और फिर विस्तापूर्वक सारी घटना सुनाई, जिसे सुनकर अर्जुन सबसे पहले बभ्रुवाहन की ओर बढ़ा।

बभ्रुवाहन अपराधी की भाँति सिर झुकाए खड़ा था। वह जानता था कि उसके हाथों अनजाने में सही, किंतु पिता की हत्या का जघन्य अपराध हो चुका था। वह प्रायश्चित्त हेतु किसी भी दंड के लिए तैयार था। अर्जुन की आँखों में अब भी विस्मय और अविश्वास झलक रहा था। भारतवर्ष का वह सर्वश्रेष्ठ धनुर्धर, जिसका सामना करने से भीष्म, द्रोण और कर्ण जैसे महारथी भी संकोच करते थे, एक युवक के बाण से केवल घायल ही नहीं हुआ, अपितु परलोक सिधार गया! यदि उलूपी मणि लेकर समय पर न आती तो अर्जुन का शरीर अब तक पंचतत्त्व में विलीन हो चुका होता! यह सोचकर ही अर्जुन सिहर उठा।

फिर अर्जुन ने अपनी प्राण-दात्री पत्नी उलूपी की ओर देखा। वही उलूपी, जिसे वह जीवन के किन्हीं बृहद् लक्ष्यों की पूर्ति के लिए पीछे छोड़कर चला गया था। अर्जुन के जाने पर उलूपी ने एकाकी और संयमित जीवन व्यतीत किया, अर्जुन के पुत्र इरावान को न केवल बड़ा किया अपितु उसे ऐसे विलक्षण और पवित्र गुणों से युक्त बनाया कि उसी की बलि के उपरांत पांडवों की विजय संभव हो सकी। उलूपी को देखकर अर्जुन की आँखें नीची हो गईं।

इसके बाद अर्जुन ने दृष्टि उठाई तो सामने वह स्त्री खड़ी थी, जिसके साथ अर्जुन ने केवल मणिपुर से राजनीतिक लाभ पाने के लिए संबंध स्थापित किया था। हालाँकि, इसमें चित्रांगदा भी पीछे नहीं थी। स्वार्थ-सिद्धि की यज्ञ-वेदी में चित्रांगदा का योगदान भी अर्जुन जितना ही था। उनके विवाह का संपूर्ण उपक्रम एक राजनीतिक समझौते से अधिक कुछ नहीं निकला। यह बात दोनों जानते थे, इसलिए एक-दूसरे से शिकायत करने का कोई ठोस कारण किसी के पास नहीं था, परंतु अर्जुन ने चित्रांगदा का परित्याग ऐसे समय पर किया जब उसे अपनी पत्नी के साथ होना चाहिए था और अपने उसी कर्म का मूल्य अर्जुन ने अपने प्राण देकर चुकाया था।

अर्जुन हतप्रभ और किंकर्तव्यविमूढ़-सा एक-एक करके उलूपी, चित्रांगदा और बभ्रुवाहन को ताकता रहा। बीते अनेक वर्षों की बहुत-सी घटनाएँ और उनसे जुड़ी स्मृतियाँ उसके मानस-पटल पर रुक-रुककर कौंधने लगीं और वह उन स्मृतियों के बिखरे टुकड़े जोड़ने का प्रयत्न करता रहा। इस पूरे घटना-क्रम में अर्जुन अपनी भूमिका का आकलन भी कर रहा था। अपने भाइयों का साथ देना, शक्ति को संगठित करके कौरवों को परास्त करना नितांत आवश्यक था, परंतु अर्जुन का हृदय इस तथ्य को अस्वीकार नहीं कर सका कि बतौर पिता उसने इरावान और बभ्रुवाहन के साथ न्याय नहीं किया; बतौर पति वह उलूपी और चित्रांगदा को उनके

अधिकार नहीं दे पाया। कुल मिलाकर, अर्जुन केवल एक निष्ठावान भाई, एक अच्छा योद्धा और एक कुशल शासक ही सिद्ध हुआ, परंतु वह यह भी समझ चुका था कि पारिवारिक स्तर पर उसकी विफलता और अपूर्णता को कभी भुलाया नहीं जा सकेगा।

अर्जुन को अपने और भीम के चारित्रिक बौनेपन का अहसास हो चुका था। उसे बहुत देर से समझ में आया कि पुरुष बाहुबल के दम पर खुरदरी धरती पर तो विजय प्राप्त कर लेता है, किंतु स्त्री को मृदु और संवेदी मन को केवल सहयोग, समर्थन और स्नेह से ही जीतना संभव है।

अर्जुन सिर झुकाए खड़ा रहा। कैसे वह उस उलूपी को गले लगाता, जिसे संघर्ष के क्षणों में गले लगाने के बजाय अकेला छोड़कर चला गया था? कैसे उस चित्रांगदा को पत्नी का स्थान देता, जिसके साथ राजनीतिक स्वार्थ के चलते पत्नी का संबंध स्थापित किया था; कैसे उस बभ्रुवाहन को पुत्र कहकर संबोधित करता, जिसके हाथों पराजित होकर एक बार मर चुका था और किस मुँह से उस इरावान को याद करता जिसकी आहुति उसके सामने युद्ध-वेदिका में दी गई थी।

क्या अर्जुन और भीम ने सबकुछ पाकर भी बहुत कुछ खो दिया था? क्या राजवंश में जन्म लेकर व्यक्ति मनुष्यता के दायित्व से मुक्त हो सकता है? क्या भाई का कर्तव्य पूरा कर देने से व्यक्ति को पिता के कर्तव्य से मुँह मोड़ लेने की छूट मिल जाती है? क्या एक पत्नी को संयोग का सुख देकर दूसरी पत्नी को वियोग का घाव देना सही है? वह कौन-सी नीति है, जिसके अंतर्गत पुरुष को यह छूट है कि वह अपनी गर्भवती पत्नी का त्याग कर सकता है? सनातन संस्कृति के कौन-से ग्रंथ ने पुरुष को अधिकार दिया है कि वह अपनी एक पत्नी के पुत्र को वैभव प्रदान करे और दूसरी के पुत्र को वीरगति के मार्ग पर भेज दे? कौन-सा शास्त्र किसी पुरुष को अपनी पत्नी ही नहीं, बल्कि उनकी संतानों के बीच भी भेद करने की अनुमति देता है?

यदि किसी नीति, किसी ग्रंथ, किसी शास्त्र ने पुरुष को स्त्री की उपेक्षा का अधिकार नहीं दिया तो फिर यह अधिकार पुरुष ने कहाँ से पाया? यदि किसी नीति में ऐसा कोई प्रावधान नहीं है तो क्या पुरुष ने स्वयं ही अपने को इस अधिकार का पात्र मान लिया है? और यदि ऐसा है तो समय आ गया है कि स्वेच्छाचारी पुरुष से उसका यह अधिकार वापस ले लिया जाए!

अर्जुन को अपनी भूल का अहसास होने लगा था। उसने उलूपी से कहा, "वर्षों पहले मुझसे जो भूल हुई थी, आज मैं उसका परिमार्जन करना चाहता हूँ।

जिस तरह मेरे भीतर तुमने प्राण का पुनर्संचार किया है उसी तरह मैं अपने भीतर सुप्त पड़ी मनुष्यता को जगाना चाहता हूँ। मुझे क्षमा करके इस बोझ से मुक्त कर दो।"

सच और झूठ में मुख्य अंतर यह होता है कि झूठ की पहुँच केवल मस्तिष्क तक होती है; वह सुनने वाले के हृदय को स्पर्श नहीं कर सकता, परंतु सत्य के तार हृदय को भी झंकृत कर देते हैं। उलूपी ने अर्जुन से ऐसे मीठे वचन पहले भी सुने थे किंतु उनमें सत्य का नाद उसे कभी सुनाई नहीं पड़ा, लेकिन इस बार अर्जुन के स्वर में सत्य की गूँज थी, जिसे सुनकर उलूपी के हृदय का दुर्भाव ऐसे मिट गया जैसे सूर्य के प्रखर ताप से पर्वत-शिखर पर जमा हिम पिघल जाता है।

"प्रेम कोई बोझ नहीं है अर्जुन, जिससे तुम मुक्त होना चाहते हो। दरअसल, तुम्हारी आत्मा को कर्तव्य की बेड़ी ने जकड़ रखा है। इसलिए आज मैं तुम्हें समस्त कर्तव्यों से मुक्त करती हूँ। तुम भारतवर्ष के एक महान् राज्य के प्रतापी शासक हो। देश और काल से जुड़े अनेक दायित्व हैं, जिनका तुम्हें निर्वहन करना है। इसलिए मुझे भूल जाओ और अपने राज्य तथा प्रजा की सेवा करो।"

"परंतु तुम तो मुझसे प्रेम करती हो···" अर्जुन ने कहा।

उसने सोचा कि प्रेम का नाम लेने से उलूपी का दृष्टिकोण बदल जाएगा। उसे पता नहीं था कि वह जिस उलूपी से वर्षों पहले मिला था, यह वह उलूपी नहीं थी। वह अपनी परिस्थिति को स्वीकार कर चुकी था, क्योंकि जब तक हम अपनी स्थिति से संघर्ष करते, उसके साथ लड़ते रहते हैं, तब तक शांति संभव नहीं है।

उलूपी ने शांत स्वर में कहा, "मैंने तुमसे पहले भी प्रेम किया था, इसलिए तुम्हें जाने से रोका था और आज भी प्रेम करती हूँ, इसलिए तुम्हें जाने दे रही हूँ। जो जाने का इच्छुक हो, उसे रोकने की इच्छा करना यदि प्रेम है तो जो रुकने का इच्छुक न हो, उसे जाने देना भी प्रेम ही है!"

उलूपी के शब्दों से अर्जुन पर जैसे वज्रपात हुआ। उसने उलूपी को कुछ ही वर्षों के लिए छोड़ा था, लेकिन उलूपी ने अर्जुन को सदा के लिए छोड़ दिया। उस दिन अर्जुन ने उलूपी का परित्याग नहीं किया, अपितु उलूपी ने अर्जुन का परित्याग कर दिया था। इससे पहले कि अर्जुन उलूपी से कुछ कह पाता, वह मुड़ी और सामने बहती नदी की गहराई में समा गई।

उलूपी अर्जुन के जीवन से सदा के लिए जा चुकी थी। अब अर्जुन के सामने चित्रांगदा थी। अर्जुन का चित्रांगदा से संबंध उलूपी से उसके संबंध से एकदम भिन्न था। उलूपी अंत समय तक अर्जुन से प्रेम करती रही, किंतु चित्रांगदा के मन से अर्जुन

के लिए प्रेम उसी क्षण तिरोहित हो गया था, जिस क्षण उसने अर्जुन से अपमान और एकाकीपन का प्रतिशोध लेने का प्रण किया था। दुःख केवल इस बात का था कि अर्जुन का अपना ही पुत्र बभ्रुवाहन इस प्रतिशोध का मुहरा बन गया।

"मैं समझ सकता हूँ चित्रांगदा," अर्जुन ने कहा, "कि अपमान और तिरस्कार के चलते तुम्हें अथाह पीड़ा हुई, जो फिर प्रतिशोध में परिवर्तित हो गई, किंतु प्रतिशोध पूर्ण हो जाए तो अपमान की ज्वाला का शमन हो जाना चाहिए। यदि तुम्हारे अपमान की ज्वाला अब शांत हो गई हो तो जो कुछ हुआ, क्या हम उसे एक दुःस्वप्न मानकर फिर से नई शुरुआत कर सकते हैं?"

"अर्जुन, प्रतिशोध पूर्ण हो जाने से अपमान की ज्वाला तो बुझ जाती है, किंतु उससे उत्पन्न राख का अस्तित्व चिरस्थायी होता है। बभ्रुवाहन ने तुम्हें पराजित करके मेरे प्रतिशोध की अग्नि का शमन तो कर दिया, किंतु हमारी प्रेम-कथा के पृष्ठ इस अग्नि में जलकर काले पड़ चुके हैं और यह अपराध मुझसे हुआ है।"

"तो क्या तुम भी···" अर्जुन ने पूछा, "उलूपी की भाँति तुम भी मुझे छोड़कर चली जाओगी?"

"कोई और विकल्प भी तो नहीं है!" चित्रांगदा ने उत्तर दिया, "अपराध का प्रतिकार केवल प्रायश्चित्त से संभव है और मैंने अपने पुत्र को अपने ही पति के विरुद्ध युद्ध में खड़ा कर दिया। मुझे इस अपराध का दंड यह मिला कि मैंने अपने पुत्र के हाथों अपने पति का वध देखा है और अब जबकि मेरे मन से तुम्हारे प्रति दुर्भावना मिट चुकी तो तुम्हारे बिना जीवन व्यतीत करना ही मेरा प्रायश्चित्त है।"

"परंतु अपराध तो मुझसे भी हुआ है," अर्जुन ने सिर झुकाते हुए कहा, "मैं कैसे प्रायश्चित्त करूँ?"

"हमारा अपराध एक-सा है, इसलिए प्रायश्चित्त भी एक-सा ही होना चाहिए। तुम्हारे लिए भी वियोग ही उचित प्रायश्चित्त है।"

"मैं चाहता था कि···" अर्जुन सकुचाया, "बभ्रुवाहन मेरे साथ हस्तिनापुर···" फिर उसने अपनी बात को अधूरा छोड़ दिया। चित्रांगदा कुछ कहती उससे पहले बभ्रुवाहन ने ही अर्जुन के प्रस्ताव का उत्तर दे दिया।

"इसका कोई महत्त्व नहीं है कि आप क्या चाहते हैं, क्योंकि मैं ही आपके साथ हस्तिनापुर नहीं जाना चाहता। उपेक्षा का बाण केवल आप ही नहीं चला सकते; वह बाण मेरे तूणीर में भी रखा है। मुझे खेद है कि आपसे युद्ध किया और मेरे हाथ से आपका वध हो गया, परंतु आप केवल शारीरिक स्तर पर पुनरुज्जीवित हुए हैं; मेरे लिए आपकी आत्मा संभवतः कभी जीवित नहीं हो सकेगी।"

बभ्रुवाहन अर्जुन की ओर देख अवश्य रहा था, किंतु वास्तव में उसकी दृष्टि शून्य को ताक रही थी। एक ऐसा शून्य, जिसने बभ्रुवाहन की जीवन-परिधि को अपने भुजबंद में बाँध रखा था।

बभ्रुवाहन के वचन सुनकर अर्जुन के पास न कहने को शब्द थे, न चुनने को विकल्प। वह सिर झुकाए खड़ा रहा। परिवार द्वारा तिरस्कार का शूल अर्जुन के जीवन में बहुत गहरा धँस चुका था। उसे केवल प्रायश्चित्त के शूल से ही निकाला जा सकता था।

अर्जुन चित्रांगदा के संदर्भ में भी अपने अधिकार खो चुका था। अर्जुन की दोनों पत्नियों चित्रांगदा और उलूपी तथा उनके पुत्रों इरावान एवं बभ्रुवाहन के हाथों अर्जुन का परित्याग हुआ था। उसके पास अब हस्तिनापुर लौटने के अतिरिक्त कोई विकल्प नहीं था। यही उसका दंड था और यही प्रायश्चित्त भी!

किसी समय पर चित्रांगदा और उलूपी को अकेला छोड़कर गया अर्जुन आज स्वयं अकेला खड़ा था। हालाँकि उसके साथ जो हुआ, वह उसकी नियति थी, किंतु उस नियति का निर्माण तो उसने अपने कर्म की मिट्टी से स्वयं ही किया था। तभी उसे भीम का भी ध्यान आया। भीम की नियति में उसकी पत्नी हिडिंबा और पुत्र घटोत्कच का वियोग लिखा था। हिडिंबा ने भीम को सच्चे मन से प्रेम किया, वह अपने भाई का विरोध करके अंत तक भीम के समर्थन में खड़ी रही और उसने अपने एकमात्र पुत्र घटोत्कच को भीम के एक संकेत पर युद्ध में मरने के लिए भेज दिया। इसके विपरीत इन बीते वर्षों में भीम के मन में हिडिंबा या घटोत्कच से मिलने का विचार तक उत्पन्न नहीं हुआ। भीम का वह अपराध हिडिंबा और घटोत्कच के जीवन का अभिशाप बनकर सामने आया। अत: अर्जुन जिस अपराध का दोषी था, वही अपराध भीम से भी हुआ था।

पुनर्मिलन की आस टूट गई थी।

□

23

नयनतारा-निरंजन

नयनतारा ने एक लंबी श्वास छोड़ी और निरंजन से पूछा, "कहानी कैसी लगी?"

"अच्छी है। लेकिन मुझे अब तक विश्वास नहीं हो रहा कि अर्जुन और भीम जैसे महान् समझे जाने वाले लोगों से भी जीवन में नैतिक भूल होती हैं।"

"हाँ, यही तो समझाने के लिए तुम्हें कहानी सुनाई थी कि मनुष्य की स्थूल दृष्टि सत्य को कभी पूर्ण रूप से नहीं देख सकती। हमें जो दिखता है, सत्य केवल उतना ही नहीं होता; वह उसके आगे-पीछे कई कोनों में छिपा रहता है। सत्य को खोजना पड़ता है और सत्य की खोज ही सृष्टि में मनुष्य की सबसे बड़ी खोज मानी जाती है। यदि तुम्हें किसी के चरित्र का निष्पक्ष आकलन करना है तो उसके व्यक्तित्व के सभी संभव पहलुओं को देखना चाहिए। यदि तुम उतना ही देखोगे, जितना सब देखते हैं तो तुम्हारा विश्लेषण भी उन्हीं की तरह उथला और गलत साबित होगा। इसलिए सत्य को जानना है तो वहाँ देखो, जहाँ कोई नहीं देखता।"

"ठीक कहती हैं आप!" निरंजन बोला, "परंतु मेरा प्रश्न तो अब भी अनुत्तरित है, जिसे पूछने पर आपने मुझे यह कहानी सुनाई। मेरे पिता कौन थे और मैं क्यों आज तक उन्हें देख नहीं पाया हूँ?"

"निरंजन, क्या तुम्हें घटोत्कच, इरावान और बभ्रुवाहन के जीवन में कोई समानता नजर आई?"

"बिल्कुल! तीनों को पिता का प्रेम नहीं मिला और उनकी माताओं ने उन्हें अकेले ही बड़ा…" निरंजन बोलते-बोलते रुक गया मानो उसे कोई भूली हुई बात याद आ गई। फिर दो क्षण रुककर उसने नयनतारा की ओर देखा, "तो क्या मेरे पिता भी…"

नयनतारा ने धीरे-से निरंजन के सिर पर हाथ फेरते हुए कहा, "हाँ निरंजन,

तुम्हारे पिता भी मुझे गर्भवती अवस्था में छोड़कर चले गए थे···और इस कहानी की तीन माँओं की तरह मैंने भी तुम्हें अकेले ही पाल-पोसकर बड़ा किया है। तुमने जब भी अपने पिता के विषय में पूछा, मैंने तुम्हारी बात को टाल दिया, क्योंकि उनके चले जाने का कारण मैं स्वयं नहीं जानती। मैंने पिछले सोलह वर्ष विधवा की तरह व्यतीत किए हैं। मुझे यह दुःख अवश्य है कि तुम पिता के प्रेम से वंचित रह गए, परंतु मैं तुमसे कहती भी तो क्या?···आज इतने वर्ष बाद भी बस यही कह सकती हूँ कि नागेश से विवाह मेरे जीवन की सबसे बड़ी भूल साबित हुई···" नयनतारा अपने आँसुओं को रोक नहीं पाई। "निरंजन, अब एक प्रश्न मुझे पूछना है।"

"क्या माँ?"

"कभी तुम्हें पिता से मिलने का अवसर मिला तो क्या उनसे मिलना चाहोगे?"

"आपने यह कहानी सुनाने से पहले प्रश्न किया होता तो मैं निस्संदेह 'हाँ' कहता परंतु अब मैंने जान लिया कि जीवन में गलतियाँ सबसे होती हैं परंतु व्यक्ति परिवार के प्रति अपने मूलभूत दायित्व को ही निभाने में असफल रहा तो फिर उसकी महानता या समाज में उसकी प्रतिष्ठा का कोई महत्त्व नहीं है। सामाजिक तौर पर बड़ा व्यक्ति भी नैतिक रूप से यदि बौना हो तो ऐसे बौने व्यक्ति से मिलकर क्या लाभ?···अर्जुन और भीम संसार की दृष्टि में सर्वश्रेष्ठ धनुर्धर और गदाधर अवश्य होंगे, किंतु पिता एवं पति के रूप में उनकी भूमिका कितनी सफल रही है, इसका निर्णय तो इस कहानी से हो चुका है। उम्मीद है, आपको अपने प्रश्न का उत्तर मिल गया होगा।"

"हाँ, निरंजन! मुझे उत्तर मिल गया," नयनतारा ने भीगी आँखों से कहा और निरंजन का माथा चूम लिया।

□

24
नयनतारा

अचानक फोर्ट ऑडिटोरियम में तालियों की गूँज नयनतारा के कानों में पड़ी तो उसे ध्यान आया कि जो कहानी उसने निरंजन को सुनाई थी, उसके समापन की घड़ी आ चुकी थी।

हिडिंबा, उलूपी और चित्रांगदा—तीनों को उनके पतियों ने छोड़ा था। तीनों परित्यक्ता थीं। लेकिन तीनों ने अपने बच्चों को साहस और धैर्य के साथ बड़ा किया। तीनों 'सिंगल मदर' थीं। नयनतारा को जैसे ही इन तीन परित्यक्त स्त्रियों और उनकी साहस-गाथा का ध्यान आया तो मंच पर 'श्रीमती' शब्द सुनकर उसके ठहरे हुए कदमों को दोबारा गति मिल गई। एक दिन वह था जब उसका पति नागेश उसे गर्भवती छोड़ गया था और एक यह दिन था, जब नयनतारा उस उजड़े हुए संसार को बहुत पीछे छोड़ आई थी। उसने स्वयं को परित्यक्त पत्नी से एक प्रगतिशील स्त्री में परिवर्तित कर लिया था। अब उसे सहारे के लिए न नागेश की जरूरत थी और न ही उसके नाम की। वह खुद में एक पूर्ण और स्वतंत्र इकाई थी।

नयनतारा ने गर्व से बाईं ओर पलटकर सामने बैठी भीड़ को देखा जो उत्सुकता भरी नजरों से नयनतारा को निहार रही थी। सबसे आगे की पंक्ति में नयनतारा का बेटा निरंजन बैठा मुसकरा रहा था। नयनतारा धीरे से चलकर डायस पर पहुँची। फिर उसने दाहिने हाथ से माइक को थोड़ा नीचे झुकाकर अपने कद के अनुसार उसे सेट किया।

"नमस्कार! हम जीवन में जब भी कुछ करने का प्रयास करते हैं तो दो प्रश्न हमारा मार्ग रोककर खड़े हो जाते हैं। एक यह कि जो हम करने जा रहे हैं, वह ठीक है या नहीं? दूसरा यह कि यदि वह कार्य सही है तो कोई उसमें हमारा साथ देगा अथवा नहीं? मैं अपने अनुभव से कह सकती हूँ कि जब कभी आपके सामने ऐसी

स्थिति उत्पन्न हो तो बस यह सोचिए कि वह काम आपके अलावा किसी के जीवन में बदलाव ला सकता है या नहीं। इस सवाल का उत्तर यदि 'हाँ' हो तो निस्संकोच आगे बढ़ जाइए, क्योंकि अगर आपका काम किसी एक व्यक्ति की जिंदगी को बदलने का सामर्थ्य रखता है तो विश्वास कीजिए कि एक दिन उसे पूरे समाज का समर्थन मिल जाएगा।

मुझे जिस दिन यह पुस्तक लिखने का विचार आया, उस दिन मैंने केवल यही सोचा कि क्या यह पुस्तक किसी स्त्री की जिंदगी को बदल सकती है और जब मुझे लगा कि इसका उत्तर 'हाँ' है तो मैंने फिर देर नहीं की और लिखना शुरू कर दिया।

मैं 'सर्वश्रेष्ठ पब्लिशर्स' का हृदय से आभार व्यक्त करती हूँ कि वे मेरे स्वप्न को समझ पाए और आज उसका साकार रूप आपके सामने है। श्री बृजभूषण अग्रवालजी का विशेष धन्यवाद कि उन्होंने मुझमें भरोसा जताया और यह माना कि मैं जो बात कहना चाहती हूँ, वह सही है और जो बात सही है, उसे लोगों तक पहुँचाना बेहद जरूरी है। और, आप सब लोगों का धन्यवाद जो आप समय निकालकर मुझे सुनने यहाँ आए हैं।

बच्चे का पालन-पोषण अपने आपमें एक कष्टसाध्य चुनौती है। 'सिंगल मदर' यानी अकेली माँ के लिए तो यह और भी दुरूह कार्य है। हमारा समाज अकेले पुरुष के साथ वैसा व्यवहार नहीं करता जैसा वह अकेली स्त्री के साथ करता है। वह चाहे वित्तीय क्षेत्र हो या फिर सामाजिक स्तर, चाहे भावनात्मक समर्थन की बात हो या फिर शारीरिक सहयोग, हर स्तर और क्षेत्र में अकेली माँ, यानी सिंगल मदर का संघर्ष एक स्त्री के शरीर के साथ उसकी आत्मा पर भी बहुत भारी पड़ता है और यह समाज के लिए किसी भी दृष्टि से शुभ संकेत नहीं है।

यह बताने की जरूरत नहीं कि बच्चे के जन्म के लिए अगर माता और पिता दोनों की आवश्यकता होती है तो उसके लालन-पालन का दायित्व भी दोनों पर होना चाहिए। माता-पिता में से किसी एक का न होना, अकेले अभिभावक के लिए अत्यंत तनावपूर्ण सिद्ध हो सकता है। आज के डिजिटल युग में जब इनसानी दिमाग पर फोन और मीडिया का पूरी तरह कब्जा हो चुका है, ऐसे में अकेली माताओं के लिए अपनी संतान में उदारता और प्रेम जैसे नाजुक मनोभावों का संचार करना हथेली पर सरसों जमाने जैसा है!

मेरी यह पुस्तक, ऐसी ही 'सिंगल मदर्स' की कहानी है। इसके प्रमुख पात्र अवश्य पौराणिक हैं, लेकिन उनका दर्द आज भी उतना ही प्रासंगिक है जितना हजारों वर्ष पहले था। यह कथा महाभारत के तीन नारी पात्रों-हिडिंबा, उलूपी और

चित्रांगदा तथा उनके बच्चों—घटोत्कच, इरावान और बभ्रुवाहन पर केंद्रित है, जिसे मैंने वेदना के कोरे पन्नों पर एकाकीपन की काली स्याही से उकेरने का प्रयत्न किया है। ये तीनों स्त्रियाँ अर्जुन और भीम की पत्नियाँ थीं। कुछ लोगों ने शायद इनके नाम अवश्य सुने होंगे, किंतु इनके त्याग और बलिदान के विषय में कोई नहीं जानता। हमारे समाज में सिंगल मदर्स की उपेक्षा एवं तिरस्कार का इससे अधिक सजीव उदाहरण और क्या होगा कि आज तक किसी ने इनके बारे में लिखने-कहने की जरूरत ही नहीं समझी! यदि इनकी पीड़ा सुनकर मुझे दुःख हुआ है तो जाहिर सी बात है हर सिंगल मदर इनके दुःख में साझेदार हो सकती है।

इस पुस्तक का उद्देश्य सिंगल मदर्स का केवल दुःख उजागर करना नहीं है, बल्कि घरेलू हिंसा, यौन उत्पीड़न, मानसिक एवं शारीरिक यातना से हर रोज लड़ रही महिलाओं को उनकी बेबसी से बाहर निकालना भी है। उन्हें यह समझाना है कि अकेली औरत निर्भयता से दुःखों का सामना कर सकती है और लड़कर समाज में सम्मान भी हासिल कर सकती है। वे सब स्त्रियाँ जो आज किसी भी तरह के अमानवीय अत्याचार की शिकार हैं या भविष्य में शिकार हो सकती हैं, इस पुस्तक से सीखें कि आपको अपनी जीवन-नौका किसी लापरवाह और स्वार्थी मल्लाह के हाथों में नहीं सौंपनी, जो तूफान की आहट सुनकर ही बीच मँझधार में आपको अकेला छोड़ भाग जाए। हमें याद रखना है कि यदि दुर्भाग्य से कभी ऐसा कुछ हो भी गया तो उस भगोड़े मल्लाह या डूबी पतवार का शोक नहीं करना है, आने वाले तूफान से डरना नहीं है, अपितु अपनी भीतर की हिम्मत और जिजीविषा को ही पतवार बनाकर आत्म-विश्वास के साथ तैरकर दरिया को पार कर जाना है!"

नयनतारा की श्वास-गति बढ़ने लगी थी। वह रुक गई। कुछ क्षण के लिए हॉल में सन्नाटा छा गया। ऐसा लगा जैसे हॉल खाली था। नयनतारा सामने बैठी भीड़ को देख रही थी। वह सोचने लगी कि उसकी बातों का लोगों पर न जाने कैसा असर होगा।

अचानक श्रोताओं में से किसी ने धीमे-से ताली बजाई। फिर दो लोग और ताली बजाने लगे…फिर दस…बीस…पचास…सहसा पूरा हॉल तालियों की गड़गड़ाहट से गूँज उठा। नयनतारा को जरा भी आशा नहीं थी कि उसके विचारों को इतना भारी समर्थन मिलेगा। उसकी दाईं आँख की कोर से एक आँसू उसके गाल पर ढुलक आया। उसने दाईं तर्जनी से आँसू पोंछा और उसे देखने लगी। आँसू की उस बूँद के साथ नयनतारा के हृदय में भरी जीवन भर की कड़वाहट जैसे बह गई थी। नयनतारा को सबकुछ बहुत हलका और सार्थक लगने लगा था।

श्रोताओं में यह उत्साह देखकर नयनतारा के बाईं ओर खड़ी सौदामिनी तुरंत समझ गई कि लोगों को नयनतारा से सीधे जोड़ देने का समय आ गया था। सौदामिनी और नयनतारा के बीच आँखों में मूक संवाद हुआ और नयनतारा, सौदामिनी को डायस सौंपकर खुद अपनी कुरसी पर आकर बैठ गई।

"तो आपने सुना," सौदामिनी ने नयनतारा के उद्बोधन को आगे बढ़ाते हुए कहा, "किस तरह नयनताराजी ने अपने उपन्यास के जरिए स्त्री-विमर्श का एक अनछुआ पहलू उठाया है। आपकी तालियाँ बता रही हैं कि आप नयनताराजी से सीधे संवाद करने को कितने उत्सुक हैं! इसलिए और समय न लेते हुए, मैं आपके और नयनताराजी के बीच से हट रही हूँ। आप चाहें तो नयनताराजी से उनकी पुस्तक के विषय में प्रश्न पूछ सकते हैं।" यह कहकर सौदामिनी डायस छोड़कर नयनतारा के निकट जाकर खड़ी हो गई।

नयनतारा से प्रश्न पूछने के लिए बहुत से हाथ उठ खड़े हुए। श्रोताओं के बीच खड़ा वॉलंटियर कॉर्डलेस माइक लेकर भीड़ में बैठे एक व्यक्ति के पास पहुँच गया।

"नमस्ते नयनताराजी, मैं रमानाथ!" उसने माइक पकड़ते हुए कहा, "आपको पुस्तक के लिए बहुत शुभकामनाएँ! मेरा एक सवाल है।"

"नमस्ते रमानाथजी। शुभकामनाओं के लिए धन्यवाद! क्या सवाल है?" नयनतारा ने मुसकराते हुए कहा।

"यह तो स्पष्ट है कि आपका उपन्यास स्त्री के दृष्टिकोण से स्त्री के पक्ष में लिखा गया है, लेकिन क्या स्त्री का पक्ष लेने के लिए पुरुष का विरोध आवश्यक है?"

"मैंने कब कहा कि मेरा यह उपन्यास पुरुष-विरोधी है?" नयनतारा गंभीर हो गई। "देखिए, सारी गड़बड़ यहीं से शुरू होती है जब हम समाज को स्त्री और पुरुष में विभाजित करने लगते हैं। जाने क्यों, हमें आज तक यह बात समझ में नहीं आई है कि इस सृष्टि की रचना प्रकृति और पुरुष के योग से हुई है। दोनों में से एक भी तत्त्व न हो तो सृष्टि का अस्तित्व संभव ही नहीं है। स्त्री का पक्ष लेने की जहाँ तक बात है तो मुझे बताइए कि बच्चा पैदा करने के लिए यदि माता-पिता दोनों की आवश्यकता है तो उसके पालन की जिम्मेदारी भी दोनों की है। उस समय यदि पुरुष भाग खड़ा हो तो पुरुष का विरोध तो स्वाभाविक है। महाशय, यदि माँ बच्चों को अकेला छोड़ जाए तो वह भी उतनी ही दोषी है जितना इस मामले में पुरुष। इसलिए यह पुरुष का विरोध नहीं है, बल्कि उपेक्षा, लापरवाही और भगोड़ेपन की प्रवृत्ति का विरोध है। मैंने पौराणिक पृष्ठभूमि की मदद से यह बताने का प्रयास किया है कि कई बार हमें कोई

महान् और श्रेष्ठ सिर्फ इसलिए दिखाई देता है, क्योंकि हमें केवल उसकी महानता दिखाई जाती है, परंतु भूल सबसे होती है। महान् व्यक्ति से भी! इसलिए उसके गुणों का बखान करते समय तराजू के दूसरे पलड़े में उसकी चारित्रिक दुर्बलताओं को भी रखना चाहिए और तब यह तय करना चाहिए कि कौन सा पलड़ा भारी है। मैंने अपने उपन्यास में यही किया है। शुक्रिया!"

नयनतारा का उत्तर सुनकर सभागार फिर तालियों से गूँज उठा। रमानाथ बैठ गए। नयनतारा की नजरें अगले प्रश्नकर्ता को खोज रही थीं।

"नमस्ते, मेरा नाम दीपिका है," इस बार प्रश्न करने वाली महिला थी। "नयनताराजी, आपके उपन्यास का अंश सुनकर लगता है कि यह महाभारत के पात्रों पर आधारित है, परंतु आज समाज और महिलाओं की स्थिति वैसी नहीं है, जैसी प्राचीन समय में हुआ करती थी। तो ऐसे में क्या आपको लगता है कि पौराणिक संदर्भ के जरिए आधुनिक समाज में महिलाओं के मुद्दों को तर्कसंगत ढंग से प्रस्तुत कर पाना व्यावहारिक है?"

नयनतारा ने माइक थामा और क्षण भर सोचने के उपरांत बोली, "दीपिकाजी, यह सच है कि मेरा उपन्यास महाभारत के तीन नारी पात्रों—हिडिंबा, उलूपी और चित्रांगदा पर आधारित है, लेकिन मैंने महिलाओं के सामान्य मुद्दों की बात नहीं की। मेरा उपन्यास केवल सिंगल मदर्स तक सीमित है। लेकिन आप शायद आज की सिंगल मदर्स की स्थिति से भी पूरी तरह परिचित नहीं हैं। कोई बात नहीं...मैं बताती हूँ कि जिस आधुनिक समाज की आप बात कर रही हैं, वह समाज आधुनिकता के परदे में सिंगल मदर्स के साथ क्या करता है...सुनिए...सिंगल मदर्स के लिए जो सबसे बड़ी समस्या है, वह है सामाजिक असहयोग! जो महिलाएँ दुर्व्यवहार के बाद घर छोड़ती हैं या जिन्हें घर से निकाल दिया जाता है, वह इतनी अकेली हो जाती हैं कि कई बार उन्हें अपने माता-पिता के घर में भी जगह नहीं मिल पाती। कमाने और अकेले ही बच्चों की देखभाल करने का दायित्व उन्हीं पर होता है। सिंगल मदर होना स्त्री को भावनात्मक और शारीरिक रूप से पूरी तरह तोड़ सकता है। वे बीमार नहीं पड़ सकतीं, उन्हें छुट्टी करके आराम करने की स्वतंत्रता नहीं मिलती, उनके निजी दु:ख-सुख कोई मायने नहीं रखते, उनका समय भी उनका अपना नहीं रहता। जीवन के बोझ को साझा करने के लिए उनके पास कोई साथी नहीं होता।

"सिंगल मदर्स की एक और परेशानी यह है कि ऐसी असहाय, अकेली महिलाओं को देखकर पुरुष प्राय: ऐसा सोचते हैं कि उन्हें हासिल किया जा सकता है। अकसर लोग ऑफिस में, पड़ोस में, हर कहीं उनके साथ छेड़खानी के

इरादे रखते हैं। महिला के पति के मित्र, जो कल तक उसे 'भाभी' कहकर इज्जत देते थे, वही अब उसे अकेला पाकर लालसा की नजरों से देखने लग जाते हैं, परंतु वह स्त्री अपनी शिकायत, अपना तनाव और डर किसे बताए? कौन है, जो उसकी समस्या को समझने या कम करने का प्रयत्न करेगा? इसलिए पुरुषों को याद रखना चाहिए कि स्त्री के अकेले होने का मतलब यह नहीं कि वह उनके लिए उपलब्ध भी है!

"और सुनिए दीपिकाजी···अकेली माँ के लिए आर्थिक रूप से आत्मनिर्भर होना सबसे बड़ी चुनौती है। उसे अपने और बच्चों के लिए अकेले ही सब साधन जुटाने पड़ते हैं। इस कारण कई बार जरूरत पड़ने पर भी वह काम से छुट्टी लेकर बच्चों को समय नहीं दे पाती। परिचित लोगों के द्वारा बच्चों के यौन-शोषण की घटनाओं को देखते हुए उन्हें किसी और के भरोसे छोड़ना कितना सुरक्षित है, यह भी आज एक गंभीर सवाल है। यदि स्त्री आर्थिक रूप से संपन्न है और नौकर-चाकरों के भरोसे बच्चों को छोड़ जाती है तो दिन भर उनके साथ रहकर बच्चे क्या सीखते होंगे, इसकी कल्पना करना भी मुश्किल नहीं होना चाहिए। आखिर में हारकर यह जिम्मेदारी माँ को स्वयं ही उठानी पड़ती है। इस तरह लगातार काम-काम और बस काम, एक दिन दीमक बनकर औरत के तन और मन को बाहर-भीतर से चाट जाता है।

"सिंगल मदर की समस्याएँ यहाँ खत्म नहीं हो जातीं। कई सिंगल मदर्स पर परिवार द्वारा दोबारा शादी का निरंतर दबाव बनाया जाता है। वे रोज तरह-तरह के ताने सुनती हैं और पुनर्विवाह जैसे गंभीर मामले में भी उनकी मानसिक स्थिति अथवा निजी पसंद-नापसंद को अनसुना कर दिया जाता है।

किसी सिंगल मदर का बच्चा जब बड़ा होने लगता है तो माँ को उसके कठिन प्रश्नों का जवाब देना पड़ता है, खासकर जब वह अपने पिता के बारे में पूछता है। पिता की असमय मृत्यु हो जाए तो बात अलग है, किंतु एक नासमझ बच्चे के लिए यह समझना सरल नहीं होता कि उसका पिता उन्हें अकेला क्यों छोड़ गया? वह तरह-तरह के असहज सवाल करता है, थोड़ा समझदार हो तो यहाँ तक पूछ लेता है कि इस सबमें गलती किसकी थी···सबकुछ सुन लेने के बाद उसका बाल-मन खुद ही स्थिति का विश्लेषण करने लगता है और कई बार बच्चे माँ को गलत समझ लेते हैं, जिससे उनकी सहानुभूति पिता के पक्ष में मुड़ जाती है। ऐसे में सोचिए, उस माँ पर क्या बीतती होगी, जिसने अकेले एक बच्चे को इस उम्मीद पर पाला था कि वह बड़ा होकर उसके हालात को समझेगा और

उसका सहारा बनेगा। खैर, कुल मिलाकर स्थिति यह है कि भारत में सिंगल मदर होने के साथ जीवन में सफल होना जंग जीतने से कम नहीं है। मुझे उम्मीद है, दीपिकाजी, आपको जवाब मिल गया होगा।"

दीपिका ने धीरे से गरदन हिलाई और आँखें पोंछते हुए अपनी सीट पर बैठ गई। नयनतारा को यह देखकर खुशी हुई। दीपिका की आँख से निकला आँसू नयनतारा की वैचारिक और रचनात्मक सफलता का उद्घोष था।

इतनी देर में कई और हाथ उठ गए। लोग नयनतारा और सिंगल मदर्स के विषय से जुड़ने लगे थे। वॉलंटियर ने माइक अगले श्रोता को सौंप दिया। वह एक वृद्ध महिला थी। नयनतारा को देखकर अच्छा लगा कि हर उम्र के लोगों में उस विषय के प्रति उत्कंठा थी।

"नयनताराजी, आपकी बातें सुनकर बहुत अच्छा लगा। मुझे आज एक उम्मीद दिखी है और यह लगता है कि सही बात को सही ढंग से कहा जाए तो लोग उसे सुनते हैं। आपने आज सिंगल मदर्स की समस्या को जिस तरह सामने रखा है, इस पर पहले इस ढंग से कभी बात नहीं हुई, परंतु समस्या को उजागर करना जितना जरूरी है उसका समाधान प्रस्तुत करना भी उतना ही महत्त्वपूर्ण है। आपने सिंगल मदर का विषय तो उठा दिया, किंतु उनकी दिक्कतों का आपके पास क्या कोई हल है ?"

नयनतारा ने वृद्धा का प्रश्न और स्वर सुना तो उसे विश्वास हो गया कि वह स्वयं भी सिंगल मदर रही होगी। नयनतारा ने अपनी समस्त चेतना का आह्वान किया और अपने अनुभव का सारा निचोड़ उस उत्तर में कह डाला।

"आंटी, आपने महत्त्वपूर्ण बात उठाई है। इसमें किसी को संदेह नहीं कि सिंगल मदर्स को अपनी लड़ाइयाँ अकेले लड़नी पड़ती हैं। उनके पास कोई सहारा या कहें, सपोर्ट सिस्टम नहीं होता। इसलिए बहुत जरूरी है कि समाज अब तक सिंगल मदर्स को जिस नजर से देखता आया है, उस दृष्टिकोण में बदलाव लाया जाए। सबसे पहले तो समाज को चाहिए कि वह अपनी मानसिक रुग्णता से बाहर आए और अकेली माँ को कमजोर समझने के बजाय उसकी ताकत उसके आत्म-विश्वास का सम्मान करना सीखे। विवाह के उपरांत स्त्री का नाम बदलने तक यदि बात सीमित रहे तो मुझे समाज के पितृसत्तात्मक पक्ष से कोई परेशानी नहीं है परंतु जब यह सत्ता स्त्री के तन और मन पर हावी होने का कुत्सित प्रयास करती है, तब इस व्यवस्था पर आपको, मुझे, हम सबको ऐतराज होना चाहिए। महिलाओं से यह अपेक्षा करना कि उनका पति कैसा भी हो, वे सदा उसकी परछाईं बनकर रहें और

उसके हर अच्छे-बुरे बरताव को हँसकर स्वीकार करती जाएँ, अत्यंत अधम किस्म की विचारधारा का द्योतक है। मैं यह मानती हूँ कि शराबी, जुआरी या व्यभिचारी पति की शरण में मरते-पिसते रहने से अकेले रहना लाख गुना बेहतर है!

"आज महिलाएँ पारिवारिक अन्याय के खिलाफ आवाज उठा रही हैं तो आप देखिए कि अलगाव और तलाक के मामले भी बढ़ रहे हैं। आपको जानकर हैरानी होगी कि केवल भारत ही में आज लगभग सवा करोड़ महिलाएँ सिंगल मदर्स हैं और अपना घर अपने दम पर चलाती हैं। इसलिए इस सभागार में यदि एक भी सिंगल मदर मौजूद है तो मैं उसके साथ हूँ और मुझे विश्वास है कि यदि स्त्री खुद पर भरोसा रखे तो एक दिन उसे पूरे समाज का समर्थन प्राप्त हो जाता है। एक और बात···लोगों को लगता होगा कि तलाकशुदा, विधवा या परित्यक्त स्त्रियाँ ही केवल 'सिंगल' होती हैं। लेकिन समाज में ऐसी भी असंख्य स्त्रियाँ हैं, जिनके पति शारीरिक रूप से तो उनके साथ रहते हैं, किंतु मानसिक और भावनात्मक स्तर पर उन्हें पति से कोई सहयोग नहीं मिलता। ये औरतें पति के होते हुए भी अकेली हैं, 'सिंगल' हैं!

"मैं यह स्वीकार करती हूँ कि अकेलापन जीवन में डर पैदा करता है, परंतु इस डर से निपटने का सबसे अच्छा तरीका है कि आप उन लोगों के साथ समय बिताएँ जो आपसे प्यार करते हैं, जिन्हें आपकी फिक्र है। यह जरूरी नहीं कि वे लोग आपके रिश्तेदार हों। वह कोई भी हो सकता है। कई बार खून से अधिक मन के रिश्ते कामयाब होते हैं। आपके बच्चे, आपके दोस्त ही वो उम्मीद की किरण हैं, जिसका उजाला आपके जीवन को फिर से प्रकाशित कर सकता है।

"सरकार भी इस दिशा में सक्रिय है। 'सिंगल मदर्स' की जरूरतों को पूरा करने के लिए बहुत से केंद्र खुल गए हैं। यह अच्छी और सहयोगी पहल है, लेकिन अभी बहुत काम बाकी है।

"एक और जरूरी बात! सिंगल मदर्स को चाहिए कि वे सबसे पहले अपनी देखभाल करें। ध्यान रखिए कि स्वयं खुश रहने के बाद ही आप दूसरों को खुशी दे सकते हैं। जरूरत पड़े तो किसी विश्वासपात्र से मदद लें और इसे कमजोरी न समझें। कभी-कभी मदद माँगने के लिए भी हिम्मत चाहिए होती है। रचनात्मक कार्य भी आपके जीवन को नई दिशा दे सकते हैं। इसलिए यदि आप अकेली हैं तो कोई हॉबी जरूर विकसित कीजिए—लिखना-पढ़ना, पेंटिंग, संगीत या अपनी पसंद का कुछ भी···जो आपको खुशी दे। कुछ भी कीजिए, लेकिन याद रखिए कि हमें डरना या टूटना नहीं है। सिंगल मदर्स आर नॉट वीक!"

हॉल में लगातार गूँज रही तालियाँ बता रही थीं कि नयनतारा ने लोगों के दिलों

को छू लिया था। उनका उत्साह बढ़ता जा रहा था। वे नयनतारा से और बातें करना चाहते थे। तभी सौदामिनी ने बाईं कलाई पर बँधी घड़ी देखी। कार्यक्रम का समय पूरा होने को था। वह आगे आई और धीमे से बोली, "केवल एक प्रश्न और..."

कई हाथ जो सवाल करने के लिए उठे थे, सौदामिनी की बात सुनकर नीचे आ गए। सबसे आखिरी पंक्ति में बैठे एक अधेड़ पुरुष का हाथ उठा रहा। नयनतारा ने वॉलंटियर को इशारे से माइक उस व्यक्ति को देने को कहा।

पुरुष माइक पकड़कर धीरे से खड़ा हो गया। उसके बाल बिखरे हुए और आँखों पर मोटे फ्रेम का काला चश्मा था। शरीर दुबला, कद लंबा था। हलका नीला कुरता और पुरानी जींस। उसने अपनी खिचड़ी दाढ़ी पर खुजली की और फिर धीरे से गला साफ करके बोला, "नमस्ते!" उसकी आवाज में आकर्षण था। नयनतारा एक क्षण के लिए उसे देखती रह गई। फिर उसने पुरुष के प्रश्न का इंतजार किया।

"मैं बहुत देर से आपकी बातें सुन रहा हूँ। मेरे दो प्रश्न हैं। पहला, आपको यह उपन्यास लिखने की जरूरत क्यों महसूस हुई? और दूसरा यह है कि आपने उपन्यास में तीन नारी पात्रों का जिक्र किया—हिडिंबा, उलूपी और चित्रांगदा। लेकिन पुस्तक का शीर्षक '4 सिंगल मदर्स' सुनकर लगता है कि इसमें चार नारी पात्र हैं। क्या मैं पूछ सकता हूँ कि चौथी सिंगल मदर कौन है, जिसे आपने अब तक छिपा रखा है?"

नयनतारा प्रश्न सुनकर चुप हो गई। वह उस पुरुष को टकटकी लगाए देखती रही मानो उसने प्रश्न सुना ही नहीं था। लोग हैरान थे। उन्हें लगा जैसे नयनतारा की विचार-श्रृंखला अवरुद्ध हो गई थी, परंतु ऐसा नहीं था। नयनतारा कुछ सोच रही थी। यह कार्यक्रम का अंतिम प्रश्न था और नयनतारा उसमें अपनी संपूर्ण विचारधारा को उँड़ेल देना चाहती थी।

नयनतारा ने माइक सँभाला और बोली, "यह पुस्तक किसी पुरुष की शौर्य-गाथा नहीं है। यह स्त्रियों की कथा है; उनकी हार की नहीं...उनकी जीत की कथा! यह उन तीन औरतों की कहानी है, जिन्होंने प्राचीनकाल में पुरुष-प्रधान समाज को चुनौती दी और नवजागरण की घोषणा की। उन्होंने सिर्फ मुँह से नहीं कहा, बल्कि जो कहा वह करके दिखाया। कोई पुरुष अपनी गर्भवती पत्नी को बीच मँझधार में छोड़ दे तो उस एकाकीपन को अपनी ताकत कैसे बनाना है, कैसे अपनी संतान को बिना डरे, बिना लड़खड़ाए पालकर बड़ा करना है, कैसे सिद्ध करना है कि पिता सहारा देना छोड़ दे तो भी माँ असहाय नहीं होती...हाँ, यह सच है...माँ कभी असहाय

नहीं हो सकती···!" नयनतारा का गला रुँध गया। लेकिन वह रुकी नहीं। उसे यह भी ध्यान नहीं रहा कि वह प्रश्न से भटक गई थी।

नयनतारा ने खुद को सँभाला और फिर बोलने लगी, "स्त्री इस सृष्टि में जीवन का स्रोत भी है और आधार भी। इसलिए स्त्री को निम्न समझने वाला पुरुष स्वयं कभी श्रेष्ठ नहीं बन सकता। संतान पैदा करके पुरुष समझता है कि उसकी भूमिका पूरी हो गई। दरअसल, सच यह है कि वह डरपोक है···वह स्त्री की ताकत से डरता है, क्योंकि खुद उसमें वैसी क्षमता नहीं है। इसलिए प्रकृति ने शिशु को नौ माह तक अपने भीतर पालने की ताकत पुरुष को नहीं दी। यह सिद्ध करता है कि दोनों में कौन अधिक सामर्थ्यवान और सहनशील है! पिता साथ छोड़कर भले ही चला जाए, लेकिन माँ···माँ, चट्टान बनकर संतान के साथ खड़ी रहती है और स्त्री यह सब अकेले कैसे संभव कर दिखाती है, यही बताने के लिए मैंने उपन्यास लिखा है।"

"···और वो चौथी सिंगल मदर···" पुरुष ने नयनतारा को टोका।

"···बता रही हूँ···सुन लीजिए···" नयनतारा के स्वर में आवेश छलक पड़ा। "सिंगल मदर्स पर बात करना जरूरी है, लेकिन यह चर्चा तब तक अधूरी रहेगी जब तक समाज अपनी भूल स्वीकार नहीं करता कि उसने सदा मन में यही चाहा कि स्त्री कभी आत्मनिर्भर न बन सके और पुरुष पर उसकी निर्भरता कायम रहे। इसलिए स्त्रियों को बाहर जाने और काम करने से रोका गया। उन्हें डरा-धमकाकर, मार-पीटकर दबाया गया, क्योंकि आदमी को हमेशा यही डर था कि औरत आत्मनिर्भर हो गई तो पुरुष का साम्राज्य, जो उसने डर की नींव पर खड़ा किया था, एक झटके में ध्वस्त हो जाएगा। आदमी ने औरत को मनी प्लांट बनाकर रखा, उसे यह कहकर बहकाया कि वह अपने दम पर खड़ी नहीं रह सकती; उससे कहा कि मनी प्लांट की तरह बाहरी सहारा आवश्यक है। दुर्भाग्य कहें या सौभाग्य, लेकिन पुरुष ने स्त्री को इतना डराया है कि स्त्री ने अब पुरुष से डरना छोड़ ही दिया है। वह अविवाहित रहकर भी खुश रहती है और विवाह के बाद दुर्भाग्य से यदि उसे सिंगल मदर बनने पर विवश कर दिया जाए तो भी उसकी खुशी कोई नहीं छीन सकता। स्त्री ने अपने भीतर छिपे वट-वृक्ष को देख लिया है, जो समय आने पर अपनी जड़ों से कई और वट-वृक्ष पैदा करने का सामर्थ्य रखता है···"

"क्या आप स्त्री के जीवन में पति के महत्त्व को अंडरएस्टीमेट कर रही हैं?" अधेड़ पुरुष ने चिढ़कर पूछा। वह स्वयं भी अपने असल प्रश्न से दूर हो गया था। कार्यक्रम का तय समय पूरा हो चुका था, लेकिन नयनतारा और उस पुरुष के बीच छिड़ी बहस के समापन को सुनने के लिए लोग उत्सुक थे।

"पति ?" नयनतारा उपहास करते हुए बोली, "आप पति का अर्थ जानते हैं ? पति का एक और अर्थ है स्वामी···मालिक···क्या आप पति को स्त्री का मालिक बनाना चाहते हैं ? स्त्री आपकी दासी है क्या ? आप कभी उसे देवी बनाकर पूजते हैं, कभी दासी बनाकर प्रताड़ित करते हैं, लेकिन उसे अपने जैसा इनसान नहीं रहने देते !···हस्बैंड-वाइफ कहिए या पति-पत्नी, असल बात यह है कि दोनों एक-दूसरे के पूरक हैं और दोनों के मिलकर रहने से ही परिवार का गठन होता है। दोनों में न कोई ऊपर है, न कोई नीचे और न कोई श्रेष्ठ है, न कोई हीन···दोनों बराबर हैं, एकदम बराबर ! यह छोटी-सी बात समझने में कष्ट होता हो तो भगवान् शिव के अर्द्धनारीश्वर रूप का दर्शन कीजिए। महादेव शंकर देवों के देव हैं। यदि वे स्वयं स्त्री और पुरुष में अंतर नहीं करते तो इस भेदभाव की लकीर को खींचने और उसे निरंतर गहरा करने का अधिकार आपको किसने दिया ?"

नीले कुरते वाला अधेड़ पुरुष उस बहस में नयनतारा से बहुत पीछे छूट गया था। उसने देखा कि नयनतारा की उत्तेजना पहले से और बढ़ गई थी। उसने बात बदलते हुए कहा, "ठीक है···ठीक है···मान लिया कि आप सही हैं और मैं गलत ! लेकिन यह तो बता दीजिए कि उपन्यास की चौथी सिंगल मदर कौन है ?"

"हाँ ! यह भी सुन लीजिए···चौथी सिंगल मदर, मैं हूँ ! मैं !!" नयनतारा के उत्तर से सभा में मौन छा गया। उसने हाथ में माइक सँभाला और बोली, "हिडिंबा, उलूपी और चित्रांगदा के सारे उद्गार मेरे अपने विचार हैं···उनकी आवाज मेरी आवाज है···और मैं इस समाज की उन सब सिंगल मदर्स की आवाज हूँ, जिन्होंने जीवन भर कष्ट उठाया, जिन्होंने अकेलेपन के भयावह दरिया को बिना रुके, बिना थके अपनी हिम्मत से पार किया है। मैं इस उपन्यास और इस समाज की प्रत्येक सिंगल मदर के अंदर बसी हूँ···समझे मिस्टर···" नयनतारा के मुँह पर मानो पुरुष का नाम आ गया था। लेकिन फिर वह "···आप जो भी हैं !" कहकर चुप हो गई। नयनतारा की आवाज टूट चुकी थी। वह सुबकने लगी।

लोग उठ-उठकर और मुड़-मुड़कर उस पुरुष को देख रहे थे। हॉल फुसफुसाहट से गूँज रहा था। नयनतारा की बात खत्म हो गई थी। कार्यक्रम जारी रखने का कोई मतलब नहीं था। नयनतारा कुरसी पर बैठ गई। उसका गला अब भी रुँधा था। बृजभूषणजी ने नयनतारा को सामने रखा पानी का गिलास उठाकर दिया। नयनतारा ने गिलास हाथ में ले लिया, लेकिन पानी नहीं पिया। उसके भीतर भावनाओं का ही सैलाब इतना था कि उसे और पानी की आवश्यकता नहीं थी।

कार्यक्रम समाप्त हुआ तो लोग उठकर बाहर जाने लगे। प्रकाशक ने हॉल के बाहर नयनतारा के नए उपन्यास की बहुत-सी प्रतियाँ डिस्प्ले पर लगाई गई थीं। सारी प्रतियाँ पलक झपकते बिक गईं। लोग और प्रतियों की माँग करने लगे। प्रकाशक की टीम उन्हें पुस्तक शीघ्र उपलब्ध करवाने का आश्वासन दे रही थी।

नयनतारा हॉल से जैसे ही बाहर निकली, लोगों की भीड़ ने उसे घेर लिया। लोग नयनतारा के ऑटोग्राफ और उसके साथ सेल्फी लेने के लिए बेताब हो रहे थे। नयनतारा ने भीगी आँखों के साथ अपने प्रशंसकों के साथ फोटो खिंचवाई। खुशी का मौका था, लेकिन किसी कारणवश नयनतारा के चेहरे से हर्ष गायब था। करीब आधा घंटा बीत जाने पर भीड़ छँट गई। नयनतारा और निरंजन को घर पहुँचाने के लिए अग्रवालजी ने गाड़ी का प्रबंध किया था। गाड़ी आ चुकी थी और सामने खड़ी थी।

गहन सोच में डूबी नयनतारा गाड़ी की ओर बढ़ने लगी। सहसा नीला कुरता और जींस पहने हुए वही अधेड़ पुरुष फिर से नयनतारा के सामने आ खड़ा हुआ। नयनतारा एकटक उस पुरुष को देखती रही। इस बीच निरंजन अपना सामान और पुस्तकों की कुछ प्रतियाँ गाड़ी में रखने में व्यस्त था।

"नैना···" अधेड़ पुरुष ने अपनत्व भरे स्वर में नयनतारा को संबोधित किया।

"मत कहो मुझे नैना! इस नाम से मुझे पुकारने का अधिकार तुमने उसी दिन खो दिया था···नागेश···जब तुम मुझे अकेला मरने के लिए छोड़ गए थे। क्यों आए हो यहाँ?"

हॉल में नयनतारा के उत्तर सुनकर ही नागेश समझ गया था कि नयनतारा ने उसे पहचान लिया था।

"तुम कितना बदल गई हो···नैना···सॉरी, नयनतारा!···तुम बहुत अच्छा बोली आज! मैंने तो कभी सोचा भी नहीं था कि तुम किसी दिन उपन्यास···"

"सोचा तो मैंने भी नहीं था कि तुम मेरे साथ वो करोगे, जो तुमने किया···"

"मैं मानता हूँ मुझसे गलती हो गई, लेकिन···"

"गलती? नागेश, गलती तुमसे नहीं, मुझसे हुई थी··· तुम्हें अपने जीवन में आने देना मेरी सबसे बड़ी भूल थी और उस भूल की कीमत मैं पिछले सत्रह साल से चुका रही हूँ।"

"नैना, मैं अब वो नागेश नहीं रहा···मेरा यकीन करो। मैं वर्षों से इस दिन का इंतजार कर रहा था और मुझे विश्वास था कि एक दिन हम जरूर मिलेंगे···मेरा

मतलब है···क्या तुम···क्या मुझे एक और मौका दे सकती हो? क्या हम नए सिरे से एक नई शुरुआत कर सकते हैं?"

नयनतारा ने तिरछी नजर से निरंजन की ओर देखा। वह गाड़ी में सामान रख चुका था और नयनतारा के आने की प्रतीक्षा कर रहा था।

"नागेश, मौका उन्हें दिया जाता है, जिनसे उम्मीद होती है। तुमसे उम्मीद का गला तो मैंने उसी दिन घोंट दिया था, जिस दिन मुझे प्रेग्नेंट हालत में छोड़कर खुद न जाने किसके पल्लू में जा छिपे! तुमने मेरी सुध लेना तो दूर अपने बच्चे से भी मिलने की जरूरत नहीं समझी···"

"नैना···मुझे एक बार अपने बेटे से तो मिलवा···" नागेश रुँआसा हो गया। नयनतारा ने देखा कि नागेश की आँखें नम हो चुकी थीं।

"तुम्हारा बेटा? तुम्हारे बिना मैंने जीवन नहीं जिया नागेश, बल्कि तपस्या की है। मेरा बेटा मेरे तप का फल है! वह मेरी ताकत है, मेरी ऊर्जा है···मेरा सबकुछ है। इसी तपस्या ने मुझे शक्ति दी कि आज मैं अपने बेटे की सिर्फ माँ ही नहीं, उसकी पिता भी हूँ! एक समय था जब मुझे तुम्हारी जरूरत थी, लेकिन तुमने मेरा साथ नहीं दिया। मुझे नहीं पता कि तुम्हें आज मेरी जरूरत है या नहीं, लेकिन मैं इतना जानती हूँ कि मुझे तुम्हारा साथ नहीं चाहिए। इसलिए कोशिश करना कि हम दोबारा न मिलें···"

नयनतारा ने देखा कि निरंजन गाड़ी में बैठ चुका था और उसे इशारे से बुला रहा था। नयनतारा ने निरंजन को देखकर हाथ हिलाया और गाड़ी की ओर चल पड़ी। नागेश उसे जाते हुए देखता रहा।

फिर नयनतारा मुड़कर वापस आई और नागेश से बोली, "एक और बात! तुम जिसे छोड़कर गए थे, वह एक कमजोर पत्नी थी, लेकिन तुम आज जिससे मिले हो वो एक सिंगल मदर है···और याद रखना नागेश, सिंगल मदर्स आर नॉट वीक!" यह कहकर नयनतारा मुड़कर गाड़ी के पास पहुँच गई।

निरंजन ने मुसकराते हुए अपनी माँ के लिए गाड़ी का दरवाजा खोला। नयनतारा गाड़ी में बैठ गई। उसने खिड़की से बाहर झाँका। नागेश अब तक उसे देख रहा था।

"माँ, आप कितना शानदार बोलती हैं! आई एम प्राउड ऑफ यू!" फिर निरंजन ने दूर खड़े नागेश की ओर देखते हुए पूछा, "वह आदमी कौन है?"

"पता नहीं···कोई सिरफिरा लगता है!" नयनतारा ने आखिरी बार नागेश को देखा और गाड़ी का शीशा ऊपर चढ़ा दिया।

□□□